2025 현대시를 대표하는

名人名詩 특선시인선

(사)창작문학예술인협의회 / 대한문인협회

❀ 시낭송 QR 코드 ❀

제 목 : 고독의 빈자리
시 인 : 강개준
시낭송 : 박영애

제 목 : 겨울 아이
시 인 : 강사랑
시낭송 : 조한직

제 목 : 인동초 사랑
시 인 : 기영석
시낭송 : 최명자

제 목 : 목석(木石)
시 인 : 김국현
시낭송 : 장화순

제 목 : 삶을 선물하자
　　　　힘들면
시 인 : 김락호
시낭송 : 김락호

제 목 : 가을 그네
시 인 : 김선옥
시낭송 : 김선옥

제 목 : 가을비
시 인 : 김원철
시낭송 : 최명자

제 목 : 4월의 이별
시 인 : 김정윤
시낭송 : 박영애

제 목 : 그대와 탱고
시 인 : 김혜정
시낭송 : 장선희

제 목 : 4월의 고백
시 인 : 김희선
시낭송 : 김락호

제 목 : 새벽빛 꿈을
　　　　만나다
시 인 : 김희영
시낭송 : 최명자

제 목 : 파도는 말한다
시 인 : 남원자
시낭송 : 박영애

제 목 : 매화
시 인 : 박미옥
시낭송 : 임숙희

제 목 : 짝꿍
시 인 : 박히향
시낭송 : 최명자

제 목 : 봉숭아 꽃물
시 인 : 박상현
시낭송 : 박영애

제 목 : 상흔을 품다
시 인 : 박영애
시낭송 : 김락호

제 목 : 사랑인가 봐요
시 인 : 박익환
시낭송 : 박영애

제 목 : 바람과 소망
시 인 : 박희홍
시낭송 : 임숙희

제 목 : 소라의 바다
시 인 : 백승운
시낭송 : 최명자

제 목 : 과거는
　　　　흐르고 있다
시 인 : 변상원
시낭송 : 조한직

제 목 : 꽃비 내리던 길
시 인 : 서석노
시낭송 : 장화순

제 목 : 행복한 상상
시 인 : 송태봉
시낭송 : 박영애

제 목 : 당신과 함께라면
시 인 : 엄경희
시낭송 : 김락호

제 목 : 어머니와 수제비
시 인 : 유필이
시낭송 : 최명자

제 목 : 가을 사랑
시 인 : 이고은
시낭송 : 장선희

제 목 : 풀어 놓고
　　　　싶은 보따리
시 인 : 이동백
시낭송 : 전선희

제 목 : 하늘길
시 인 : 이문희
시낭송 : 박영애

제 목 : 인생의 낙엽
시 인 : 이정원
시낭송 : 김락호

제 목 : 꽃, 초인종을
　　　　누른다
시 인 : 이효순
시낭송 : 박영애

제 목 : 자존심
시 인 : 임세훈
시낭송 : 최명자

제 목 : 젖줄의 뒷바라지
시 인 : 임판석
시낭송 : 김선목

제 목 : 가을의 노래
시 인 : 임현옥
시낭송 : 김락호

제 목 : 운산리 여름
시 인 : 전남혁
시낭송 : 조한직

제 목 : 사랑하게 하소서
시 인 : 전선희
시낭송 : 전선희

제 목 : 거미 나라
　　　　세계지도
시 인 : 정기성
시낭송 : 장화순

제 목 : 노다지 계절
시 인 : 정병윤
시낭송 : 장선희

제 목 : 꽃들의 사랑법
시 인 : 정상화
시낭송 : 최명자

제 목 : 태백
시 인 : 정승용
시낭송 : 김락호

제 목 : 모란시장 봄소식
시 인 : 정연석
시낭송 : 박영애

제 목 : 바퀴처럼
시 인 : 조한직
시낭송 : 조한직

제 목 : 가을날의 고백
시 인 : 주응규
시낭송 : 임숙희

제 목 : 그리울 때
　　　　꺼내보는 사랑
시 인 : 최명자
시낭송 : 최명자

제 목 : 가짜 깁스의
　　　　이기심
시 인 : 최윤서
시낭송 : 박영애

제 목 : 오늘이 있기에
시 인 : 최은숙
시낭송 : 전선희

제 목 : 지금 여기에
시 인 : 한정서
시낭송 : 최명자

제 목 : 사릉(思陵)의 봄
시 인 : 홍성기
시낭송 : 장화순

제 목 : 다만 위로
　　　　오르고 있는
시 인 : 홍진숙
시낭송 : 김선목

제 목 : 노부부의 인생
　　　　이야기 (카페에서)
시 인 : 황영칠
시낭송 : 박영애

2025 명인명시
특선시인선
시낭송 모음1

2025 명인명시
특선시인선
시낭송 모음2

시낭송 QR 코드는
스마트폰 QR 코드 리더기를 이용하여
시낭송을 감상할 수 있습니다

명시란 어떤 시를 명시라고 할까?

詩란 고통과 슬픔 기쁨과 환희 감각이 만드는 복잡한 감정들을 글자로 남기는 인간의 특징.
詩란 감각 없이 목적을 가진 감정으로 악마가 피운 꽃.
詩란 뇌에 고랑을 새기는 물리적 현상이 아니라 심장에 운동으로 기억되는 피동.
스러져가는 떨림을 머리가 아닌 세상에 새기는 일 詩.
천사는 할 수 없는 일 詩. 〈유명인들이 한 말들이다.〉

누구는 유명한 시가 명시라 하고 또 누구는 시적 표현과 문학적으로 잘 짜인 시를 명시라 하고 어떤 시가 누군가에 의해 애송된다는 것만으로도 그것은 충분히 명시라 하는 사람도 있다. 사람은 각자 생각이 다르고 또 추구하는 것이 다르기 때문에 자기 삶의 이야깃거리를 가진 내용을 좋은 시라 하기도 한다. 시는 개인적인 주관에 의해 선택되기에 누가 어떤 시를 명시라고 단정 짓는 일은 조심해야 한다.

시를 접하는 사람이 대리 체험을 함으로써 보편적이고, 상식적인 차원의 개성적 특색. 시대, 문장의 종류, 글쓴이에 따라 그 특성이 문장의 전체 또는 부분에 드러나는 것이 다 다르기에 그 시를 읽는 사람의 수준에 따라 명시도 무슨 소리인지 모르는 말장난 같은 시가 될 수도 있기에 대중적인 호소력이 있는 시를 독자는 좋아할 것이다.

처음 "명인명시 특선시인선"이라는 제호로 1호를 발행하여 많은 독자의 사랑을 받았고 그로 인해 당시 제호가 비슷한 책들이 난무하면서 2014년에 특허청에 상표 등록한 이후 줄어들기는 했지만, 아직도 비슷한 책을 출간하는 곳이 있다. 온라인상에 책을 소개한 게시판에 댓글이 하나가 생각난다. 〈명인명시라고 해서 책을 사보니 잘 모르는 시인들인데 무슨 명인 명시냐?〉라는 댓글을 본 적이 있다. 그 사람이 생각하는 명시는 어떤 것일까? 또 누가 명시라고 단정 지어야 명시가 되는 걸일까? 하는 고민을 해 보았다. 아마 시를 좋아하거나 시를 쓰는 시인들이라면 한 번씩 생각해 봤을 의문일 것이다.

명시, 누가 명시라고 정해준 시보다 내가 나만의 명시를 갖는 것이 자신의 정신적 힘이 될 것이고 또 희망이며, 슬픔과 고민을 희석할 수 있지 않을까 한다.

"명인명시 특선시인선" 2025는 21번째 발행이다. 매년 1월에 그해에 활발한 활동으로 문학 활동을 하면서 멋진 작품으로 많은 독자를 만나볼 수 있는 시인들의 작품을 선정해서 수록하게 되었다. 한 제호로 책이 21년이라는 긴 시간 동안 결판 없이 계속해서 발행할 수 있었던 것은 함께해 준 시인들의 노력도 있지만 꾸준히 사랑해 주고 찾아주는 독자가 있었기에 가능한 일일 것이다.

앞으로도 "명인명시 특선시인선"이 얼마나 명맥을 이어갈 수 있을지는 모르겠지만, 21년이라는 세월이 이미 이 책은 명작이라는 이름을 붙여도 좋지 않을까 한다.

이번 2025년이 기대되는 시인 48인을 선정하면서 작품성도 중요하지만, 앞으로 활동할 능력을 많이 고려했다. 시는 어떤 작품이 좋은 詩다라고 정의할 수가 없다. 시인이 상황을 묘사한 작품을 독자가 공감해야만 좋은 시이기 때문이다. 그동안 〈명인명시 특선시인선〉에 선정되었던 시인과 새로이 선정된 시인은 앞으로도 더욱 활발한 활동으로 시문학을 아끼는 독자에게 다가가는 계기가 되기를 바라는 기대로 2025 "명인명시 특선시인선"을 엮었다.

(사)창작문학예술인협의회
이사장 김락호

* 목차 *

* 목차 *

시인 강개준

명인명시 특선시인선 2025

프로필

대한문학세계 시 부문 등단
(사)창작문학예술인협의회 회원
대한문인협회 정회원

시작노트

살아온 날들의 생각들을 모아놓으면 무엇이 될까? 살아온 날보다 살아갈 날이 적은 생애 날들을 소중하게 여기며 남은 인생을 아름다운 시어로 집을 짓고 싶었다.
비록 유창하거나 뛰어나지 못할지라도 시로써 나만의 집을 지어 문우들과 사랑을 나눌 수 있다면 참 좋은 일일 것 같아 글을 쓰기로 했다.

목차

시낭송 QR 코드

제 목 : 고독의 빈자리
시낭송 : 박영애

공저 〈들꽃처럼 제5집〉

호숫가의 아침 / 강개준

시인 강개준

잔잔한 호수가 출렁인다
시인의 마음도 일렁인다

무슨 일이 있을까

물속에 잠자던 산과 숲도
조용한 파문에 어른거리면
나는 왜 물의 깊이를 헤아려 보려는가
물은 깊을수록 잔잔하다는 옛말은 누가 했을까

산을 안고 숲을 안고
하늘을 안아버린 호수의 그림자
작게만 여겨졌던 호수가
오늘은 왜 이리 크게 보일까

수심의 깊이를 알 수 없지만
자꾸만 물속으로 끌려가는 마음
깊이를 알 수 없는 저 물속엔
무엇이 담겨있을까

물 위에 쉬고 있는 원앙새는
고개를 수그리고 무엇을 생각하고 있는가

시인이 만난 호숫가의 아침은
궁금함이 가득한 아침이었다.

낙화 / 강개준

꽃잎이 떨어져 바람이 불었고
불어온 바람이 이별이라고 말했어

긴 칼바람 속으로 살아온 날들
미처 돌아볼 겨를도 없었는데
어느새 성숙해 버린 소녀의 가슴처럼
탐스러운 꽃봉오리 환하게 피었지

하지만 누가 말을 했던가 화무십일홍
뜨거운 가슴 맞대기도 전에 낙화라니
아 슬프다 꽃잎이여
아 애달프다 사랑이여

이다지도 짧았던가 우리의 사랑

꽃잎이 떨어져 바람에 날리고
길가에 뒹굴어 달리는 바퀴에 짓밟힐 때
너는 넋 없이 휘돌아 갔고 나는 울었어
아프다고 너무 아프겠다고
봄도 꽃들도 슬피 울었어

잠시 피었다가 지고 마는 네 모습에
애처로이 떠나가신 임 생각

아 애달프다 사랑이여
아프다 떨어지는 꽃잎이여

떨어진 꽃잎은 다시 필 날 있겠지만
영영 떠나가신 우리임은 돌아올 길 없어라.

고독의 빈자리 / 강개준

시인 강개준

바람이 왔다 가듯이
아이들이 왔다 가고 나면
썰렁한 공기만 방 안에 가득 내려앉는다

안방 건넌방 서재 그리고 거실
그들이 휘젓고 간 집안 구석마다
아직 가시지 아니한 그들의
체취가 고스란히 남아 있지만

그들이 떠나간 빈자리는
노을이 짙어 가는 쓸쓸한 갈대밭
땅거미가 내려오는 빈방이 되어버렸다

그리고
수직으로 떨어지는 별빛의 고요함이
빈자리의 고독함이 되었고
빈자리의 고독함이 별빛의 고요함이 되었다

차가운 별빛이 떨어져 내려오고
정이라는 사랑의 온기가 내려가면
빈집에 몰려드는 외로움의 빈자리
그 누가 알까 이 싸늘한 냉기를

빈자리! 아이들이 떠나버린 공간마다
고독한 빈자리가 되었다.

바다의 발원지 / 강개준

너의 발원지는 높은 곳이었고 골이었어
낮은 곳으로 내려가며 졸 졸 소리를 낼 줄도 알았어

숲을 지나 작은 들녘을 지날 때는 하늘거린 꽃들이 반겨 주었고
노을이 질 무렵이면 물새들의 울음을 듣기도 하였어

봄 여름 가을 겨울 사계의 아름다움을 경험하며
낮고 낮은 곳으로 내려가다가
작은 개울들을 만나 강을 이루었어

작은 강이 큰 강물이 되기까지의 아픔들
파도가 넘실대는 바다를 만났을 때
그때 너는 비로소 넓은 바다가 되어 자유를 얻었어

바다! 넓고 큰 바다
아침이면 해 오름에 잔물결이
반짝반짝 생선 비늘처럼 빛난 바다
모든 것 담을 수 있는 너를 나도 좋아해

갈매기 창공을 비상할 때
너는 자유 하는 마음으로 하늘을 비상할 수 있어
그리고 너의 발원지를 찾을 수가 있어

하얀 파도가 밀려오는 바닷가에서
끼룩끼룩 아침을 비상하는 갈매기 울음소리를
너는 희망의 노래라 여기며 너의 발원지를 찾아봐.

봄 봄 봄 / 강개준

시인 강개준

따스한 햇살이
암탉이 병아리를 품고 있는
울 밑에 내려왔다

양지바른 곳 잔설이 녹아내리고
얼어붙은 대지가 풀렸는지
수선화 푸른 새싹이 꼬무락꼬무락 고개를 내밀고
모란의 여린 가지에도 작은 눈이 뜨였다

봄이다 봄! 봄! 봄!
남쪽에서는 꽃 소식이 북으로 올라오고
식탁 위에 푸른 봄이 가득하니
마나님이 끓여주신 구수한 된장국 넘어
달래 냉이 캐오던 어린 누이가 걸어오고

나뭇가지 사이로 실바람이 솔솔
화전을 부치시던 엄니의 미소가 보인다

아 따사로운 봄날에
구겨진 마음들이 주름을 펴고
어둡던 마음들이 햇살을 가득 모아
희망을 노래하고 사랑을 노래한다.

그날 / 강개준

그래
바로 그런 날이 있었지

세월이 그림자처럼 지나고
머리에 억새꽃 하얗게 피고 나니
순무꽃 피어나는 스무 살 시절
너와 함께했던 그 시절이 그리워진다

가슴이 두근거리고
숨 고르기 힘들었던 그 시절 그날

그날이 얼마나 아름답고 소중했던 날인지
이제야 알 것 같은 소중한 사랑이었는데
지금은 정작 네가 없는 빈자리
외로운 달빛 밤이 되었다

지금은 어디에 있는지
살아 있는지 죽었는지

살아서 숨을 쉬고 있는 나는
그날이 그리워 네가 그리워
이렇게 회상의 날을 보내는데
소식을 알 수 없는 너는
지금 그 어디에서 무엇을 하고 있는지

그날을 생각하면
순무꽃 같은 네 모습이 그리워
하도 그리워 눈물을 흘리고 있다.

감꽃 추억 / 강개준

시인 강개준

오월이면 잎 속에 너를 보고
내 마음은 아련한 추억에 잠긴다

해를 알 수 없는 멀고 먼 옛날
터널 속 같은 기억을 더듬어 보면
키가 큰 감나무 아래 네가
꽃잎처럼 누워 있었고
그 곁에 작은 소녀가 너를 주워
목걸이를 만들고 있었다

너를 주워 하나하나 정성으로
실에 꿰어 만들어진 감꽃 목걸이
그 감꽃 목걸이를 나에게 걸어주던
작은 소녀의 아련한 사랑의 기억

지금도 그 사랑 생각을 하면
가슴이 뭉클 보고파 지는데
작은 소녀의 소식은 기별이 없다

올해도 감꽃은 소리 없이 피었다가
저렇게 떨어져 누워 있는데
첫사랑 소녀는 아직도 소식이 없다.

찔레꽃 사랑 / 강개준

봄날을 환하게 피게 하는
하얀 꽃이었다

어머니 품 안에서 피어나는
그윽한 향기였다

파란 하늘에서 내려오는
하얀 그리움이었다

실바람이 불어오는 날에는
은은한 향기가 날아와 좋았고
해가 서산을 넘을 때면
긴 그림자 몰고 오실 어머니를
기다리며 혼자 울었다

찔레꽃이 피어나는 봄이 오면
내 안에 그리움이 피어나고
하늘나라 어머니가 생각이 난다

하얗게 피어나는 찔레꽃
그 안에 어머니가 계시고
그 안에 계신 어머니의 은은한 향기가
가슴에 그리움으로 스며든다.

그리워 그리워서 / 강개준

시인 강개준

봄비가 내리는 날이었다

어린 나귀를 타고 가던 이가
십자가를 달려야 했던 날이었다

바람은 숨을 죽이고
갓 피어난 동백은 울고 있었다

모질게 살아온 세월보다
무서운 게 그리움이라 했는데
동백은 비에 젖고
그리움에 눈물을 흘린다

핏빛으로 피어나는 순정
가슴으로 뜨겁게 파고들지만

십자가 형장의 이슬로
가야 했던 당신이었기에
선혈 같은 동백꽃 잎 속에
당신을 묻고 또 묻으며 생각한다

골고다 언덕길 올라가던
사랑하는 나의 슬픈 임이시어
그날 당신은 십자가의 이슬로 가셨으나
선혈 같은 동백꽃은 올해도 피어났다

나는, 나는 지금도
당신이 그리워 하도 그리워
동백꽃 가슴으로 멍이 든다.

동백꽃 영혼 / 강개준

그대 이름이 동백이라 하기엔
너무나 곱고 아름다워
동백이라 부르기보다는
신부라고 부르고 싶어요.

동지섣달 눈보라엔 고개 숙이고
달과 별이 빛나는 밤이면
고운임 기리며 꽃망울 터트리는 이가
바로 당신이 아니던가요?

얼은 손 비비고 언제 피어났는지
춘삼월 봄볕이 그리도 좋은가요
활짝 핀 얼굴이 너무 고아
보고 싶은 임의 얼굴인가 했어요.

동백아! 동백아!
사랑하는 동백아!
가슴골에 흐르는 뜨거운 마음
떠나가신 우리 임에 마음인가 하네요.

시인 강사랑

프로필

대한문학세계 시, 수필 부문 등단
(사)창작문학예술인협의회 회원
대한문인협회 경기지회 정회원

한 줄 '詩' 짓기 전국 공모전 대상
2018년 향토문학 글짓기 경연대회 대상
대한문인협회 경기지회 동인문집 "햇살 드는 창"
48인 명인명시 특선시인선 선정
2023년 겨울등대 2쇄

〈저서〉
제1시집 "겨울등대" (2016년)
제2시집 "꽃이 오는 길에 봄이 핀다." (2019년)

시작노트

내가 지켜야 하는
두대박이의 등불이 되어야 하기에
오늘도 소리 없이 심장을 두드리며
작은 소망 하나로 융기 하는 나는
심살내리는 나의 찬란한 고독으로
바다 위의 모든 생명을 살포시 안아
외롭지만 진정 외롭지 않은 겨울 등대가 되리라.

당당하게 외쳐보자
파도여 거친 파도여 내게로 오라
내게로 오는 것은 그 무엇이든
다 산산이 부서져 빛이 되어라.

- 시 〈흘로서기(겨울 등대)〉 본문 중에서 -

목차

시낭송 QR 코드

제 목 : 겨울 아이
시낭송 : 조한직

제2시집 〈꽃이 오는 길에 봄이 핀다〉

겨울 아이 / 강사랑

겨울은 인생의 노년기가 아니다
겨울은 동심의 세계로 빠져드는
젊음의 계절이다

아이들은 겨울에 절대 춥지 않다
아이들은 겨울에 웃음이 얼지 않는다
아이들은 겨울에 나눔이 좋다
아이들은 흰 눈을 닮았다
아이들은 눈꽃을 제일 좋아한다

겨울 아이는 절대 울지 않으며
사랑하고 용서할 줄 안다
겨울 아이는 미래를 준비하며 부지런하다
겨울 아이는 따뜻한 삶의 불씨다
아이들 세상은 겨울에 피어난다

벙어리장갑 / 강사랑

봄, 여름, 가을 동안
서랍 속이 얼마나 답답했는지
벙어리장갑은 첫눈과 함께
아이의 마음이 되어
이 세상을 그 안에 모두 담고
하얀 세상을 만든다

동글동글 눈덩이를 굴려
겨울 친구 눈사람을 만들고
찬바람 불어오는 날엔
따뜻한 벗 되어
겨울 이야기로 자리 잡는다

어린 벙어리장갑 속으로
용기를 다짐하는 주먹 두 개는
세상 두려울 것도 없이 당당하다

사랑한다는 말 한마디 못하는 벙어리장갑은
밤이 깊어지는 오늘도
꿈꾸는 겨울 아이로 동심을 전한다

아버지와 노래 / 강사랑

노래 속에 아버지의 삶이 있다
아버지 삶 속에 노래가 있다
노래 한가락 한가락이 아버지다

푸른 목장에 젖소 다섯 마리가 새벽을 깨우면
아버지는 양동이에 하얀 희망을 짜냈다
덜컹거리는 비포장도로를
자전거 페달을 밟으며 음표를 달았고
집으로 돌아오시는 아버지의 발걸음엔
내 새끼들 웃음을 빈 우유병에 담았다

아버지는 노래하는 직업을 가진 것도 아닌데
노래를 하시고 노래 속을 걸으셨다
어린 소년가장의 가난함도 노래로 채우며
젊은 시간의 부서진 아픔도 장구 소리에
설움을 다 담았다

시인 강사랑

초록 무성한 이파리엔 어느새
흰 눈이 내려앉고
굽어진 가지만 앙상하여
솜저럼 펴지질 않는 늙은 청춘이 되었다

적막한 밤을 소리 없이 씹어 삼키시며
썩지 않을 눈물로 하루를 재우고
말 없는 가르침은 늘
우윳빛깔을 닮으라 하였다

할아버지와 손자 / 강사랑

닮았다
뒷모습이 영락없이 닮았다
하얀 러닝셔츠와 알록달록 파자마
손자는 할아버지 손잡고 걷는다
걷는 모습도 닮았다

할아버지가 손자 눈높이를 맞추려고
더 낮게 앉아서 세상을 바라본다
이제 걸음마 하는 손자
아장아장 걷는 품새가 세상 다 가진 듯하다

앞으로 걸어갈 날이 많은 손자
이제껏 걸어온 걸음이 숨가파 쉬고 싶은 할아버지
둘이 마주 앉아 웃음으로 하나 되어
동심으로 젊어지는 시간이다

손자는 할아버지가 마냥 내 편이고
할아버지도 손자가 보물 중 보물이라 아낌없다
할아버지 사랑받아 먹고
손자 녀석 씨감자 두 개가 여물어간다

안부 / 강사랑

옆에 있어도 멀리 있는 것처럼
멀리 있어도 내 옆에 있는 것처럼
"잘 있냐? 마스크 꼭 해라"
눈에 보이지도 않은 바이러스 하나가
서로의 안부를 챙긴다

기다림 / 강사랑

하루는 누군가에 의해 이렇게 길들여져 가고
길들이지 못하고 방황하는 하루는 외로움이다

너를 생각하는 시간
서쪽 하늘 노을이 뾰족이 얼굴을 내밀면
커피향이 모작모작 타들어가듯
기다리는 나의 마음도
그처럼 향기를 품어내며
그대가 오는 길목으로 내 몸은 기울어진다

시인 강사랑

첫눈에 반한 사랑 / 강사랑

줌으로 널 끌어당긴다
한 눈으로 널 바라봤을 때
내 가슴에 널 찍었다

너는 꽃이요
너는 하늘이요
너는 나무이며
너의 아름다움을 내 눈에 다 넣어
심장 깊숙이 숨겨 놓고
어쩌다 생각이 나면
그때 또 한 번 꺼내본다

셔터를 누르며 빛을 너에게 보내면
화들짝 놀란 나는 그 순간
아름다운 시간을 멈추게 할 수 있다

뷰파인더로 보는 세상에는
또 다른 나를 담을 수 있는 소우주가 있다

단풍 고아라 / 강사랑

시월 단풍에
그리움이 가득 물들었다

노란 은행잎 사이로 빛나는 너의 눈빛
빨간 단풍잎 사이로 두근대는 가슴
푸른 바람이 너를 휘감는다

고운 너의 모습 그대로 품고
나는 쓰러진다

커피 중독 / 강사랑

너의 깜찍한 모습
어제 보았는데
어제 해 지고 오늘 해 뜨니
또 보고 싶다

보고픔을 만드는 것은
깊은 산속 샘물과 같다
보고픔이 마냥 솟는 것 보면
너에게선 마법의 향기가 나는 게 분명하다

이끌림이 되어 너의 포로가 되어버린 나
내가 너에게 중독되었다는 사실
설령 니가 내 심장박동 수를 빨리 뛰게 한다 해도
너와 함께한 이 아침을 원망하지는 않으련다

시인 기영석

프로필

경북 예천 거주
대한문학세계 시 부문 등단
(사)창작문학예술인협의회 회원
대한문인협회 대구경북지회 정회원
대한창작문예대학 졸업
문예창작지도자 자격 취득

〈저서〉
제1시집 [말하지 않아도 다 알아요]
제2시집 [세월을 탓하지 말자]

시작노트

꽃처럼 예쁜 마음 담아
세상 살아가는 숱한 이야기
내 마음의 여백에 펼쳐 놓고

어느 날 하나하나 찾아보니
실타래처럼 엉키고 말았다

그래도 풀어보려고
밤잠을 설쳐가며 한 가닥을 잡고
손가락으로 두드려본다

나만의 생각을 꽃향기로
실바람에 흩뿌리고
새로운 글 꽃으로 채워 보고 싶다.

목차

시낭송 QR 코드

제 목 : 인동초 사랑
시낭송 : 최명자

제2시집 〈세월을 탓하지 말자〉

인동초 사랑 / 기영석

시인 기영석

우연한 기회가 만든 인연
누구나 산다는 건
쉽지 않다는 것을 잘 알고 있다

숱한 어려움을 회한으로
가슴속에 숨겨둔 채
살아온 날들을 뒤돌아보며

우여곡절 끝에 찾아온 그대
때늦은 만남을 받아들여
행복을 꿈꾸며 사랑을 배운다

끈질기게 버텨온 삶에도
세월은 나를 버리지 않았는지
짓밟히고 망가진 인생인데

무심했던 하늘도
또 세월도
버려진 나를 일으켜 세워
인동초처럼 그렇게 살라 한다.

옛 생각 / 기영석

우산을 쓴 채
둘이 비를 맞으며
다정하게 걸어가는
연인들처럼

그 시절 떠올려
못다 한 옛 생각에
서러운 마음은
그리움으로 밀려온다

호수의 물안개같이
옛 추억은 사라져 가고
비 오는 월영교를
걸어가는 내가 서럽다.

산을 닮고 싶다 / 기영석

시인 기영석

산은 자연을 품고 살지만
나는 글을 찾아서 산을 오른다

산은 철 따라 옷을 갈아입고
나는 계절마다 글에 옷을 입힌다

산은 모두를 받아주고
나는 넉넉한 마음을 산에서 배운다

산은 물소리 새소리를 듣지만
나는 자연의 소리를 글로 부른다

그래서 나는 산을 닮고 싶고
에멜무지로 쓴 글이 시가 되었다.

삶에도 눈물이 있더라 / 기영석

새로운 꿈을 꾸듯이
희망을 품고 살아가는 것은
인간이기에 어쩔 수 없이
그 삶의 길을 걷는다

여울목만 뚫어지게 바라보는
왜가리의 기다림은
먹이를 낚아채려는 모습이
느긋함을 보여주는데

비틀거리는 모진 세월은
어김없이 계절을 뿌렸고
곱게 핀 꽃도 어느 날 지고 말더라

영원한 것은 없다지만
삶에도 말 못 할 눈물이 있고
하늘만 탓하며 원망하는
나 역시 그렇게 늙어가더라

부족함을 채워준
버팀목 같은 그 사람
빈자리에 작은 꿈 심어 놓고
서로 위로해 주며 그렇게 살자.

그루터기 / 기영석

시인 기영석

거울처럼 말간 들길
그침 없이 내리는 비는
우산을 펼쳐 봄을 찾습니다

논배미마다 흐트러짐 없이
오와 열을 맞춘
그루터기는 말이 없습니다

논에 밑거름이 되고자
까맣게 줄지어
썩어 가려고 서 있습니다

봄비 그치고
햇볕 받아 땅이 마르면
트랙터는 갈아엎을 것입니다

아낌없이 내어 주는
그루터기의 삶을 지켜보며
나를 뒤돌아보는 하루였습니다.

겨울이 아닌 듯 / 기영석

차갑지 않은 포근한 날씨
땅을 적시며 그칠 줄 모르는데
비는 서글프게 종일 보챕니다

빈 들판에는 겨울을 잊은 채
도통 얼 생각이 없는지
파릇한 잎새에 비집고 스며듭니다

잎 떨어지고 발가벗은 나목에도
소나무의 바늘 같은 이파리 끝에도
은구슬처럼 매달린 물방울

바라보는 한 사내의 마음조차
촉촉하게 적셔줍니다

저만치서 봄은 나를 설레게 합니다.

연꽃 / 기영석

시인 기영석

장맛비 잠시 멈춘
널따란 중덕지에는
연잎마다 수정구슬 뒹굴고

또르르 구르는 소리에
놀란 물새 한 마리
물속으로 숨바꼭질한다

찌는 듯한 더위에도
잎 속을 헤집고
꽃대를 밀어 올리는 연(蓮)

자비의 꽃봉오리 피어
검게 타버린 세상
연꽃처럼 맑게 살아가자.

인연의 텃밭 / 기영석

마음속에 텃밭을 일구어
인연의 씨앗을 뿌려
싹을 틔워 키우고 있습니다

행여나 다칠까 봐
애간장을 태우면서
안간힘을 쏟아붓습니다

정성을 다하여
인연의 꽃을 꿈꾸며
애지중지 보살펴야 합니다

꽃을 피우려 노력하지만
인연의 꽃을 피우기란
참 어렵고 힘이 듭니다.

당신과 나 / 기영석

시인 기영석

당신과 나 지금 걷고 있잖아
그런데 당신은
사랑이 뭔지 알아

사랑은 둥글게 생긴 걸까
네모지게 생긴 걸까
아니면 길쭉하게 생긴 걸까

난 사랑이 뭔지 모르겠더라
나에겐 안 보여
그래도 난 당신이 좋아

당신과 나 함께 걸으니까
아무도 모르는 사람뿐이고
얼마나 좋아

이 길을 걸었다고
먼 훗날 그렇게 말하자
당신과 내가 많이 사랑했다고.

너를 닮은 구름송이 / 기영석

잉걸덩이 같은 더운 날
가분재기 바람 불고
저 멀리 매지구름 밀려온다

하늘은 낮인데도 흐릿하고
번갯불에 두려움이 스며드는데
우르르 쾅쾅 우렛소리 울린다

작달비는 우두둑 땅을 치며
데워진 더위를 식혀주고
시원함이 마음을 달래준다

비 그친 하늘선에는
꽃처럼 구름송이 피어올라
너를 닮은 하늘은 참 아름답다.

* 구름송이 : 작은 구름 덩이.
* 잉걸덩이 : 활활 피어 이글이글한 숯불덩이.
* 가분재기 : 뜻하지 아니하게 갑자기. 별안간.
* 매지구름 : 비를 머금은 검은 조각구름.
* 흐릿하다 : 조금 흐린 듯하다.
* 번갯불 : 번개가 칠 때 번쩍이는 빛.
* 우렛소리 : 천둥이 칠 때 나는 소리.
* 작달비 : 매우 굵고 줄기차게 쏟아지는 비.
* 하늘선 : 하늘과 땅이 맞닿아 보이는 선.

시인 김국현

프로필

대한문학세계 시 부문 등단
(사)창작문학예술인협의회 회원
대한문인협회 울산지회 지회장
대한창작문예대학 졸업
문예창작 지도자 자격 취득

〈수상〉
한국문학 올해의 작품상
한국문학 향토문학상 외

〈저서〉
시집 [마음속에 핀 꽃]

시작노트

만날 때마다
반달같이 웃으며 반겨주던
아름다운 꽃이
어느 날 떨어지고 없었습니다
그래서
꽃을 오래도록
간직할 수 있는
방법은 없는지 생각했습니다.

마음속에
기름진 밭을 일구어
기쁨이란 꽃을 심고
사랑이란 꽃도 심기로 했습니다
어렵고 힘든 날이 와도
인내할 수 있는 꽃을 심어
가꾸다 보니
어느새 여러 모양의 꽃들이
내 마음속에 곱게도 피어났습니다

- 시 〈마음속에 핀 꽃〉 본문 중에서 -

목차

시낭송 QR 코드

제 목 : 목석(木石)
시낭송 : 장화순

시집 〈마음속에 핀 꽃〉

목석(木石) / 김국현

목석(木石)의 마음은
둥글기만 하답니다
누가 뭐라 해도 아무런 표정도 말도 없이
서 있는 장승(長丞)의 모습이기 때문입니다

누구나 오면 반겨주고
어떤 요구에도 거절하지 못하고
지치고 힘든 나그네에게 쉼터가 되어 주는
무소유(無所有)의 몸과 마음입니다

오늘 나는
목석(木石)이 되고 싶습니다
아무것도 없는 몸으로
비가 오나 바람이 불어도 말없이 서 있는
장승을 닮아가고 싶습니다

모든 무게를 내려놓고
목석이 되고 장승(長丞)이 되는
아름다운 삶의 길을
묵묵히 걸어갈까 합니다.

소망(所望) / 김국현

오늘도
그대 마음이
하늘같이 푸르고
언듯빛 사랑에 잠겨 있어도 좋겠지만

더욱 바라기는

그대를 향한
나의
애틋한 그리움으로 가득 채운
넓고 깊은 강물이고 싶습니다.

푸른 사랑 / 김국현

우리 사랑이
하늘이고 강물이고 바다의 모습으로
변했으면 합니다

그대의 은밀한
몸과 마음속에

한가하게 흘러가는 구름 조각들과
물고기 놀다 잠이 들고
돛단배 갈매기 날아다니는
평화로운 사랑을 모두 담아

아무도 모르는
가슴속 깊은 곳에
심어주고 싶습니다.

사막의 밤 / 김국현

허기진 기다림으로
타들어 가는 노을의 심장 두드리는
별들의 노래와

모닥불 사랑이 묻어 내리는
은하수 사이사이마다
촘촘히 박혀 있는
깊은 사연 읽으며

순결(純潔) 하게 깊어져 가는 밤이
그대의 모습으로 물들이고 있었다.

가을날 / 김국현

잘 익은 실과들은
뭐니 뭐니 해도
마음이 영글어야 한다고 소리하고

들녘 벼들은
제발 고개 좀 숙이고 다녀야 한다고 지적하고 있다

높고 푸른 하늘은 서로 용서하고 이해하고 나누며
평화로운 세상을 만들어 달라고 부탁하며
더욱 높아져 가고 있다

길 가다가
바람에 떨어진 곱게 물든 이파리가 있으면 하나 주워
"사랑해요!"라고 적어
온기 느낄 수 있는 좋아하는 사람 손에
꼭 쥐여주자

이 가을날
몸과 마음이
단풍처럼 아름답게 물들어질 것이다.

보석 같은 날 / 김국현

시인 김국현

검은 밤이 초롱초롱한 눈망울로
걸어오는 새벽을 맞이하는 시간
진주처럼 빛나는 아름다운 추억의 조각들을
주워 담기 시작했습니다

향기로운 꽃 반짝이는 별
낙엽 강물 바람
그대의 맑은 미소까지
흰 백지 위에 그리기 시작했습니다

그리다 보니
숨소리가 거칠어지고
가슴이 뛰면서 맥박이 빨라지더니

새들의 속삭임
흘러가는 시냇물과 이야기 나눌 수 있는 숲속에서
보름달 같은
그대와 나의 모습이 되고 말았습니다

우리는
나비같이 날아와
꿈과 희망의 모습으로 변하더니
결국은
불순물이 가미되지 않는
사랑의 꽃으로 피어났습니다

이 소중한 것을
분홍빛 보자기에 싸서
은밀하고 깊은 곳에 보관하기로 했습니다.

가을 소식 / 김국현

살살한 바람이 흰 살갗을 스쳐
낙엽 한 잎 입에 물고
흐르는 강물에 자유롭게 놀고 있는 철새들과
무엇이 그렇게 좋은지
높고 푸른 하늘의 구름이 둥실둥실
춤추며 떠가는 날

단풍으로 곱게 물든
그대의 미소와
그대의 마음속에도
갈바람에 한 잎 두 잎 떨어지는
그리움이 소식 없이 젖어 내리고

손님처럼 찾아온
생의 발걸음이 무겁기만 한 듯
허기진 하루가
찬란한 가을로 물들어간다.

미덕(美德) / 김국현

시인 김국현

갈 곳은 한 곳뿐이다

이 길을 가나
저 길로 가나
도착해 보면 같은 모양과 형태로
정해져 있다

넘어지면 일어나 가면 되고
힘든 길이라면 쉬어가고
광풍(狂風)이 불면 피해 가면 된다

가야 하는 시간과
가야 할 거리 생각하면
모두가 부질없는 것이기에

무거운 것은 아낌없이 버리고
못 견딜 만큼 힘들면 내려놓고
행여 남는 것 있으면 나누어 주자

그러나
마음속에 보관하고 있는
때묻지 않고 아름다운
순수한 사랑 몇 가지는 간직하고 가자.

가을밤 / 김국현

밤하늘에 별들이 반짝이고 있어
마음속에 담아 보았습니다

동그라미별, 아기별, 엄마별, 큰 별
가득 채웠더니

예쁜 어머니의
구수하고 따끈따끈한
향기가 내 손을 잡아 주었습니다

어머니와 나의 눈에는
기쁨과 행복의 눈물이
나뭇잎처럼 떨어졌습니다

어머니!
보고 싶고 사랑합니다.

하트 모양의 사랑 / 김국현

시인 김국현

이 가을
가슴이 찢어지도록 아프게 한다

비가 소슬하게 내리는 날
단풍잎이 바람에 날아다니다
텅 빈 마음속으로 떨어지면
번개가 번쩍이고 천둥소리가 났다

그대가 남기고 간 하트를 가슴에 붙였더니
어느새
천지가 조용해졌다

세상에서 가장 강력한 것은
그대가 준 하트 모양의 마음인 것을 알았다.

시인 김기림

모더니즘의 대표 주자 시인 김기림 // 김기림 (1908. 5. 11. ~ 미상)

「현대시의 기술」(1935), 「현대시의 육체」(1935), 「모더니즘의 역사적 위치」(1939) 등 주지적 시론과 「바다의 향수」(1935), 「기상도」(1935) 등 중요한 시들을 계속 발표했다. 광복 후에는 조선문학가동맹의 시부 위원장으로 활동하는 한편, 문학인의 정치 참여를 주장하기도 했다. 시집으로 『기상도』(1936), 『태양의 풍속』(1939), 『바다와 나비』(1946), 『새노래』(1948), 수필집 『바다와 육체』(1948), 평론집 『문학개론』(1946), 『시론』(1947), 『시의 이해』(1949) 등이 있다. 1988년 심설당에서 『김기림 전집』이 출판되었다.

[네이버 지식백과에서 인용]

바다와 나비 / 김기림

아무도 그에게 수심(水深)을 일러 준 일이 없기에
흰 나비는 도무지 바다가 무섭지 않다.

청(靑)무우밭인가 해서 내려갔다가는
어린 날개가 물결에 절어서
공주처럼 지쳐서 돌아온다.

삼월달 바다가 꽃이 피지 않아서 서글픈
나비 허리에 새파란 초생달이 시리다.

시인 김락호

프로필

현)(사)창작문학예술인협의회 이사장
현)대한문인협회 회장
현)대한문학세계 종합문화 예술잡지 발행인
현)대한창작문예대학 교수
현)도서출판 시음사 대표

각종 문예 부분 경연대회, 공모전 등
200여 곳 심사위원 역임.

시작노트

행동이 나를 따르지 못하는 날엔
말을 합니다

말조차도 나를 따라올 수 없는 날엔
글을 씁니다

그러나
글조차도 나를 이해시킬 수 없는 날엔
시를 씁니다.

목차

시낭송 QR 코드

제 목 : 삶을 선물하자
　　　　힘들면
시낭송 : 김락호

시집 〈시애몽〉

시인 김락호

삶을 선물하자 힘들면 / 김락호

마음에는 그리움을 키우며
양손에는 행복을 들고
두 발로 날아서 사랑을 찾아가자

지나가는 바람에는 파란 신발 신켜
빨간 하늘 노란 구름에는 우산을 선물하고
뒤뚱거리며 산을 넘는 해에는
지팡이 하나를 선물하자

밤에 묻혀 잠이든 조용한 바다에는
모래 폭풍 같은 바람을 선물하여
돛대 휘날리는 끝없는 창공을 철석이게 하자

신음하는 바람 소리에는
음표를 달아주며 흥얼거리자

그리하여 목에서는 가래 끓는 소리
가슴에는 피멍이 들어
헐떡이는 숨 막힘으로 노래하자

그리고 환희에 가득 찬 삶으로
평온과 환희를 위해
피의 눈물을 감추고 춤을 추자.

그렇게 / 김락호

지나가던 바람 속에서
꽃잎 하나 떨어졌다

그리고 내게로 와서
너는 까맣게 빛나는
눈동자 속에 나를 담았다

넌 참 아름다워서
난 그냥 널
씨근거리는 젊으디 젊은
사내의 가슴 깊은 곳에 묻었다.

겨울에 병든 허수아비 / 김락호

하늘이 울어도
그는 거기 서 있다

아니 두 다리가 땅에 박혀 도망갈 수 없었다

지나던 참새가 똥을 싸대도
붉은 입술의 낙엽이 이별을 선언해도
그는 거기서 말이 없어야 했다

삶의 무게를 짊어진 허수아비는
이제 겨울비를 보지 못할지도 모른다

아니 병든 겨울을 보기 싫어서 일지도 모른다

그가 만든 허상의 세상은
마지막 겨울비가 오기 전 누워야 한다

들판에 버려진 삶은
흰 눈이 만든 빛의 그림자를
부신 눈을 감추며 또 다른 내일에 잠든다.

이별의 진혼곡 / 김락호

간밤 울음소리 슬피 하더니
무엔가
명치끝에 쑤욱 박히더이다

들숨을 가슴에 가두고
날숨을 허공에 토해내는데
그래도 빠지지 않고 채워지기도 없는
허전함과 뻑뻑함의 불완전한 공존이 하늘을 날더이다

먼동이 공기의 냄새에 배어 나오고
열두 자 깊이의 우물곁에
철푸덕 앉아버린 몸뚱어리
괜스레 하늘과 끊어진 두레박만 원망하였더이다

잘 가소
편히 잘 가소
아직은 당신을 갈망하는 내 목소리
답해줄 수 없는 외길이더이다

시인 김락호

가슴에 쌓인 한숨은
감은 눈꺼풀 위에 촘촘히 올려 두었다가
이름 없는 먼 곳에 닿걸랑
묵언의 이야기로 풀어버리고
저만치 마중 나온 이
웃음 흘리며 손 내밀거든
기쁘게 두 손 잡고 반겨 가구려

잘 가소
편히 잘 가소.

백조의 꿈 / 김락호

갈 곳 잃은 백조는
외로운 등대를 바라보다
꿈을 꾸었습니다

무거운 침묵 속에서
늘 하늘을 비상하는 꿈을

날지 못하는
작은 새는 독한 현기증을 앓았습니다

파도가 밀려와 섧디 설운 사랑의
이야기를 들려줄 때면
가슴부터 빨갛게 물드는 아픔을 숨기려
여윈 햇살만 바라보아야 했습니다

자유로이 바다를 넘나드는 파도에는
거꾸로 매달려버린
사랑 이야기를 들려줄 수 없었기 때문입니다

더 이상의 꿈이 무의미할 때쯤
허공에 매달려
무게를 깨달을 수 없었던 사랑은
바람을 따라가고
부재의 흐느낌처럼 날개를 주었습니다

백조는
설핏 저무는 해그림자를 바라보며
꿈꾸던 세상을 향해
힘껏 날아오를 수 있었습니다.

시인 김선목

프로필
대한문학세계 시 부문 등단
대한문인협회 경기지회장 역임
(사)창작문학예술인협의회 이사
대한창작문예대학 지도교수

〈저서〉
시집 [그대가 있어 행복합니다]

시작노트
그대가 있어 행복합니다 / 김선목

내 마음에 품어야 할 사람 때문에
나도 모르게 마음이 아파집니다.

혼자서 해야 할 일 너무 많아
때로는 나 자신이 쉬어야만 할때
당신의 사랑 숲에 이상의 나래 펴고
진정 웃을 수 있어 행복합니다.

내 어깨에 기대는 사람 때문에
나도 모르게 마음이 무겁습니다

혼자서 감당할 일 너무 많아
때로는 어려움을 잊어야만 할때
당신의 팔베개에 현실의 나래 펴고
편히 기댈 수 있어 행복합니다.

시낭송 QR 코드

제 목 : 가을 그네
시낭송 : 김선목

시집 〈그대가 있어 행복합니다〉

가을 그네 / 김선목

푸름에 찰싹 달라붙어
나뭇잎 사이로 신음하던
매미의 여름 사냥은
청춘의 덫에 걸린 듯
애끓는 몸짓으로 울다가 간다.

맴맴 타령하는 매미의 날개를 잡고
뜨거운 계절이 떠나가는
시원섭섭한 이 밤
선선한 바람결에
귀뚜라미는 애걸복걸 성화다.

가을이 깊어 가는 밤
무심히 흔들고 간 창가에
찬바람 불어와
포근한 이불을 끌어안는
내 맘의 달빛은 곱기만 하다.

지난가을의 노래로 또다시 찾아와
내 맘을 흔드는
귀뚜라미 울음소리에
정답게 창문을 넘는
그대 그리움이 아른거린다.

강물이 되어 / 김선목

시인 김선목

당신이 떠나신다면
영원히 사랑하겠다던 편지로
종이배 접어
시냇물에 띄워 보냅니다.

당신이 쓴 사랑의 편지는
종이배 되어 떠나며 찢겨도
영원한 내 사랑은
가슴이 찢겨도 보낼 수 없습니다.

냇물이 강물을 만나
소용돌이치는 혼란에 빠져
맴돌고 맴도는
당신을 두고 볼 수가 없습니다.

영원한 사랑의 종이배는
뒤집힐지라도
내 맘의 영원한 사랑은
한줄기 강물로 흐를 겁니다.

그리움 / 김선목

이른 아침 햇살이 퍼지면
따뜻한 온기를 마시는
커피 향기 짙은 입맞춤에
밀려오는 그리움

밤새 잊었던 미안한 마음이
맴돌다 맴돌다가
눈가에 아른거리는 그리움

이른 봄날의 스산한 가슴에
따뜻한 커피 한잔의 미소가
햇살처럼 퍼지는 그리움

애정이 피어나는 목련화 연정
피었다 시들은 꽃잎 사랑
찻잔 속에 타서 마시는
사랑의 그리움

大地 / 김선목

생명이 탄생하는 핏줄 같은
물의 역사가 흐르는 곳
생명이 뿌리내린 아름다운 강산
이곳이 생명의 땅이다.

메마른 땅에 단비가 내리고
나무와 꽃들이 춤추며
온갖 새들과 풀벌레가 노래하는
싱싱한 생동이 신비롭다.

돌비알 된비알 언덕을 넘는
굴곡진 삶의 여정은
굴곡진 가람의 모래성을 서성이며
세월의 모래톱을 밟는다.

안돌이 돌아가는 인생은
낮은 곳을 흐르는 파문이 일고
파도처럼 소쿠라지다
파도처럼 스러진다.

햇발과 너울에 어깨를 내주는 땅
이 땅에서 살다가 가는 생명이
흙으로 돌아갈 때
한 줌의 토양이 될 터이다.

독야청청 / 김선목

책상과 마주하는 하루해가
전등을 켤 때까지 긴지 짧은지
아무런 불만 없는 의자에 앉아
주인 행세를 삐걱거린다.

머릿속의 이야기를 휘갈겨 쓰면서
난로 불에 마음을 달구다가
한두 번은 해를 보면서
한두 번은 달을 보면서
그림자에 그림을 그린다.

하루 두세 끼 밥을 빌어먹고
두세 잔의 커피로 마음을 달래며
비운 머릿속을 채우는 하루가
연기처럼 사라진 꿈길에서
별의별 생각을 달빛에 새긴다.

달이 뜨면 말없이 헤어지고
해가 뜨면 찾아오는 친구들이
짹짹거리며 잠 깨우고
벌떡 일어나라고 깍깍대는
새 아침을 맞는다.

재잘거리는 참새와 설쳐대는 까치는
아침밥을 걱정하지만
세상사 잊고픈 자유로운 영혼은
커피 한 잔의 여유를 마신다.

비움 / 김선목

높디높기만 한 허공도
깊디깊기만 한 푸른 물결도
넓디넓기만 한 광야도
내 작은 눈만큼 클 뿐이외다.

하늘과 땅 사이에서
왔다 갔다 섰다가
날뛰어보아도
고만큼밖에 밟지 못할 나이기에

바닷속 궁전은 허상일지라도
물의 보고인 걸
해와 달과 별들이 빛나는 허공은
비움인 것을 알기에

이 산촌에 태어난, 나는
이렇게 살다가
흔적 없이 사라질 몸이거늘
백지에 글발이나 남기오리다.

슬하의 강 / 김선목

가뭄 든 강가에서 애간장 녹이고
장마진 강둑에서 애태우던
강물은 흘러갔어도 강은 내 맘의 강이오
사랑옵던 우애가 메말라도
형제는 내 형제라오

산줄기 따라 물줄기 따라 흐르는
강줄기 흘러 흘러가듯이
한줄기 핏줄이 모여 살아온
구들방 아랫목이 정겹지 않았던가

눈보라 속에서 뭉친 찬바람이
때론, 빠쭉대고 구시렁거릴지라도
강이 풀리면 강물이 흐르듯이
마음의 빗장 풀고 정들지 않았던가

파도를 만난 강물의 꿈도
먹구름 탄 빗물의 서러움도
햇발 적시는 소나기처럼 찔끔거리다가
빗발치듯 퍼붓기도 하지만
눈발 녹이듯 살잖소

여명(黎明) / 김선목

시인 김선목

허공 속에 발광하던 소요가
달빛 가지에 걸려 고요한 밤
바람 소리도 잠이 들었다.

바람에 날려 떠들썩한 현실은
창밖에서 부서지고
이상은 꿈속에서 헤맨다.

어둑새벽을 박차고 일어난
참새 소리가 날아와
잠든 봉창을 두드린다.

밤안개에 묻혀야 했던 고요가
갓밝이 창가에서
눈을 비비며 창문을 연다.

자화상 / 김선목

맨주먹을 빈 주머니에 감추고
외로울, 그리울, 괴로울 겨를 없이
눈에, 어금니에, 목에 힘주고
팔다리 휘저어 온 골빈 청춘을 회상한다.

친구가 좋아서 우정을 어깨동무하고
사람이 좋아서 사랑의 손을 잡고
부모 형제가 생각날 땐 고향을 그리워하며
얼룩진 책장을 넘겨야 했다.

외롭고 고독한 삶을 묻어버린
일에 쫓겨 살아야 했던 지난날의 행복!
사람스럽게 살아야 했던 지난날의 고뇌!
이것이 내 삶의 뿌리다.

내 생에 수많은 아픔 속에서
돈, 명예, 지위를 잃어버렸을지언정
스스로 쟁취해야 했던 내 인생은
떳떳한 삶의 투쟁이었다.

누군가를 욕하기 싫은 것이
그 누군가에게도 욕먹기 싫은 것이
살면서 비굴하기 싫은 것이
부끄럼 없이 살고 싶은 자존의 가치다.

할머니 사랑 / 김선목

시인 김선목

할머니와 화롯가에 마주 앉아서
담배 피우던 시절을 생각하면
호랑이 담배 피우던 시절이 그립다.

할머니 쌈지는 요술 주머니였고
할머니 반닫이는 보물 상자였으며
할머니 손은 약손이었다.

쌈짓돈을 손자 주머니에 슬그머니
책가방엔 거북선을 슬쩍 넣으시던
할머니는 청자만 피우셨다.

눈 내리는 겨울밤 군밤 익어가는
화롯불을 다독거려 놓은 온기처럼
할머님의 사랑은 따뜻했다.

시인 김소월

한국 서정시의 기념비를 세운, 김소월 // 김소월(1902~1934)

본명은 김정식으로 평안북도 구성에서 태어났다. 정신병을 앓던 아버지 대신 광산업을 하던 할아버지 밑에서 부유하게 자랐다. 김소월은 일제 강점기에 서양시가 아닌 민족의 한과 향토성 짙은 시를 써서 한국의 대표 시인으로 불리고 있다. 김소월의 등단 시는 1920년에 발표된 '낭인의 봄', '야의 우적', '오과의 읍', '그리워' 등이 '창조'지에 발표되었다.

1922년 배재고등학교에 진학하면서부터 '개벽'을 무대로 활약했다. 이 무렵에 '진달래꽃', '엄마야 누나야', '개여울', '금잔디' 등이 발표되었다. 그 밖에도 '예전엔 미처 몰랐어요', '못잊어 생각이 나겠지요', '자나 깨나 앉으나 서나' 등을 발표하였다.

1924년에는 인간과 자연을 같은 차원으로 여기는 동양적인 사상이 깃든 영원한 명시 '산유화', '밭고랑', '생과 사' 등이 차례로 발표된다. 우리에게 잘 알려진 '진달래꽃'은 1925년에 그의 유일한 시집으로 매문사에서 간행되었다. 동아일보사 지국을 경영·운영하다가 실패를 맛본다. 그 후 실의에 빠져 술로 전전한다. 33세 되던 1934년 12월에 부인과 함께 술을 마신 뒤 이튿날 음독자살한 모습으로 발견된다. 5,6년 남짓한 짧은 문단생활을 했지만 그의 시는 154편에 이르는 명시를 써서 시혼(詩魂)을 남겼다.

7·5조의 정형률이 들어가 한국의 전통적인 한을 노래한 시인이라고 평가받는다. 향토성과 전통적인 서정을 노래한 그의 시는 노래로도 불려져 오늘날까지도 독자들한테 많은 사랑을 받고 있다.

[네이버 지식백과에서 인용]

애모 / 김소월

시인 김소월

왜 아니 오시나요
영창에는 달빛, 매화꽃에
그림자는 산란히 휘젓는데
아이, 눈 꽉 감고 요대로 잠을 들자

저 멀리 들리는 것
봄철의 밀물 소리
물나라의 영롱한 구중궁궐, 궁궐의 오요한 곳

잠 못 드는 용녀의 춤과 노래,
봄철의 밀물 소리

어두운 가슴 속의 구석구석
환연한 거울 속에 봄 구름 잠긴 곳에
소슬비 나리며 달무리 둘려라
이대도록 왜 아니 오시나요
왜 아니 오시나요

시인 김원철

프로필

전남 완도 출생, 이천 거주
대한문학세계 시 부문 등단
(사)창작문학예술인협의회 회원
대한문인협회 경기지회 정회원

〈공저〉
경기지회 동인문집 "별빛 드는 창"

시작노트

꽃샘추위 / 김원철

쌀쌀한 찬 공기로 움츠러들게 하는 아침
눈 부신 햇살은 지상을 뚫고 솟아오른다

자동차 앞 유리는 성애 발이 맺혀
햇살 닿아 흘러내리고
여기저기 피어나는 봄의 천사들
그들의 기세 억누를 자 어디에도 없다

긴 겨울 추위답지 않은 꽃샘추위
봄의 햇살에 기막혀 맥없이 사라져 간다.

목차

시낭송 QR 코드

제 목 : 가을비
시낭송 : 최명자

공저 〈별빛 드는 창〉

시인 김원철

내 고향 남쪽 나라 / 김원철

바다를 바라보며 우뚝 솟아오른 산태
왼팔로 은빛 바다를 휘감고
저 멀리 희미한 장막에 가려진 듯
두르고 있는 생일도를 뒤로하고
갈마도는 물결 위에 잠겨
아침 햇살을 받아 황금빛을 머금는다

오른팔로 감싼 동두머리
수평선 너머 아득히 흐르는
펜대섬이 구름 위에 떠 있듯
하늘과 바다가 맞닿은 경계에 서 있다

양팔을 벌려 품어 안은 앞바다
사선처럼 그어진 물길 위로
부표들이 파도에 흔들리며
은빛 실선이 바다를 가르듯
태양의 빛줄기 속에서 솟구친다

장엄한 아침이 바다를 깨우고
새벽의 정적 속에서
또 하루가 펼쳐진다
이곳이 내 고향이었을까
내 마음이 그리움을 더듬는다

세월이 나를 멀리 데려갔어도
오늘도 그 풍경은 여전하리라
고향은 언제나 내 안에
시간을 넘어 영원히 머물리라

인생의 길 / 김원철

삶은 추억이 되어
빛과 같이 반짝이며
덧없이 사라지니
이 세상에 머물며 내 것인 듯
쥐어본 것도 있었으나
마음껏 누리지 못한 아쉬움도
한 움큼 남아 있네

그러나 나그네가 무엇을 더 바라랴
많지 않은 한평생
쓴맛과 단맛을 입에 물고서야
비로소 삶의 깊이를 깨닫는 것
그 또한 운명이라네

누구에게나 주어진 삶
우리가 받아들이는 것은
그저 하늘이 정한 길이라네
운명을 벗 삼아
기쁨도 슬픔도 함께 마주하며
웃으며 걸어가는 길이야말로
진정한 배움이 아니겠는가

이 세상은 하나의 배움터
짧은 시간 속에서 우리가 배우는 것
그것이 인생의 빛이며
우리가 남기는 추억이란 이름의 흔적이라네
저 멀리 별빛처럼
반짝이며 사라지는 순간조차
우리의 삶은 아름다움을 남기고
갈 것이네

벌초 / 김원철

시인 김원철

세 세대 전 할아버지가 아버지를 낳고
아버지가 또 그 아버지를 낳았네
그리하여 내 아버지가 나를 낳고
나는 세상의 빛을 보았네

삼라만상이 반기는 이 땅
섬지방에 뿌리내린 한 가문의 씨족
번성하며 흘러온 시간이
오늘 나에게까지 닿았구나

그 흔적을 찾아 돌아온 고향
세월이 나를 데려와
유년의 품속으로 인도하네
이제는 생명을 떠난 분들
육신의 흔적만 남은 산소에 서서
이름조차 낯선 옛 조상을 떠올려 본다

내 존재의 뿌리를 더듬어 보는 이 순간
잊지 말라 속삭이는 듯한 산바람 속에서
내가 이곳에 있다는 것의
귀중함을 새삼 깨닫네

벌초하러 온 고향의 땅
비록 떠난 분들이지만
여전히 나를 지켜보는 듯한
조상들 무언의 목소리가
오늘도 마음에 가득하네

뿌리의 무게를 이기며 찾아가는 길
그 모든 것이 이곳에서 시작되어
다시 나에게로 흐른다
하늘에 보름달 떠오르기 앞서
조상님께 추모하며 길 떠나네

추석의 기도 / 김원철

저물어 가는 붉은 노을 아래
고개 숙인 벼 이삭이 황금 들녘을 채우고
은행나무의 황금 열매가
가을바람에 우두둑 떨어지기 시작합니다

울타리 너머 탐스럽게 익어가는 호박
은은히 떠오르는 만월
머리 위 손 닿을 듯 말 듯한 거리에 있는 듯
금방이라도 품에 안길 것만 같습니다

그믐이 있었기에 보름달 뜨고
빛이 있으니 그늘이 있는 것처럼
어둠이 있기에 환한 빛을 품을 수가
있습니다

한 해의 결실에 감사하며
하늘과 조상께 제를 올리고
수확한 곡식으로 떡을 빚어 나누던
농경 문화의 명절 풍경이
이제는 점점 변화의 물결을 피해 갈 수는 없지만

모든 만물이 풍요롭고 기쁨이 넘치는
팔월 한가위 풍습
그 시절의 마음을 떠올려 봅니다

이 가을 보름달처럼 환하게
우리의 마음에도 풍요가 깃들기를
감사와 나눔으로 가득한
아름다운 세상이 되기를 원합니다.

가을비 / 김원철

달무리가 떠오르자
구름바다 속에 스며든 빛은
가을비의 손끝에 닿아 천지를 깨운다
길고 지친 여름의 무더위는
이제야 한풀 꺾여
기약 없이 먼 꿈처럼 사라져가고
그해 더웠던 날들은
기억 속에서 아련히 떠올린다

들녘엔 황금물결이 일렁이다가
하루하루 허허벌판으로 변해가고
산어귀 밤나무 아래
떨어져 나뒹구는 알밤은 탐스러움에 가득 찼다
가을은 어느새 온 듯
오지 않은 듯
비에 젖어 이 땅에 스며들었다

다가오는 가을의 자락을
손끝으로 더듬으며
나는 그 속에서
한 계절의 끝과 또 다른 시작을 느낀다.

눈부신 가을빛 / 김원철

고개 숙인 벼 이삭 황금의 물결
꽃은 지고 알알이 익어가는 들깨
점점 알이 차오르는 검은콩깍지

노랗게 익어 해삼을 닮은 여주 열매
금방이라도 부채춤을 출 듯한
분홍빛 맨드라미 꽃

우람한 근육으로 맷돌처럼
가을 담장을 지키는 호박

땅에 닿을 듯 말 듯
보랏빛 탐스러운 가지 형제들
고추잠자리는 유영하듯
그 사이를 지나 가을바람을 거슬러 오른다

잠시 구름에 가린 해님
선명한 파란 하늘바다에
누가 솜뭉치를 뿌려 놓았을까
각기 다른 모양의 구름
빛을 받으며 떠다니는 형상들
무엇으로 다 표현할까
형용할 길 없어 그저 넋을 놓고 바라본다

다시 마주한 서쪽 하늘
강렬한 가을 햇빛에
눈이 부셔 이내 눈을 감고
그저 탄복할 뿐
그 빛에 이 마음 떠날 수조차 없다.

국화 / 김원철

엄동설한 속에서도 그 생명 살아남고
자연이 옷을 입기 전
개화기에도 침묵하며
자연에 묻혀
그저 묵묵히 있더니

양의 기운이 왕성한
정열의 세상에서도
차분히 자리를 지키고

찬바람 불고
낙엽이 지는 때
비로소 봉오리가 올라
한 잎 한 잎 피워내며
마침내 세상에 빛을 드러내는구나

수많은 시간을 보내고
송이송이 피워내는
그윽한 너의 향기가
온 나라에 스며드는
무서리 내리는 가을의
꽃밭에 네가 있구나

아름답고 우아한 꽃, 국화여

가을비 / 김원철

참고 참았던 가을비
한낮의 더위를 몰아내고
아침부터 저녁 너머 새벽까지
추적추적 내리고 있다

온도 차는
점차 벌어지고
음과 양의 교차가
활발해지는 계절 되었다

가을비로 가을은 더 깊어지고
빗소리 속에서 문득
옛사람의 얼굴이 떠오른다
지나온 봄꽃이 그리워지고
정열의 여름날도
생각이 난다

나뭇잎은 붉게 물들며
곱고 예쁜 옷으로 갈아입고
마침내는
그 옷을 벗어 이 가을 지나가는
길목에 카펫을 깔아
고이 보낼 것을 생각하니...

또다시 저며야 하는 시간이
가을의 석양에 노을 져 오고
단풍은 만추에
모든 것을 내려놓고 가려 한다.

비 개인 가을 아침 / 김원철

간밤에 내린 빗줄기
신선한 가을 공기는 아침 허공을 가르고
산들바람 속 고요함에 적막이 깃든다

먹구름 사이로 햇살이 뚫고
피어오른 뭉게구름은
동녘 하늘로 흘러간다

맨살을 드러내는 나뭇가지 위
참새들 잠시 쉬었다
다시 길을 떠난다

자고 나면 울려오는 세상사
모두 부질없는 권력과 야욕의
산물

자연은 묵묵히 변화의 시간을
맞이하고 있다.

자연과 인간 / 김원철

파란 하늘에 피어오른 뭉게구름
눈앞에 펼쳐진 산등성이
불어오는 계절풍은
수천수만 년 이어온
이 땅의 역사를 품는다
낮과 밤이 돌고 도는 이곳

암흑의 우주 공간에
태양과 함께 외로이 떠 있는 이 세상
유일하게 살아 숨 쉬는 곳

천국과 지옥이 공존하며
돌아가는 이곳을
우리는 '세상'이라 부른다
끝없는 세상은 좁아지고
인류는 새로운 세상을 찾아 탐험에 나선다
다섯 번의 대멸종을 넘은 인류
우리는 이 땅의 주인인 듯 살지만
자연의 일부임을 뼈저리게 느낀다

상처투성이인 자연이
치유되지 못하고
복구할 수 없게 되는 날
어떤 모습으로 다가올까?
이 순간 생각해 본다
땅과 바다, 하늘마저
인류의 오염에 몸살을 앓고 있다

우리는 이 땅에 주인으로 온 것이 아니라
공존하며 살아가야 할 운명체일 뿐이다.

시인 김정윤

프로필

대한문학세계 시, 수필 부문 등단
(사)창작문학예술인협의회 회원
대한문인협회 정회원
(사)한국문인협회 회원

2022년 06월 : 짧은 시 짓기 전국공모전 은상
2023년 03월 : 신춘문예 전국공모전 은상
2023년 06월 : 짧은 시 짓기 전국공모전 장려상
2024년 06월 : 짧은 시 짓기 전국공모전 금상
2024년 09월 : 순우리말 시 짓기 전국공모전 장려상

저서
2020년 04월 : 감자꽃 피는 오월

시작노트

여름 낮이 지나면 가을 저녁이
기다려주는 시소의 계절
아침저녁 불어오는 선선한 바람
허리 펴고 일어난 농부의 이마에
흐르는 땀을 씻는
누렇게 익어가는 들판 검게 탄 얼굴에
벌어진 밤송이 같은 함박웃음
고단한 삶의 정겨움이 살아나는
삶의 詩를 쓰고 싶다.

목차

시낭송 QR 코드

제 목 : 4월의 이별
시낭송 : 박영애

시집 〈감자꽃 피는 오월〉

주막 앞의 초상화 / 김정윤

깊어져 갈수록 출렁이는 도시의 밤
골목길 외진 곳에도 어둠을 적시는
네온 빛 구슬비가 내립니다

가난의 은신처인 초라한 주막 처마 밑에
회색 도리구찌를 눌러쓰고
지그시 눈을 감고 졸고 있는 노파
얇은 외투 위로 무겁게 내려앉은
뿌리 깊은 고독 거친 숨을 쉴 때마다
흐느끼듯 흔들리는 작은 어깨 위로
빗방울이 떨어집니다

어머니! 얼마나 외로우셨기에
이토록 많이 취하셨나요?
고단했던 삶 전부를 자식 위해 던지시느라
문신처럼 새겨진 골 깊은 주름
손가락 마디마디 옹이처럼 박인 굳은살이
이제는 술잔을 들기에도 무디어 가는 감각

한 자락 흘러내린 흰 머리카락에서
마지막 소리 없는 고통으로 떨어지는 빗물
이 세상 어머니의 살아있는 초상화를 바라봅니다.

나이 / 김정윤

시인 김정윤

말기 암 고통을 참아가며
마지막 남은 삶을 비명 속에 보내셨던
아버지의 나이

닫힌 요양병원 철문 앞에
잃어버린 세월의 환영을 쫓아다니며
먹다 남은 어머니의 나이

아픔으로 먹고 서러움에 먹고 어느새
내 나이 칠순
나도 몰래 삼켜버린 세월
돌아보면 아득히 먼 곳에 홀로 앉아
꾸역꾸역 서글픈 나이를 삼킨다

부모님 간병에 세월 놓쳐버린 아내
나이만큼이나 낡은 화장대 앞에 앉아
지워도 지워도 지워지지 않는
골 깊은 주름과 싸우느라 나이를 벅는다.

그리운 어머니 / 김정윤

밤하늘 별바다
유난히 밝은 별 하나 나의 어머니
바라만 보아도
흐르는 눈물에 목이 메어옵니다

바람처럼 스쳐 간 백 년의 세월
차디찬 바닥에 무릎을 꿇고
눈물로 시작하는 어머니의 하루
눈물 젖은 어머니의
새벽 기도 소리가 들려옵니다

이 세상 무엇으로 가늠할 수 없는
봄날 같은 어머니
어렵고 힘든 일에도
웃음 한번 잃지 않던 어머니

밤하늘 별 바다
유난히 밝은 별 하나 나의 어머니
바라만 보아도
흐르는 눈물에 목이 메어옵니다.

가을은 벤치에 앉아 / 김정윤

시인 김정윤

가지 끝 가을은 밤새 벤치에 내려앉아
바람과 이야기 하고 있다

계절의 길목에서
나목의 슬픈 이별을 불러준
철새의 마지막 가을의 노래를 들으며

누군가 앉았던 자리에서
수없이 지나간 그 숱한 삶의 희비(喜悲)를
이야기 하고 있다

어디로 갈까
돌아올 수 없는 어느 곳에서
또 다른 시작을 위해 몸을 사르는 가을은

밤새 벤치에 내려앉아
달그락달그락
바람과 누군가 했던 지난날 이야기
계절의 회귀(回歸)를 이야기하고 있다.

4월의 이별 / 김정윤

4월의 햇살을 비집고
바람이 분다
바람이 불 때마다
폭죽처럼 터지는 꽃잎
꽃눈이 내린다

한순간 피고 지는
서러운 삶
기약 없는 이별 앞에
눈부시도록 화사한 꽃잎

보라!
창공에 빛나는
꽃잎들의 화려한 군무를
떨어지면서도 아름다운
연둣빛 꿈을 담은
4월의 이별

달집태우기 / 김정윤

시인 김정윤

춤을 춘다
머리채를 풀어헤치고
미친 듯 몸을 흔들며 춤추는 여인

바람이 불 때마다
허리를 뒤틀며 하늘로 날아올라
해묵은 액운을 태운다

진한 솔향을 뿌리며
춤추는 여인의 몸속으로 뛰어든
사악한 악귀들이 타는 불꽃에
몸부림치며 토해낸 검은 연기가
긴꼬리를 달고
하늘 높이 날아간다

훨훨 타오르는 불꽃 속에서
벽사진경(壁邪進慶) 사악한 액운들이
쫓겨가고 희망찬 새해의 날이 밝아온다.

운명을 타는 노인 / 김정윤

비만의 거대한 몸을 흔들며
유월의 푸른 바람이 불어온다

땅거미가 내려앉은 놀이터에
불법 체류한 미세 먼지들이
구석구석 몸을 숨기고
불빛 속으로 뛰어든 하루살이의
슬픈 운명을 수습한다

한바탕 어린 즐거움이 지나간
빈자리에 노인은 그네를 타고 있다

요양원 목에 걸린
울리지 않는 전화기처럼 흔들거리며
잊혀가는 유년의 그리움을 타고
겹겹이 밀려오는 외로움을 타고
돌아오지 않는 세월 속으로
노인은 운명을 타고 있다.

겨울나무 / 김정윤

세월의 톱니바퀴에
갈가리 낡은 수피 자락을 훈장처럼 걸치고
속살 파고드는 칼바람에 비틀거리며
달빛에 쓰러진 발가벗은 그림자를 밟고 서서

사계절 피 한 방울 흘리지 않고
떨어져 나간 그 많은 이별을 감내하고
닳아버린 연골 휘어진 팔을 흔들며
마지막 남은 잎새의 이별을 배웅하고 있다

한평생 자식만을 위해 살아온
눈물로 얼룩진 어머니의 삶 같은 인생사를
순리에 순응하는 것이라며 숙명처럼 여기고

삶의 희망으로 찾아올 봄을 기다리며
차디찬 겨울을 버티고 서 있다.

고향(故鄉) / 김정윤

한눈에 들어오지 않는
넓고 넓은 바다
세월의 풍화에 갈라진 돌산
틈새의 고독이 공허함을 자아내는 섬

조상의 뼈를 묻고
어머니의 혼을 담은 곳
언제 돌아올까
기다림에 얼룩진 투막집 사랑방
까맣게 탈색한 비워둔 자리
유년의 그리움이 묻어나는 곳

가마솥 사랑 찾아
먼 길 돌아와 투막집 벽을 잡고
명치끝에 걸린
세월의 서러움을 토해내는 곳

어머니의 따뜻한 손길이 느껴지는
고향 울릉도(鬱陵島).

백수(白手) 노인 / 김정윤

시인 김정윤

허무한 인생 고달픈 삶
준비 없이 채워진 나이에 쫓겨난
세상이 붙여준 이름 백수(白手) 노인
갈 길은 먼데 세월의 무게에
맥 빠진 삶을 등에 업고 오라는 곳 없어
갈 곳 찾아 헤매는 가엾은 방랑자

눈먼 장님 말 못 하는 벙어리가 아니라고
외쳐도 보았지만
세상에 낙인된 노인이란 숫자

눈뿌리 아프게 참아온 밤
장맛비가 토해낸 하얀 물안개가
비탈진 계곡을 기어오르는 새벽부터
발정 난 들개처럼 컹컹거리며
지폐 냄새를 찾아 헤매는
예순다섯 숫자가 만든 이름 백수(白手) 노인

어두운 세상 한 모퉁이에서
힘겨운 삶의 등짐을 지고 오늘도
오라는 곳 없어 갈 곳을 찾아 길을 떠난다.

시인 김혜정

프로필

2004년 대한문학세계 시 부문 등단
(사)창작문학예술인협의회 부이사장
대한창작문예대학 지도 교수
시낭송가 인증서 취득

〈수상〉
한국문학 문학대상 외 다수

〈저서〉
제1시집 "어떤 모퉁이를 돌다"
제2시집 "먼, 그래서 더 먼"
제3시집 "돌아보는 시선 끝에는"

〈공저〉
명인명시 특선시인선, 들꽃처럼 1,2,3,4
대한창작문예대학 제6기 졸업 작품집
동반의 여정 외 다수

시작노트

마음이 외로운 날에는
내 마음 달래 줄 마법의 언어를 찾아
정처없이 떠도는 여행을 시작한다

온 몸이 얼음에 잠긴 것처럼 시려 오면
따스한 말 한마디 건네 줄
다정한 친구는 아니더라도
웃음 한 조각 입가에 담을 수 있는
글을 찾아 마음의 편지를 쓴다

- 시 〈마음이 외로운 날에는〉 본문 중에서 -

목차

시낭송 QR 코드

제 목 : 그대와 탱고
시낭송 : 장선희

제3시집 〈돌아보는 시선 끝에는〉

용수철 / 김혜정

시인 김혜정

태양의 부석거리는 걸음에
바위가 매달린 듯하다

안절부절못하는 하루는
가시방석이다

그렇게 태양과 하루는
서로 공존하면서 다른 꿈을 꾼다

다른 곳을 바라보면서 또
같은 꿈을 꾸는 한 몸이다

하지만 그 꿈이 가시에 찔려
생채기가 생기면 갈등은 시작된다

자석처럼 끌어당겨 틈을 메우려 해도
어긋난 자존심은 용수철처럼 튀어 오른다

이곳에서 그곳까지 / 김혜정

첫 새벽
암탉의 울음소리가 요란하다

하늘에서 새벽 별이 떨어지듯
사뿐사뿐 내려앉는
이슬의 영롱함에 들뜬 마음은
백사십팔 킬로미터의 사랑으로 달린다

본능의 질주이며 과속이다
그 무엇으로도 정지시킬 수 없고
과속 카메라에 찍히지도 않으니
벌금 딱지 날아들 염려 또한 없다

과속을 멈추게 하는 것
그것은
내 행복이 숨쉬고 있는 종착역에
다다라서야 비로소 과속은 멈춘다

돌아가고 싶은 날의 풍경 / 김혜정

시인 김혜정

아득한 꿈길인 양 들려오는
그 옛날
어머니의 물 긷는 소리와
아버지의 쇠죽 쑤는 소리가
웃도는 세월에 야윈 모습으로 남아 있다

별빛이 유난히 밝게 돋는 날
나는 낯선 거리를 걸으며
흐릿하게 떠오르는 추억 속을
타인처럼 기웃거리고
박꽃 같은 하얀 속살을 만지작거린다

물과 구름이 맑아
은하수처럼 빛이 흐르는 마을
가고 없는 시절 속에 피어나
너스레를 떠는 다정한 그리움은
돌아가고 싶은 날의 풍경이다

이별 아닌 이별 / 김혜정

세월이 흘러가도 잊히지 않을
그리운 이름 하나
오늘도 바람결에 담겨오는 질긴 인연
가슴으로 움켜쥐고 멍울진 눈물 속에
미련 섞인 투정을 담습니다

한 마리 길 잃은 새처럼
세상을 향해 떠도는
아물지 않은 상처는
지친 날갯짓으로 슬프지만
누더기 같은 망토 자락에
셋방살이 하듯 소망을 걸칩니다

바람 찬 날 낮은 언덕에 올라
그리움의 허리 서럽게 껴안고
연둣빛 속에 담긴 창백한 수채화
하늘 끝 시린 푸름에 걸어 두고
이별 아닌 이별의 넋두리 풀어 내립니다

너의 존재 / 김혜정

너의 오묘하고 신비스러움
내 마음에 고요함으로 담고
밤새 잠 못 이루며 뒤척이던 날

너는 세상 그 무엇보다도
소중한 언어가 되어
나의 곁에서 삶의 일부가 되었지

많은 세월 흘렀어도
너는 아련한 기억 속에 남아 있는
내 핑크빛 첫사랑 같은 수줍음이란다.

불신 / 김혜정

길이 으슥하다
꾸불꾸불 미로를 걷다 만난
블랙홀에 빠진 생각은
허우적거릴수록 더 깊이 빠져드는
헤어날 수 없는 진흙탕 늪이다

깊은 어둠 속에 갇혀
한줄기 빛이라도 잡으려
발버둥 쳐 보지만
겁먹은 두 눈에 잡혀 오는 것은
또아리를 배배 틀고 앉아
날름거리는 뱀의 혓바닥뿐이다.

그대와 탱고 / 김혜정

시인 김혜정

석양이 어둠을 껴안고
세상에 젖어들면
외로운 길 헤매던 고독이
낯선 불빛의 창을 열고
무언의 손짓을 합니다

어디선가 본 듯한
그대 모습 닮은 창백한 불빛
그 뒤에 감추어진 우울함
외면하고 돌아서기엔
쓸쓸함이 짙어 현악기를 켜듯
내 가슴에 활을 세우고
그대와 마주합니다

온밤을 삼킬 듯
흔들리는 음악 속에서
그대 나의 매혹적인 몸놀림은
희미한 별빛 따라 젖어 들고
여명 속에서 애절한 선율로 피어납니다.

가시에 찔리다 / 김혜정

혈관을 타고 쉼 없이 돌고 도는
붉은 피들의 전쟁 속에서
온몸이 굳은 듯 숨이 막힌다

가시에 찔린 정맥은 부풀어 오르고
퍼렇게 멍이 든 심장은
가시덤불 속에서 곪은 고통으로
동맥은 끊어질 듯한 신음을 토해낸다

가시에 찔리지 않기 위해
무던히도 애썼던 지난날은
창백한 언어로 무너져 내리고
심장에서 멍울진 눈물은 슬픔이 된다

눈 감고 귀 닫고 살다 보면
가시투성이의 외로운 삶에서
곪은 상처는 아무 일 없었던 것처럼
온전히 아물 수 있을까

눈 감고 귀를 닫고 살다 보면
외로운 삶에서 가시에 찔린 아픔은
아무 일 없었던 것처럼
처음으로 돌아갈 수 있을까

나는 오늘도 눈먼 가슴이 되어
상처받은 내 삶의 영혼을 위로한다

강물의 고백 / 김혜정

어둠이 잘게 부서져 내리는 밤
가녀린 빗줄기에 묻힌 적막함이
나를 창밖으로 불러냅니다

마음은 창밖으로 던져두고
은은하면서도 깔끔한 맛을 우려낸
목련차 한 잔 들고 창가에 서서
가로등 불빛과 아련한 시선으로 마주합니다

문득
그 어떤 한 사람의 모습이 떠오릅니다
저 어둠 속 빗줄기를 타고
슬금슬금 묻혀오는 낯설은 고백 하나

빗물은 흐르고 흘러
강물이 되어 바다로 흐르고
그 바다는 다시 강물이 되어
내 마음속에 들어와 사랑한다 고백합니다

나를 위한 연가 / 김혜정

먼 어둠 속에서
소란스런 눈으로 노려보는
눈빛의 번득거림이 서늘하다

블랙홀에 빠진 듯
끝끝내 헤어날 수 없을 지도
모르는 두려움 같은 것
그것이 무엇인지 나는 알지 못한다

다만, 어둠의 터널 속에 갇혀
서늘한 눈빛의 번득거림과
마주 보고 있어도
결코 놓을 수 없는 한가지
그것은 나를 향해 손짓하는 희망이다.

시인 김희선

프로필

부산 거주
대한문학세계 시 부문 등단
(사)창작문학예술인협회 이사
대한문인협회 부산지회 정회원
순우리말 글짓기 전국 공모전 은상
한국문화예술인 금상
짧은 시 짓기 전국 공모전 은상

〈저서〉
시집 〈인연의 꽃〉

시작노트

연둣빛 원피스를 입고
넓은 세상 속으로
첫발을 내디디던 날

새하얀 찔레꽃 같은
환한 웃음이
걸어둔 빗장 틈새를 비집고
가슴안으로 안겨들었다

끊어내지 못한 꿈은
현실의 벽에 갇혀버리고
초점 잃은 청춘의 꽃은
하염없이 스러져갔다

- 시 〈인연의 꽃〉 본문 중에서 -

목차

시낭송 QR 코드

제 목 : 4월의 고백
시낭송 : 김락호

시집 〈인연의 꽃〉

4월의 고백 / 김희선

포근한 햇살을
온몸에 휘감고
봄바람이 솜사탕처럼
감미롭게 녹아듭니다

망울져 터진
하얀 벚꽃 같은
해맑은 그대 마음
보지 않아도 보이고
듣지 않아도 들리는 듯

꽃이 피는 계절에
꽃이길 외면해도
꽃이라 불러 주는
그 마음 때문에
세상은 온통 푸르름으로
가득 차오릅니다

꽃이 아니어도
꽃으로 바라보는
그 눈빛 때문에
다시 화사함으로 피어납니다

마른 꽃 / 김희선

시인 김희선

세월의 흔적을 문신처럼 새기고
현실의 굴레에 갇힌 몸이어도
영혼만은
이 세상 어느 곳이든
자유롭게 떠다니고 싶은 소망 하나
가슴속에 품었지

성곽처럼 둘러싸인 틀 속에
고착되지 않으려고
무엇이든 단단히 붙들고
목마른 사슴이 물을 찾아 헤매듯
이곳저곳을 기웃거리곤 하였지

남은 것은
빈 껍데기 상처뿐인
볼품없는 빈약한 모습
메말라 부서지는 허무한 삶일지라도
마지막 순간까지
향기 나는 이름으로 살고 싶어라

사랑에 대하여 / 김희선

툭 던진 말 한마디에
가슴이 찢기는 일도
속 깊은 사랑 때문이다

소중한 것을 놓치고도
무심코 지나온 날들에 대한
깊은 회한이 가슴을 칠 때
불면에 시달리는 고통도

부족한 반쪽을 만났을 때
자석처럼 이끌려
헤어날 수 없는 미련함도
사랑이었음을 안다

누군가 은밀히 내민
꽃씨 하나도
제대로 피워낼 수 없는
척박해진 계절에

가슴 뜨거운 그대
내가 바라볼 수 있는 그곳에서
언제나 변함없기를

시인 김희선

시절 인연 / 김희선

우리의 인연은
우연이든 필연이든
가까이 혹은 멀리서도
시간의 흐름 속에 담겨 있다

심해 속에 던져진
그 푸르른 날들이 안타까워
피안의 경계에서
어린 가슴만 쥐어뜯곤 하였지

새로운 인연을 맺는다는 것은
끝과 시작을 이어주는
대나무의 단단한 마디처럼
과거의 껍질을 벗고
내 안의 부족한 나를
다시 채우는 일이다

소통의 부재 / 김희선

사랑이라는 핑계로
편하다는 이유로
욕심껏 쏟아부었던 것들이
화살촉이 되어
심장을 찌르기도 한다

정작 소중한 것은 잊고
무심히 살다가
가슴속 밑바닥에
차곡차곡 쌓여 있던 원망이
한순간에 폭발한 것도
편협된 이기심 때문이다

시린 손발을 녹이고
어둠을 환하게 품어 주던
한겨울 화롯불 같은 온정도
마음 깊숙이 스며들지 못하고
물과 기름처럼 겉돌게 되면
그마저도 무의미해지고 만다

몫 / 김희선

더불어 사는 삶에는
각자의 역할이 있다
속이 편하다는 이유로
여러 마음이 모여
단순히 차 한 잔 나누는 일도
맹물 마시는 것으로
대신하다 보면
인식 하나가 쌓여
나중엔 제외되기도 하고
번거롭다는 핑계로
눈앞에 뻔히 보이는 내 것도
포기를 반복하게 되면
몸에 밴 일상처럼
쳇바퀴 돈다

자연의 숨소리 / 김희선

녹음이 짙어가는
숲속 오솔길
그와 나란히 걸으며
자연의 맑은 숨소리를 듣는다

그 푸르른 날엔
그의 활기찬 걸음에 이끌려
턱 끝까지 차오르는 숨소리 이외
아무 소리도 들리지 않았다

삶의 언저리에서 마주한
절망의 끝에서
쩍쩍 갈라진 거북 등처럼
척박해진 마음 밭에
희망의 꽃씨를 심으며

천천히 걸어도 좋을
그의 가쁜 숨소리마저도
싱그러운 봄의 소리다

가을 사랑 / 김희선

시인 김희선

세상 모든 소리는
맑은 피아노 선율이었고
세상 모든 텍스트는
달콤한 사랑의 언어였다

푸른 속삭임도
붉은 입맞춤도
단단한 껍질 속에 감춰진
여린 속살처럼

사랑의 시간도
그리움의 시간도
하얀 이별을 위한
가을 소나타였다

시월 소묘 / 김희선

가을바람에 흔들거리며
벼가 누렇게 익어가듯
세상 모두가
황금빛 노을로 물든다

추수를 끝내고
알곡만을 선별하여
양의 기운을 한껏 끌어모아
갈무리하면

텅 빈 들녘에
서늘한 가을비가
이별의 눈물처럼
가슴 시리게 내리고

여름새가 떠난 갈대숲에
무서리가 하얀 눈처럼
살포시 내려앉으면
겨울새가 돌아와 둥지를 튼다

시인 김희선

가을밤에 / 김희선

가을비가
여름 장맛비처럼
요란하게 쏟아지는
어둠 깊은 창가에
우두커니 기대어
빗소리에 시간을 묻고

저만치 밀쳐두었던
빛바랜 사진첩을 열어
가슴으로 들여다본다

사랑하고 싶을 때도
사랑받고 싶을 때도
사랑이 찾아올 때도
사랑이 떠나갈 때도
나의 계절은 가을이었지

이제 가을은
이름 없는 들꽃처럼
저 홀로 피고 지네

시인 김희영

프로필
대한문학세계 시, 수필 부문 등단
(사)창작문학예술인협의회 이사
대한문인협회 정회원

〈수상〉
짧은 시 짓기 대상
순우리말 시 짓기 대상
한국문학 예술인 대상(대한문인협회)

명인명시 특선시인선 8회 선정
동인지 아름다운 들꽃 외 다수

〈저서〉
시집 〈시간 속에 갇힌 여백〉

시작노트
뼛속까지 파고드는 겨울바람에
마음은 얼어붙었고
호수는 흐르는 법을 잃어버렸다.
봄을 기다리는 마음은
나뭇가지에 오르는
연둣빛 물길을 서성이련만
회색빛으로 뿌연 세상은
색깔을 잃어버렸다.

호수가 비명을 지른다.
봄을 잉태한 바람이
얼어붙은 호수 위에서 화려하게 춤을 추고
갇혔던 봄의 씨앗들이 기지개를 켜며
대지를 가른다.
어둠에 갇혔던 내일이
시린 바람 속에서 깨어나고 있다.

- 시 〈우수(雨水)가 지나고〉 본문 중에서-

목차

시낭송 QR 코드

제 목 : 새벽빛 꿈을
만나다
시낭송 : 최명자

시집 〈시간 속에 갇힌 여백〉

화선지에 담은 혼 / 김희영

별들이 아직 깨어나지 않은 저물녘
지구를 반 바퀴 지나온
온갖 상념들이 화선지 위에
못다 한 이야기를 품어헤친다.

놓치기 쉬운 선과 각도
예리하게 잡아내는 고른 숨결
점과 선을 이어주는 날 선 감각

가슴 깊숙이 살아 꿈틀거리는
열정에 덧입힌 담백한 점과
정갈함을 더한 날카로운 선
생명의 궤적이다.

순간을 잡아내는
고귀한 기품의 손길은
싸늘히 손가락을
빠져나가는 바람마저도
하얀 백지 위에
살아 숨 쉬는 혼을 덧씌운다.

새벽빛 꿈을 만나다 / 김희영

달리고 뛰어도
숨을 헐떡이며 내달려도
노을은 성큼 발 앞에 서 있다

새벽으로 달린다
거꾸로 선 시계의 초침을 잡고
멀고 먼 유년의 어디쯤
잃어버린 꿈을 좇는다

하늘은 뿌옇고
산은 안개에 가려진 미궁 속
어린 소녀의 방망이질 치는
심장 하나가
가슴에 와 쿵쾅거린다

요동치는 바다 위에
우뚝 선 섬이 되고픈 꿈

노을은 서산을 향해
서서히 기울어 가는데
아직 동트지 않은 새벽의 설렘은
하얀 백지 위에
그리움으로 우뚝 서 있다.

햇살 머문 겨울 창가에서 / 김희영

눈꽃 핀 창문 사이
한 줌의 햇살은
시린 겨울
게으른 긴 그림자로
가슴에 담긴 그리움 하나
창밖을 서성이게 한다.

붉게 타오르는 하늘은
하루를 마감하고
피로한 생각은
하루를 뒤돌아보건만
잡힐 듯 잡히지 않는
먼 옛이야기 같은 시간의 틈새

바람과 세월 사이에
깊게 묻어둔 꿈은
시간의 더께를 털어내지 못하고
그리움의 경계에서 서성인다.

계절과 시간의 틈새에
눈꽃 사이를 비집고
창문으로 들어온 햇살 한 줌
그리운 마음에
아련한 덧칠을 하고 있다

싸늘하게 식은 가슴에
꽃이 피고 있다.

나무리에는 강이 흐른다 / 김희영

강 언덕에 앉아
강물의 노래를 듣는다.
출렁이는 바람결에 그들만의 언어를 속삭이며
밤새 흐르고 흘러 유년의 어느 골목에서
푸념하듯 부르던 노래를 품고
나무리 앞마당에 흐르는 강.

한 발자국 다가서면
한 뼘 다가와 출렁이고
한 발자국 멀어지면
한 뼘 멀어지며 울음 울던
한을 품고 한을 뱉어내는
어머니의 속내를 담은 강은
상처 숨긴 채 울어대는
아낙의 아픔을 노래한다.

강은 흐른다.
어머니의 아픔을 담고
유년의 그리움을 품고
아버지의 고단한 삶을 끌어안은
나무리의 강은
시린 겨울바람을 등지고 봄을 부르며
오늘도 유년의 발자국 곁을 서성인다.

* 나무리는 고향 마을 이름

다시, 봄 / 김희영

시인 김희영

눈 덮인 강 밑으로
흐르는 물도
서산마루에 걸터앉은
찬란한 햇살도
어둠 속으로 빨려 들어가
꽃도 빛을 잃은 봄입니다.

소용돌이치는 소음
발버둥 치는 시간에
하늘빛도 어둠으로 가려
대문을 꼭꼭 걸어 잠그고
창틈으로 싹이 트는 봄

그리움과 기다림 사이에서
희미하게 남겨진 흔적
콘크리트 벽에서도 꽃이 피어나듯
어둠 속에서도 봄은 오고
달빛에 젖은 어둠도
봄빛으로 젖겠지요.

찬란하게 시린 봄도
가난한 햇살 한 줄기에
꽃 피우는 봄이
멀지 않았다는 것을
비좁은 틈에서 피어난
민들레꽃을 보며
깨닫습니다.

때로는 / 김희영

계곡 물소리 얼음과 마주쳐
골짜기 돌아 흐를 때면
청아한 소리가 들린다

이름 모를 산새가
숲길의 발자국 소리 듣고
후다닥 날아오르고

파란 하늘 사이로 구름 한가득
산사에 접어든다

요사채 마루까지 들어온
햇살이 마음을 만지면
살포시 뛰어드는 꿈을 꾼다
아주 가끔

황금의 도시 예루살렘 / 김희영

산바람은 포도주보다 깨끗하고
솔 내음은 동틀 녘 바람을 타고 오네
딸랑이는 종소리와 함께
선잠을 자고 있는 초목과 돌들이
꿈에 사로잡혀 그 도시는 외로이 앉아 있네
외로움을 그 성벽 깊이 간직한 채
당신의 모든 노래 위하여
나는 바이올린이 되네

＊ 작사 : 나오미 셰머

평화 전망대 / 김희영

하나의 소리가
제각각 외침이 되어
빠른 발걸음으로
온 세상을 휩쓸 때
강물은
푸른 침묵의 고요함으로
연육교를 감싸고

나무 한 그루 보이지 않는
황토 짙은 붉은 산
바람도 머물지 않고
사람들의 발걸음도
부여잡지 못하는 강 너머에
동질의 이질은
강물의 침묵을 첨벙인다.

시인 김희영

삶의 공존에서
부딪히는 언어는
지면에 가득하고
한 발도 물러설 줄 모르는
생존의 외침

빛을 잃은 가로등에 앉은
비둘기 한 마리
긴 잠에서 깨어나듯 기지개 펴고
칠십 년 세월
고요히 흐르던 침묵은
잔잔한 파도에
생존의 발버둥을 담아
한반도를 가로지른다.

여정 (12월과 1월 사이) / 김희영

다리힘 풀리면 오도 가도 못한다는
그 말이 귀에 울려 가벼운 운동화
끈 매고 길을 나선다

지구를 반 바퀴 휘돌아
하루 지나 이틀 만에
적도에 내리니
겨울에 떠난 길이
여름으로 와 있다

마음 끝 달려보자
다시는 못 올 길처럼
하늘도 청남색이고
바다 또한 넓어
가슴이 확 트인다

무엇이 보이나
함박눈 소복소복 쌓이는
고향 하늘만 보인다
한시도 잊지 못하는
소왕국이 이틀 사이 또 그립다

시인 남원자

프로필

경기도 광주시 거주
대한문학세계 시 부문 등단
(사)창작문학예술인협의회 회원
대한문학세계 경기지회 정회원
대한창작문예대학 졸업
문예창작지도자 자격 취득

〈수상〉
2020년 좋은 시 선정, 시가 있는 아침 선정
2021년 한국문학 올해의 시인상
2022년 한국문학 발전상
2023년 대한문인협회 경기지회
　　　　　향토문학상 경연대회 대상
2023년 짧은 시 짓기 전국 공모전 동상
2024년 이달의 시인 좋은 시 선정

〈저서〉
시집 [꽃 피는 삼월]

시작노트

가을 한잔에 취한다
눈이 부시도록 파란 하늘에
울긋불긋 가을꽃에 취하고
햇볕 잘 드는 양지에 앉아
코끝으로 전하는 바람 냄새
산허리에 걸린 붉은 노을이
눈이 부시게 아름다운 가을
시인은 가을을 이렇게 노래한다.

목차

시낭송 QR 코드

제　목 : 파도는 말한다
시낭송 : 박영애

시집 〈꽃 피는 삼월〉

하늘은 요술쟁이 / 남원자

해님이 뜨겁게 내리쬐고
원인 모를 모양으로 움직이는
양떼구름 하늘 열차 타고
어디론가 정처 없이 떠난다

파란 하늘 속에 흰 양떼구름
하늘이 높아만 가는구나
호랑이가 장가를 가는지
해님이 샘이 났는지 비가 내리고
맑은 하늘에 날벼락이 떨어진다

무더위 식혀주는 시원한 소나기
뜨겁던 내 마음도 시원하게 씻겨
비바람과 함께 시원스레 쏟아진다

비가 지나간 자리에 무지개 뜨고
칠월 칠석 쌍무지개 다리에서
견우와 직녀가 아름다운 사랑으로
석양은 붉게 물들어간다.

오늘 같은 날은 / 남원자

시인 남원자

밤하늘은 깜깜하고 어둑한데
긴긴밤 잠 못 이루고

새벽길을 환하게 비춰 주는 눈
오늘 같은 날은
따뜻하게 내린 원두커피 한 잔
한 모금씩 마실 때마다
옛날이 생각난다

하얀 눈송이가 아름다운 줄
커피 한 모금에 취해서일까
앙상한 가지만 남은 나무에 흰옷을 입혀 준다

어릴 적 눈이 많이 와서
허리까지 푹 잠겼던 시절
그 겨울은 참 추웠는데
잔잔한 음악 소리에 내리는 눈은
아름답기 그지없다

오늘 그 눈이 내리고 있다
우산을 쓰지도 않고
옷은 왜 그리 얇았는지
손도 트고 발에는 동상이 걸렸다

학교에서 십 리나 되는 거리는
버스도 없고 걸어서
손을 호호 울며불며
추운 겨울을 맨손으로 견디었다

거리에는 온통 하얀 도화지에
멋진 수채화 그림을 그리고
다시 찾지 못할 그리움 속
친구들을 모아 눈싸움한다

오늘 문득 엄마께서 손수 뜨개질해서
만들어 주셨던 빨간 셔츠와 바지
손모아장갑이 생각이 난다.

흰 꽃송이 / 남원자

베란다 창밖을 바라보는
아가는 무슨 생각을 하고
내리는 눈을 바라보고 있을까
나는 너의 성장하는 모습을 생각한다

태어나서 처음 느끼는 마음
너도 강아지처럼
내리는 눈이 신기하고 좋은가 보구나
나도 네가 웃고 말할 때 좋았다

하염없이 내리는 하얀 눈을
바라보는 아가는
어떤 추억을 만들까
너와 함께한 모든 날을 추억의 앨범에 저장했다

신기하기도 하고 하겠지
하늘에서 하얀 꽃송이를
듬뿍듬뿍 내리고 있는 창가에 서 있는 아가
어느새 자란 네가 참 대견스럽다

아가는 시선을 멈춘다
새로운 세계를 바라보면서
맑고 깨끗한 눈으로 눈을 바라본다.

어버이 은혜 감사합니다 / 남원자

시인 남원자

창문을 열고 하늘을 보니
파란 하늘이 보이는 맑은 날이다

그토록 울부짖던 하늘이
오늘은 화창한 봄날이다

아침 일찍부터
뚝딱뚝딱 썰고 끓이고
엄마 아버지 좋아하시는
토란국 끓여서 엄마에게 가져다 드렸다

박꽃같이 환하게 웃으시는 부모님
아침 출근길에
베란다 창문을 열고
잘 갔다가 오라고 손짓한다

오늘 하루는
아버지 엄마 웃는 모습
생각하면서 행복할 것 같다

만수무강하시옵소서
엄마 아버지 사랑합니다.
지금까지 함께해 주셔서 감사합니다.

세 번째 스무 살 / 남원자

요란한 장맛비 속에서
멍하니 창밖을 바라보니
저 빗속에 쓸쓸하게 걷고 있는
지난날의 내가 보인다

허물어진 담벼락엔
웅크린 것들이 숨어 있고
시멘트 속에서 핀 민들레를 보니
어둠과 스산함이 교차한다

척박한 땅에서도 솟아오르는
민들레는 노란 꽃을 피우고
벌과 나비에게 꿀을 준다
늘 도전하는 너를 닮아가고 있다

자연 속에서 인생을 배우고
아름다운 꽃들을 보며
한 송이 꽃을 피우기 위해
흔들리는 바람에도 꺾이지 않았다

세 번째 스무 살
아름다운 꽃처럼 향기를 내며
벌과 나비에게 달콤한 꿀을 주고
갈매기처럼 훨훨 날고 싶었던
꿈을 회상해 본다.

사랑의 정원 / 남원자

위층 아래층 오르락내리락
매일매일 내 발은 바쁘다
위층 아래층을 순회한다

예쁘고 아담한 정원이 있는 집
그 집에 새로운 이웃들이
친구 하자고 놀러 왔다

테라스 앞에 감나무 대추나무 뽕나무
크게 자라면 그늘이 되어 준다고
외로움을 달래주는 나의 친구들

작은 텃밭에는 상추 심고 고추 심어
오이랑 호박 방울토마토도 심어서
검은 모자 씌우고 손으로 꾹꾹 도장 찍고

부모님도 좋아라 함박웃음 지으셨다
얼른 자라서 가족들과 화목하게
맛있게 먹을 생각에 벌써 미소가 나온다.

사색의 향기 / 남원자

지저귀는 새소리가 상쾌한 아침에
한들한들 바람에 나부끼는 갈잎 사이로
새벽이슬 맞으며 걷는다

한 잎 두 잎 떨어지는 낙엽을 밟으며
파란 가을 하늘을 향해
오늘은 무슨 행운이 기다리고 있을까
하루하루가 새로운 날 기대해 본다

푸르름을 자랑하던 나무들이
알록달록 예쁜 옷으로 갈아입고
가을 나들이하러 간다

한적한 골목길 마지막을 장식하기 위해
피어난 수국 얼굴은 불그스레 화장하고
노랑 저고리에 갈색 치마 두르고
가을을 떠나보낸다.

일어나다 / 남원자

시인 남원자

꽁꽁 얼어붙은
얼음을 깨고 나오는 연둣빛 잎새
긴 겨울잠에서 깨어나
희망의 메시지 가지고 일어난다

겨울잠에서 깨어난
밍크 옷 입고 온 버들강아지
살랑살랑 나비 춤추며
그녀가 왔다고 좋아한다

조용한 강가에
졸졸 흐르는 물소리에
오리 떼들이 일어나 종종걸음으로
어디로 가는지 바삐 간다

앙상한 가지에
뾰족뾰족한 어린 잎새 고개를 내밀고
한 잎 두 잎 포개고 또 포개
빨갛게 피어오른다
정열의 불꽃을 피운다.

파도는 말한다 / 남원자

눈이 부시게 아름답던 바닷가
은빛 모래 위에 새겨진 사연
거센 파도처럼 그리움이 밀려온다

파란 하늘에 태양은 빛나고
은모래 백사장에 추억을 실어
푸른 바다 곡예사가 너울너울 춤춘다

밀려왔다 밀려가는 파도 소리
지난 시절 옹이 진 마음
깊은 블랙홀에 날려 보낸다

하얗게 포말을 일으키며
물밀듯 밀려오는 하얀 그리움
당신이 더 그리워지는 밤이다.

시간여행 / 남원자

시인 남원자

비가 오면 양철 대야에 물을 받아
세숫대야에 빗물 받아서 멱을 감고
맨발로 뛰어다니던 코흘리개 시절
초가지붕에서 뚝 뚝 떨어지는 빗방울

초가 마당 진흙탕 물 바닷속에서
지렁이가 하늘에서 떨어진 줄 알고
세숫대야 머리에 쓰고 진흙탕에서
미끄러지고 넘어졌던 어릴 적 추억

그 추억 속 친구들 지금은 어디에
여름밤 실바람에 실려 온 그리움 하나
눈물 가득 사연을 담았습니다

이 밤 세차게 내리는 빗줄기
하늘에 구멍이 났나 불이 났나
요란한 음악 소리와 함께
시간 여행하고 다닙니다

시간은 잡으려 해도 도망을 가고
저만치 달아나 버립니다
청춘은 눕고 시간과 함께 익어갑니다.

시인 박미옥

프로필
대한문학세계 시 부문 등단
(사)창작문학예술인협의회 회원
대한문인협회 인천지회 정회원
대한창작문예대학 졸업
문예창작지도자 자격 취득

〈저서〉
시집 〈그리움, 가슴에 숨어 피는 꽃〉

시작노트
시를 쓰는 시간은 단어들과
소꿉놀이하는 행복한 시간입니다.
시를 쓴다는 것은 어렵지만
나름 좋은 친구가 되어
함께 즐기며 살아가고 있습니다.

목차

시낭송 QR 코드

제 목 : 매화
시낭송 : 임숙희

시집 〈그리움, 가슴에 숨어 피는 꽃〉

매화 / 박미옥

시인 박미옥

그대 향한
내 그리움을 아시는지
바람이 줄곧 흔들어댄다

그대 보고 싶다는 말
차마 꺼내지 못해
산 너머로 부는 바람에
살며시 얹어 놓는다

초경의 선분홍 젖꼭지처럼
설렘에 부풀어 가는
그대 향한 마음!

가만가만히 피워 본다.

화장터에서 / 박미옥

아버지가 하늘나라로 떠나셨다
평소 유언대로 화장을 했다

아버지는 뜨거운 것도
잘 참아 내셨다

평생 묵묵히
헌신하며 사셨으니
인내하는 것이 몸에 뱄나?

가족들 통곡 소리에도
대답 한 번 안 하신다
뜨거운 불에 모든 걸 맡기고
가벼운 몸으로 나오신 아버지!

아버지의 팔십팔 년의 흔적이
한 줌 재로 남았다
유골함에 담아
가슴으로 안는다
아버지 체온처럼 따뜻하다

아버지의 눈물 / 박미옥

시인 박미옥

병상에 누워 계신 아버지
얼굴 한 번 더 보겠다고
내려간 친정

홑이불보다 가벼워진
몸을 들썩들썩
얼굴에는 엷은 미소가 보인다

아버지 얼굴에는
늘 웃음꽃이 만발했는데
힘없이 핀 꽃을 보다가
내 울음소리는 그만 담장을 넘었다

담장 넘은 통곡 소리는
메아리로 돌아와
아버지 두 눈에 눈물로 담겼다.

지우개 / 박미옥

치매 걸린 시아버지 얼굴은
항상 무표정이다

굵고 가늘게 새긴
지난 사연들
깨끗이 지운 지 오래

지우고
또 지우고
머릿속까지 하얗게 지워냈다

삶의 목표였던
아들과 딸까지
모두 지워 버리신 아버지!

가족들 마음에
사랑으로 옮겨 적고
다 지웠다.

젖은 구두 / 박미옥

시인 박미옥

쇠죽을 끓이면서
아궁이 앞에 앉아
연신 손을 뒤적이는 아버지

비에 젖은
까만 여학생 구두
한 켤레 손에 들고
요리조리

아침에
기분 좋게 등교하는 딸
그 모습 생각하며
얼굴에 미소가 푸짐하다

가슴에 담긴
그 미소, 지금도
비 오는 날
아버지 생각 꺼내면
그리움으로 담긴다.

자전거 / 박미옥

앞바퀴를
밀고 가는 뒷바퀴

한세월
지나고 보니
아버지를 밀고
자식들을 밀고

아!
그리운
내 어머니!

그대 생각 / 박미옥

봄바람 타고
진달래 한아름
가슴에 안고 피었다

그대 떠난
빈자리 채워 주려고
더 활짝 핀 진달래

그립다는 말 대신
애꿎은 꽃잎 하나
머리에 꽂는다

바람이 스쳐간 자리
그대가 서 있다.

어부바 / 박미옥

어느 봄날
코끝에 부는 바람이 설렌다

둘이 길을 걷다
기운 없다는 투정에
성큼 등을 내밀어 준 당신

철없이 덥석 업히어 보니
버석거리는 등짝에
가슴이 아리다

봄바람 타고
앙상한 가지만 남기고
가버린 흔적들

마음이 서러워
스멀스멀
서러움이 기어오른다.

시인 박미옥

노을 앞에서 / 박미옥

그대 바라보다 황홀해서
가슴이 타들어 가는 순간
미련 없이 떠난 그대

늘 그랬듯이
내일이면
아무 일 없다는 듯
다시 찾아오겠지

그러니
내가 널
기다릴 수밖에.

상사화 / 박미옥

선운사 상사화 앞에서
추억에 젖는다

그립다 그리워
엇갈린 사랑!
우리 언제 만날까?

알고 보니
기다림이 사랑이고
그 사랑이 인생인데

인생 앞에서
만난다는 희망만 있어도
기어이 꽃을 피우고 마는
내 그리움!

이게, 기다림에
가슴이 상사화로 피는 이유이다.

시인 박미향

프로필

대한문학세계 시 부문 등단
(사)창작문학예술인협의회 회원
대한문인협회 경기지회 정회원
대한창작문예대학 졸업

〈저서〉
제1시집 [산 그림자]
제2시집 [물들어가는 인생 꽃]

시작노트

인생 꽃 / 박미향

살아가는 의미를 준다면
꽃으로 피고 싶다

인생의 절반이 지난 지금
평범한 삶이라면
앞날의 인생도 꽃을 피우며 살고 싶다

화려한 무대 연출하는 장식처럼
채워야 하는 곳이라면 어디든
꽃으로 채우고 싶다

피고 지고 울며 웃으며 부대끼는
나그네 가는 길목에 서성이면서도
꽃길로 마지막까지 살고 싶다.

목차

시낭송 QR 코드

제 목 : 짝꿍
시낭송 : 최명자

제2시집 〈물들어가는 인생 꽃〉

짝꿍 / 박미향

얼마나 그리웠을까
오랜 시간을 혼자 지새운 날
밤이나 낮이나 늘 혼자인 날들
무언의 생각도 하루 이틀
외로움과 싸움을 삼키면서

얼마나 그리웠는지 모르지
내 옆으로 짝이 생긴다는 게
말은 안 해도 행동으로 보인다

어눌한 말이지만
온몸으로 표현하고 싶은 충동
미래가 보장되지 않은 시간과 세월
누구에게나 다가올 수 있다는 생각
요양원의 짝꿍은 하나의 힘인가 보다.

시인 박미향

텃새와 떡 / 박미향

새로 맞이한 삶의 공간에
텃새가 날개를 치며 바둥거리며
시큰둥 시큰둥 퉁퉁 중얼중얼
일의 효력이 감소하듯 일하기 싫고 보기 싫다

넓은 마음의 사군자도 버럭 일어날 듯
홀연히 기고 날뛴다

참새의 비위가 텃세만 못 하겠냐만
맞대어 보는 삶의 하루가 길다

지는 게 이기는 거라 했는데
죄송합니다. 잘 부탁합니다
아부가 줄을 서며 스멀스멀 기어올라
모나지 않게 살아내는 삶을 그려본다.

시화 / 박미향

너를 보면서 나를 본다
마음이 주는 희로애락
속 깊은 마음 감동의 물결
너와 나 한 몸으로 만든 길
그림 같은 삶의 자화상이다.

단풍 / 박미향

녹색의 이름에서 벗어나
채색을 그리는 듯 울긋불긋
오색으로 물들어
보일 듯 말 듯 가리는 그림자
달리는 차 창 너머에 빠져든다

아름다운 뭉게구름도 넘실넘실
보고 싶은 임은 숨바꼭질하자는데
노란 단풍잎 방긋이 얼굴 내민다
야호 심 봤다.

엉겅퀴 / 박미향

산기슭 언덕 찌는 듯 더운 날
비 맞은 모습 색이 곱다

너처럼 아름답고 향기로운 시절
나도 향기롭고 풋풋하던 세월

좋은 시간 다 보내고 나면
세월 따라 변해가는 게 인생
늙어 가는 시간이 아쉽다.

가지포 해수욕장 / 박미향

시인 박미향

중년으로 넘어가는 세월
낙조의 꿈을 못 잊어 머무르며
금빛 모래사장에 발을 담갔다

엉덩이 씰룩대며 들이대는 파도
세월은 언덕 넘어 산등성이로 달리고
데자뷔를 향해 발버둥이라도 치고 싶다

샹송과 가사를 몰라도
입술은 여전히 실룩거리며 오글오글
솔향이 보거나 말거나
짱뚱어가 꼬리 흔들며 달려든다

경치가 좋은 카페는 젊은 연인들 사이
할머니의 시 낭송이 카페에 퍼지며
흉보라면 보라지 늙어 주책없어도 좋다

붉은 저녁노을이 입술을 가리며
서산 넘어 물속에 빠져 허구적
세상 살아가는 시간이 아쉬워
넋두리에 빠져 바짓가랑이를 잡아챈다.

신호등 / 박미향

파란 청춘의 언덕
비비며 오르고 도착한 곳
올바른 자존감이 버겁다

노란 중년의 선택
힘들고 병들어 지쳐가는 나그네 인생
야윈 어깨 내려놓고 붉은 노을
넘어가는 여정의 섬 끝이다

적색 신호등처럼 쉬어 가는 노년의 길
그 또한 지나가리 먼 여행 약속하며
편히 누울 자리 찾아 나선다.

산행 / 박미향

시인 박미향

보슬비 오는 실개천
추억으로 가득한 청정 지역
빨간 열매를 기대하고 떠나온 산행
어김없이 이쁘게 보여주네
야생의 그리움에 물들어 가는 인생
5시간 산행 끝에 얻어보는 선물
비 맞은 새앙쥐처럼
오늘도 하냥 걸어본다.

저 하늘 끝에는 / 박미향

동경의 세계를 마주하며
오늘도 내일도 바쁜 하루다

한결같은 마음으로 다짐하며
공경과 봉사의 나이팅게일처럼
우주 공간에 들어간다

차디찬 감촉이 섬뜩하여
소름 가득 스며드는 안타까운 느낌
한 세상 살다 한 줌의 재가
짙어가는 그리움으로 물든다

공허한 가슴이 가시지 않는 삶
식어가는 찻잔에 서글픈 인생
그 순간 무슨 생각에 잠길까

굳어가는 인생길
어떤 마음으로 굳어갈까
살려 달라고 소리치며
벌떡 꿈에서 깨어 보고 싶다.

군산의 하루 / 박미향

수많은 사연 접어두고
달려오는 향기에 젖어본다

채만식 문학관에 합장
가지가지 차린 문학의 정서
선배 시인님의 발자취에 연민을 느낀다

비릿한 바다의 향취
보따리마다 웃음 가득
먹음직한 회 접시에 눈이 휘둥그레
큰 입 벌리고 눈 흘기며 상추가 춤춘다

달리는 차 창 너머로 기적소리 멀어지며
가슴 가득한 행복 추억의 한 조각
노랫소리, 시 낭송 목소리
오며 가는 버스에 곤히 잠드는 하루다.

시인 박상현

프로필

대한문학세계 시 부문 등단
(사)창작문학예술인협의회 회원
대한문인협회 서울지회 정회원

시작노트

첫눈처럼 깨끗한 마음으로
하루하루를 살아가고 싶습니다
어두운 밤하늘에 밤길을 비추는
나의 별 하나를 간직하고 살아가는 일상 속에
오늘 밤도 나의 별을 안고 잠이 드는 밤입니다
갓 뿌리를 내린 아기 나무에 첫 꽃이 피어나는
모습을 보며
커다란 아름드리나무로 자라나 꽃향기 가득한
꽃길을 만들기를 소망합니다
커다란 파도 속에서도 유유히 헤엄치는
대왕고래의 여유를 배우며
나의 작은 활자의 조각을 맞추어 봅니다
깨어진 벽돌 사이로 비추이는 햇살을 받고 피
어나는
민들레꽃이고 싶은 새벽입니다

목차

시낭송 QR 코드

제 목 : 봉숭아 꽃물
시낭송 : 박영애

공저 〈2022 명인명시 특선시인선〉

아내와 벗꽃 / 박상현

눈가루처럼 내리는 벚꽃 아래
조용히 발걸음을 맞춘다
햇살은 손끝에서 미소 짓고
우리의 속삭임이 저녁노을에 매달린다

벚꽃은 매해 짧은 만남만을 남기고
아내와 걷는 이 길 위에 영원히 기억될 듯 아득하다

눈부신 꽃비가 내리는 시간
우리의 닮은 기억이 한 조각의 시를 만들고
그리움이 아닌 이 시간을 사랑하며
첫 만남의 설렘을 조용히 꺼내본다

아내의 웃음을 닮은 벚꽃잎
벚꽃은 바람에 떨어져도 우리의 사랑은 영원하길 바라며
이 봄날을 두 손 가득 꼬옥 잡아본다

메밀꽃 피는 밤 / 박상현

달빛 아래 별빛을 닮은 메밀꽃이 피어나고
눈송이처럼 흩어지는 메밀꽃 사이로
굽은 등의 어머니가 고단한 하루를 딛고 일어선다

어스름 속에 고요한 긴 그림자가 뒤뚱거리고
은빛 물결에 달빛이 출렁인다

별빛으로 피어난 메밀꽃이
고단한 긴 그림자의 손을 잡고 걷고 있다

꽃잎마다 맺힌 이슬방울꽃이 그리움이 되어
들판을 첫눈처럼 하얗게 물들이고
가을이 붉게 속삭이는 소리에
어머니의 고단한 하루가 짧기만 하다

하얗게 내려앉은 달빛 같은 메밀꽃밭에 서서
하늘을 바라본다

하늘 속에 빈틈없이 흩어진 메밀꽃 닮은 별들이
어머니의 젖가슴처럼 지나간 세월을 안고 빛나고 있다

시인 박상현

우체국 앞에서 / 박상현

그리움을 적은 맘
띄우지도 않은 봉투는
어느새 기다림으로 가득하다

손끝에 매달린 마음이
무게를 더해간다

잃어버린 시간의 파편들은
시곗바늘 속에서 끊임없이 돌아가고
분명한 것은 아무것도 없이
혼돈의 바다를 건너고 있다

주소를 바라보는 순간
그리움은 어깨를 누르고
오래된 우표에 작은 미련이 끈적인다

하얀 종이 위에 번져가는 가려움처럼
오래된 비밀이 흩어진다

작은 우체통에 가둔 섬망의 시간들이
결국은 나에게 띄우는 편지 한 통이다

코스모스 꽃길 / 박상현

바람이 스쳐 갈 때마다 가녀린 꽃잎 하나
고요한 가을 하늘 아래서 춤을 춘다

계절의 끝자락에 선다는 건 아쉬움이 가득하고
새 희망의 시작은 차가워진 기억들뿐

바람과 함께 노래가 되는 너의 이야기들이
골목골목마다 남겨진 지난날의 나와 만난다

언제나 햇살 속에 빛이 나는 너의 이름들이
나의 꿈을 별빛처럼 아름답게 만들었다

고요함으로 가득한 들녘
코스모스 길을 걸으며 지난날의 나와 만난다

코스모스 꽃잎 닮은 하얀 나비 한 마리가
지나간 시간을 채우며 날아오른다

아내의 도마 소리 / 박상현

저녁 햇살이 가늘게 스며드는 부엌 창가
아내의 뒷모습에 작은 선율이 흐른다

고요 속 칼끝에 흐르는 도마소리에
새벽의 풀내음이 번져나가고
하얀 꽃잎이 익어가는 향이 집안 가득 채우고
잊힌 추억들도 하나둘 깨어난다

아내의 손끝마다 배인 사랑이
고된 하루의 시간을 녹여
내 마음속 따뜻한 불빛을 일렁이게 한다

아내의 도마소리 끝마다 피어나는
계절의 꽃들은 언제나 노래가 되고
부드러운 시가 되어
가슴속에 꽃물처럼
매일매일 사랑을 배우게 한다

가을 속에서 / 박상현

단풍잎에 쓸쓸히 햇살이 외롭다
한 올 한 올 물드는 시간 속에
그대의 이름을 새겨봅니다

바람 한 조각에 추억의 시간들이
작은 시가 되어 가을의 문을 두드리고
서늘한 마음속에 빗방울 하나가 낙엽이 된다

붉게 물든 노을 따라 익어가는 가을
어느새 깊어진 생각에
종이비행기 하나 가을하늘에 날려본다

가을바람에 실려 오는 먼 향기에
붉게 물든 너의 손끝을 잡고
길을 잃고 흩어진 오후의 가을을 바라본다

차가워진 바람 끝에 물들어가는 그리움
고요히 흘러가는 계절에
달맞이꽃 한 송이가 목화솜 닮은 달빛을
노랗게 물들인다

아버지의 지게에 피어난 찔레꽃 / 박상현

시인 박상현

찔레꽃잎이 떨어지면
아버지의 마음이 한 조각씩 부서진다

해마다 봄이 오면 꽃은 피어나고
이 작은 꽃잎이 속사이던 이야기들은
돌아오지 않고 첫눈처럼 사르르 녹는다

어깨 위로 고단함이 무겁게 익어가고
아버지의 담배 연기는 붉은 노을에 흩어진다

찔레꽃 아래 놓인 지겟대에 불어오는 바람에
은은한 달빛이 흩어지고
찔레꽃 향기가 아버지의 눈 속에서 서글프다

찔레꽃잎이 흰 눈처럼 흩어지고
아버지의 그리움의 닻이 무겁게 내리는 날
달빛을 가득 짊어지고 오시고
어깨 위로 찔레꽃 줄기 한가득 매달려온다

해마다 찔레꽃잎이 흰 눈처럼 흩어지고
언제나처럼 아버지의 빈 지게엔
첫눈 닮은 꽃잎이 쌓이고

이제는 달빛 되어준 아버지의 사랑이
내 손톱 아래서 찔레 가시처럼 박혀 있다

봉숭아 꽃물 / 박상현

여름 햇살에 물든 봉숭아 꽃잎이
할머니의 손끝에서 붉게 피어나
세월의 잔잔한 주름 사이로 물들어간다

서툴렀던 손톱 끝마디마다
햇살의 고운 빛깔이 작은 꿈들로 새겨지고
꽃잎마다 작은 웃음소리로 가득하다

할머니 손끝을 잡고 물들이던 날들이
어머니의 손끝에서 붉은 향기로 피어나
흰옷에 물든 감물처럼 번져간다

뜨겁게 빛나는 여름날이면
붉은 약속이 꽃물이 되어
첫눈의 설렘을 물들인다

꽃물이 마를 때까지 꿈꾸던
할머니의 소망과 어머니의 꿈들이
흐릿한 기억 속에서 여름밤의 별이 된다

꽃잎 책갈피 / 박상현

잃어버린 시간을 찾아
꽃잎 한 장이 책갈피 속에
잠들어 있다

낡은 페이지 속에 깃든 작은 꿈들이
살랑살랑 흩어지며 잊힌 기억이
흐린 향기로 남아 있다

책장이 바람결에 넘어가며
남긴 이야기들이 동화 같은 추억 속에서
조용히 나를 만난다

책을 열면 사라진 계절이
다시 피어나 꽃잎 책갈피 속에서
할머니의 묵은 이야기가 목화솜으로 피어난다

책갈피 사이로 스미는 햇살이
손때 묻은 종이의 끝자락에 매달려
너의 기억을 기다린다

꽃 책갈피 속에 남아 있는 흐릿한 향기 속에
흐드러지게 피어나던 벗꽃의 작은 속삭임들이
보석처럼 빛나는 열쇠로 남아 있다

시인의 마음 / 박상현

손끝에 남은 글의 흔적들이
배추밭을 뛰어다니는 송아지처럼
애타는 시인의 펜이
텅 빈 바다처럼 끝없이 하얗다

빛처럼 스치는 점 하나
가슴에 품는 순간이
나의 그림자를 잡는 일처럼 어지럽기만 하다

고독은 어둠 속에서
짙은 침묵으로 선명해지고
마음속 무거운 울림은 도깨비 풀 사이를 걷는다

첫눈 내리듯 시인은 펜을 들고
떨리는 손끝에 새겨지는 흔적들이
검게 그을린 그리움 속에서 새벽을 붙들고 있다

깨진 조각들 사이로 빛나는 햇살 속에서
시인의 술잔이 비워지고
첫눈처럼 흰 백지 위에 흩어진 꽃잎의 향기가
새하얀 이야기로 물들어간다

시인 박영애

프로필

대한문학세계 시 부문 등단
(사)창작문학예술인협의회 부이사장
대한문인협회 부회장
대한창작문예대학 시창작과 지도교수
시낭송 교육 지도교수
대한문학세계 심사위원
대한시낭송가협회 명예회장
문화예술 종합방송 아트TV
       '명인명시를 찾아서' MC

한국문학 대상 외 다수

시낭송 모음 13집
       "기억으로 남는 시" 외 다수

시작노트

봄에게 / 박영애

겨우내 숨겨 두었던
사무친 그리움이
연분홍빛 사랑으로 피어납니다

혹여나
임 보고픔에 기다리다 지쳐
꽃이 다 진다해도
임 향한 마음은 연초록빛으로
남겨두겠습니다

그래도 오시지 않는다면
흔들리는 가녀린 마음 꼭 부여잡고
임 그리며 기다리겠습니다

봄은 또다시 오니까요.

목차

시낭송 QR 코드

제 목 : 상흔을 품다
시낭송 : 김락호

시낭송 모음 13집 〈기억으로 남는 시〉

상흔을 품다 / 박영애

호흡하기조차 힘든
어둠이 잠식해 버린 몸뚱어리

사랑의 굴레에서 벗어나려고 발버둥 칠수록
더욱 선명해지는 기억이
헤어 나올 수 없는 늪으로 빠지게 한다

차라리 망각의 강을 건너
모든 것을 지울 수 있다면
심장이 타들어 가는 아픔을 잠재울 수 있을까

깊은 상념은
포식자처럼 영혼을 갉아먹고
육신은 점점 메말라 가게 한다

멀리 닭 우는 소리와
고통의 밤이 기지개를 켜고 일어난다.

가난한 시어 / 박영애

시인 박영애

삶의 고뇌를 토해 낸다

생각의 열차는 간이역으로 떠나고
텅 빈 갱지에는
난삽한 언어만이 어지럽게 춤을 춘다

손 내밀면 멀어지는 언어는
허공을 떠돌고
까만 먹물로 내려앉은 언어는
내 것이 아닌 허상으로 가득하다

고요와 적막의 터널
어둠 속에 허기진 언어
소리 내어 뱉어보지만
한 줄기 빛에 스러진다

순간의 삶도 승차하지 못하고
떠돌던 언어마저 하차해 버린 간이역
허파를 파고드는 간절함만이
시린 종이에 파리하게 앉았다

삶의 언어를 찾지 못한 열차는
애타는 갈증으로 밤새 기찻길을 떠돌고
굶주린 언어에 먹물은 까맣게 말라만 간다
여명의 스러진 죽은 언어를 안고서....

흔적 / 박영애

길을 나섰다
상쾌한 봄바람이 기다렸다는 듯이
살랑살랑 나의 코끝을 간지럽히며
마음 설레이게 한다

길을 걷다가
돌부리에 걸려 넘어져
조그마한 생채기가 났지만
아랑곳하지 않고 힘차게 걸었다

한참 길을 가다가
새로운 동행자를 만나
함께 이야기 나누면서 웃다보니
둘이 아닌 하나가 되었다

가던 길을 잠시 멈추고 서서
목도 축이고 주변도 둘러보며
다른 이들의 이야기도 귀담아 듣고
비울 것도 비웠다

다시 길을 나서기 위해
왔던 길 돌아보니
그리 길지도 짧지도 않으면서 크고 작은 변화에도
묵묵히 걸어온 내가 있었다

은밀한 비밀 / 박영애

시인 박영애

떨리는 마음
살포시 숨죽여 기다리며
살짝이 엿보았다

눈에 담고 담아도
또 보고 싶어 눈이 간다

눈이 갈수록
손도 조금씩 바빠진다

그 손길이 닿을 때마다
긴장하며 깊게 빨려 들어간다

모든 것이 멈추면
그 짧은 순간
너와 나는 하나가 되었다

아!
살짝 터치했을 뿐인데
어쩜 이리 매력적일까
흠뻑 빠져 버린다

앨범 속에 환하게 웃고 있는
너를 만난다.

머물다 간 자리 / 박영애

다 주지 못한 어미 마음을 어찌 아랴
바쁘다는 이유로 함께 하지 못하는 안타까움에
눈물 감춘 마음을 어찌 다 품어 안으랴

재잘거리는 웃음소리에 마음은 희어지고
웅쾅거리는 싸움 소리에 마음이 미어져
차마 어루만져주지 못하고 악다구니만 지르던
어미의 아픈 마음을

타지로 떠나 외로운 마음 안고 살까
둥지로 날아든 날이면
대문을 열어 사랑을 가득 담으련만

허물처럼 벗어놓은 옷은
안타까운 마음을 덮고
싱크대에 쌓인 그릇은
인내하는 마음에 찬물을 끼얹는 것을

어찌하랴
왔다 간 흔적은 어미의 몫인 것을
더 채워주지 못한 마음에 냉장고를 비워 보내보지만
어지러운 거실만큼 어미의 사랑이 그리운 나이인 것을
비워버린 냉장고의 공간만큼
허허로움으로 가득 찬 타지 생활인 것을

멀리서 들려오는 달빛 젖은 개 울음은
왔다 간 공허한 흔적만이 남은
어미 가슴에 쓸쓸함으로 남는 것을
어찌 다 헤아리랴.

내 마음의 폴더 / 박영애

시인 박영애

내 눈을 깜박일 때마다
그대의 표정을 담는다

그대의 숨소리를 담고
그대의 몸짓을 담고
그대의 마음마저
내 마음 폴더에 저장한다

그대 향한 렌즈에
뿌연 먼지가 내려앉을 때
닦아도 닦아도 흘러내리는 눈물

폴더에 담긴 그대를
비워보지만
삭제되지 않는 기억의 공간

내 마음의 렌즈는
오직 그대만을 향해
고정되어 있다.

시인 박익환

프로필

대한문학세계 시 부문 등단
(사)창작문학예술인협의회 회원
대한문인협회 대전충청지회 정회원

시작노트

고향 대전에서 학교를 마치고
지금은 천안에서 살고 있습니다.
시간이 나면 운동을 즐겼는데
뒤늦게 찾아온 글의 유혹에 젖어
무작정 읽고 쓰기를 반복했던 기억들이
가족들 품에서 환하게 웃고 있습니다.

목차

시낭송 QR 코드

제 목 : 사랑인가 봐요
시낭송 : 박영애

공저 〈2024 대한문학세계 가을호〉

시인 박익환

사랑하는 당신 / 박익환

언제나
당신 생각으로
하루를 여는 아침입니다

사는 게 너무 행복해서
이젠 삶의 전부가 된
당신이에요

세월이 제법 쌓인 지금도
늘 가슴을 설레게 하는
멋진 당신

간밤엔 편지를 썼습니다
천천히 걷고 싶은데
세월은 바보라고

세상에서 가장 슬픈 말이
이별이라면
그건 다 당신 때문이라고....

폭설 / 박익환

어젯밤
당신이 보고 싶어
투정을 부렸습니다
그런데 그만
폭설이 내렸지 뭐예요

흐
웬 폭설이냐고요
내 마음을 어떻게 알고
그 사람이 왔거든요
그래서 몰래
기도를 했습니다

못 가게 해 달라고요
그랬더니 그만....

지금 식사 중이에요
정말 맛있데요
엉큼하긴

좋으면 좋다고 하지.

짝사랑 / 박익환

시인 박익환

당신의 시선에서
벗어나고 싶었습니다
그런데 왜 가슴이 뛰나요

바람에 젖은 달빛을 피해
내 마음이 보일까 숨었습니다

난 당신의 기억 속에서
외로운 사랑을 선택합니다
행여 당신이 싫다고 해도
던진 주사위는 내 편이기에
그 마음에 동의하진 않을 거예요

가끔 새벽을 걸으면
촛불처럼 흔들리는 별 하나가
당신인 줄 알고 있습니다

수줍어 고백할 수 없는 가슴이
정말 미우면서도
당신을 사랑하는 내가 고맙습니다

꽃잎은 져도 바람을 안고 가듯이
난 당신을 위한 가을이 될게요
세월이 저기 들길에 서면
당신 곁에서
이름 모를 꽃으로 피어나겠습니다

누군가 시샘을 하여
내 마음에 생채기를 해도
모두가 내 욕심으로 인한 죄

짝사랑으로 행복하겠습니다.

사랑인가 봐요 / 박익환

늘 새벽을 지고
오는 사람이 있습니다

언제부턴지 한쪽 가슴에
가만가만 꽃씨를 뿌리더니
어느 틈에
빨갛게 진달래를 피워 놓고
꽃 마중을 핑계로
내 마음을 흔드는 사람입니다

스쳐 간 바람인 줄 알았는데....
행여 안 오실까
가슴이 불안하고 일상처럼
기다림을 선물한 사람입니다

비 오는 날이면 새벽길을 잃을까
밤새 애간장을 태우고
별빛 하나둘 창가에 지면
입가에 하얀 미소를 적시며
내 마음을
포근히 안아주는 사람입니다

당신은 이제 내 가슴에서
가장 소중한 사람입니다.

어머니 / 박익환

얼마나 울고 싶어서
그렇게 많은 아픔을 담으셨어요

산다는 게 한평생은 아닌데
그냥 버릴 건 버리시지 왜
사람 구실 못할까 봐
늘 노심초사하신 어머니

장독대엔 촛불이 휘청거리고
밤하늘조차 애가 타
환하게 달빛을 떨어트렸지요

바둑이 짖는 소리에
아버지가 오신다고
버선발로 나서시던 어머니

반쯤 기울어진 사립문이 일어나
어머닐 부축해 주던 기억이 나요

우산대가 망가져 삐쭉 고개를 내민
파란 비닐우산을 들고
괜찮다고, 어머니는 옷을 적시며
내 강아지들 자식 사랑에
일생을 바치셨습니다

어머니
만약에 제가 세월을 걷다
어머니가 보고 싶어 찾아 떠나면
손 내밀어 제 손을 잡아 주세요

그곳이 아무리 멀고 힘이 들어도
어머니가 계시는 곳
그곳은 아름다운 고향입니다

보고 싶은 어머니!

행복한 술래 / 박익환

너무 좋아서
너무 행복해서
이럴 때일수록 조심해야 한다며
가슴이 통제를 시작했습니다

가끔 누군가 문을 두드리면
잠이든 척 외면하면서
당신을 생각할 때면
내 가슴은
이미 꽃집에 가 있었습니다

고백하겠습니다

당신 말고는
통제가 불가능 한 내 가슴을
당신께 드리겠습니다
만약에 망설인다면
일단 안아주세요

그러면
당신은 서둘러 문을 닫고
주위를 돌아보며
다행이라고

저처럼
행복한 술래가 될 테니까요.

진솔한 고백 / 박익환

시인 박익환

멋진 당신께 선물을 보냈습니다
어쩌면 초라해서
실망하실지도 모르겠네요

하지만 포장지를 풀면
따뜻한 미소가 번질 거예요
누구에게도 준 적이 없는
제 마음이거든요

사실은 어떻게 할까
고민했습니다
그래도
용기를 낼 수가 있었던 건
당신이
너무 멋있었기 때문입니다

사랑은 하나라는 말이
새삼 가슴에 꽂혀
그 하나가
이번 기회일 거란 생각에
결심을 했습니다
사랑을 꼭 이루겠다고요

답장을 기다리겠습니다.

어느 봄날 / 박익환

정말 그랬습니다
처음 있는 일이라서
두근거리는 내 가슴을
이해할 수가 없었거든요

바람이 불던 어느 날 밤
가로등에 기댄 별빛에 취해
독백을 주고받을 때

슬그머니 팔짱을 한 당신이
주인공이라는 사실에
설마 하면서도

어쩌면 당신께도
내가 주인공일지 모른다며
밤을 하얗게 태웠습니다

어떡하면 보여줄 수 있을까
일기장을 보듬으며

내 모습이
이렇게 바뀔 수 있다는 게
정말 신기했습니다

사랑
아무나 하는 건 아닐 텐데....

사랑의 행복 / 박익환

시인 박익환

살면서 가장 큰 행복은
사랑일 거예요
사랑은 가난조차도
한 폭의 수채화로 만들어
포근하게 가꾸기 때문입니다

가슴속에 누군가 있다는 것만으로도
행복한 사람이라는 걸 느끼는 데는
많은 시간이 필요치 않습니다
사랑은 잠시의 틈도 없이
동행을 하니까요

아침이 오면 이슬을 꿰어
목걸이를 만들고
한 줌 햇살로 반지를 만든다면
사랑은 한층 더 성숙해질 겁니다

그만큼 간절해야 하고
진심을 다해야 하는 게 사랑이에요
수시로 내 곁을 확인하는 건
필수입니다

사랑하세요
사랑보다 큰 행복은 없습니다.

당신은 연필입니다 / 박익환

처음 본 순간부터
내 가슴을
온통 가을로 물들이고

잠시의 틈도 없이
설레게 한
향기로운 연필입니다

사랑이란 유혹을
내 가슴에 심어 놓고
나보다도
더 나를 챙기는 연필

가끔은 나의 존재를
들여다보며

꽃보다 예쁜 당신을
사랑한다고
날마다 고백게 한
청춘의 연필입니다

세월의 강을 걸으며
눈물을 닦고
흔들리는 아픔을
운명으로 치유를 한
살아 있는 연필

저 길 멀어진 세월이
손짓하는 지금도
당신은 나의
애틋한 연필입니다.

시인 박희홍

프로필

계간지 '대한문학세계'로 등단
(사)창작문학예술인협의회 회원
대한문인협회 정회원
한국문인협회 회원

〈저서〉
제1시집 [쫓기는 여우가 뒤를 돌아보는 이유]
제2시집 [아따 뭔 일로]
제3시집 [허허, 참 그렇네]
제4시집 [문뜩 봄]
제5시집 [괜찮아 힘내렴]
제6시집 [설렘 반 기대 반]

시작노트

지나간 삶을 회고하고
다가올 삶을 유추하는
쓸 가치가 있는 글을 쓰려 한다.

기억 저 편에 묻어야 할 것일망정
남은 날의 삶을 위해
어렵겠지만 진솔하게
읽을 가치가 있는 글을 쓰고 싶다.

목차

시낭송 QR 코드

제 목 : 바람과 소망
시낭송 : 임숙희

제6시집 〈설렘 반 기대 반〉

바람과 소망 / 박희홍

명지바람 부는 날이면
그미가 생각난다
간들바람 부는 날엔
손 꼭 붙잡고 정처 없이
말없이 종일 걷고 싶다

소슬바람 부는 날엔
외로이 홀로 걷는 그미를 만나
윗도리 겉옷을 벗어 덮어 주고
오곡이 춤추는 들녘을
달콤한 이야기를 주고받으며
저물녘까지 걷고 싶다

서릿바람에 단풍잎 떨어지면
황소바람 막아낼 수 있고
마음 쓸쓸하지 않게
서로를 위하는 여보 당신으로
새롭게 태어나고 싶다

붙잡을 수 없는 세월 / 박희홍

설중매는 다도茶道를
즐기려는 사람의
찻잔 속을 유영한다

쥐똥 꽃
향기에 취한 청춘남녀의
웅성거림에 곤두박질치듯이
해당화 비바람에 떨어지고
오동꽃 뙤약볕에 떨어진다

가시를 숨긴
유들유들 웃는 장미
뭇사람의 시선을 유혹한다

화려한 봄날은
꼭 붙잡아 두려 해도
이내 떠나고야 만다

새해 첫날 / 박희홍

섣달그믐날 밤이면
한해를 지나오며
세파에 찌든 몸을 정화하려
허물을 벗는다

낯설고 물 서른
정월 초하루지만
좋은 일 많을 거라는
온몸에 파고드는 기쁨에 들떠

답답한 가슴을 풀어헤치고
다시없을
오늘을 행복하게 살고파
설렘으로 일출을 맞이하고

눈처럼 소복 소복이 내리는
복을
날마다 복조리에 담으련다

인생길 / 박희홍

시인 박희홍

인생은 바람
설렘 반 기대 반에
요리조리
흔들리며 살아가는 삶

누가 뭐래도

멀미 나게 하는
격랑과 혼돈을
꿋꿋하게 이겨내는 힘
보람찬 생의 열매

손에 손잡고 / 박희홍

서로 갈등을 앉고
흘려보낸
허무한 칠십여 세월

힘없는 백성의 삶에는
안중에 없고
서로 옳고 힘 세다고
아등바등 세월만
보내면 뭐 하나

앙금을 풀려면
허수아비 탈을 벗고
두물머리에서 만나

휘모리장단에 맞춰
서로 엉켜 돌고 돌아가며
하나가 되어 백성의 삶을
풍요롭게 해야 할 것인데

양우산陽雨傘 / 박희홍

시인 박희홍

출근길에 비가 세차게 내려
집을 나설 때 우산을 쓰고 나왔다

햇볕이 이글거리는
한낮 출장길에서야
깜박 잊고 내린 것을 알았다

정신일도 하사불성이라는데
무엇 때문에

왜, 버스에서 내릴 때
가방 지갑 우산 핸드폰 등을 두고 내릴까
말로 하지 못하는 무슨 연유가 있을까

세상에 하찮은 것 없다는데
오락가락 생각이 많은
삶 속에 두고 내린 물건이
곤충의 벗은 허물처럼 하찮다
여기는 데서 오는 걸까

풀꽃의 소망 / 박희홍

앙증맞고 이쁘다면서도
이름 불러주지 않고
그저 풀꽃이라 하니
쓸쓸할 뿐이다

다정하게
이름 불러주었더니
환한 얼굴로 하느작하느작
재롱떨어 가며 곱게 인사한다

언제고 이름 불러준다면
더 예뻐 보일 거라며
바람 따라 입을 삐죽거리며
중얼중얼 혼잣말한다

물 위에 뜬 삶 / 박희홍

사람마다
답이 다른 삶

세상 변하듯
늘 변하는 삶

너와 나를
잇는 어울림

그러기에
살맛 나는 삶

곶감 / 박희홍

단단한 몸을 유들유들한
몸으로 변신하고자

전신 성형을 받기 위해
온몸의 살갗을 벗겨내는
아픔 따위에 아랑곳하지 않고
변신에 변신을 거듭하며
자연스럽게 곰삭아가면서

물컹물컹 예쁘게
분단장을 마치고
각종 행사 때 의젓하게
상위에 오르거나

출출할 때 간식거리로
들어 번쩍 찾아 준다면
더없이 좋겠다는 꿈을 꾸며
감칠맛 나게 변해가는
변신의 귀재

* 들어 번쩍 : 물건이 나오기가 무섭게 금세 없어지는 모양을 속되게 이르는 말.

글꽃 향기 / 박희홍

달콤 고혹한 향내
고개를 들어보니
하얀 별꽃 치자꽃

자애로운 엄마의
고운 자태에
힘을 보탠 노랑 물색

치자 꽃잎에
괴발개발 쓴 글
향 내음 짙은 글꽃 내음

인향人香과 문향文香
입에서 입으로
이역만리 퍼져나갔으면
얼마나 좋을꼬

시인 백승운

프로필

현재 알에스오토메이션(주) 상무이사 재직
대한문학세계 시 부문 등단
(사)창작문학예술인협의회 회원
대한문인협회 행정국장
2023년 순우리말 시 짓기 공모전 은상
2022년 한국문화 예술인 금상
2021년 신춘문학상 공모전 금상
2019년 2021년 지하철 승강장
　　　안전문게시용 시 공모전 당선
명인명시 특선시인선 5회 선정
2019년 위대한 한국인 대상 수상

〈저서〉
시집 〈가슴을 열고 심장을 훔치다〉

시작노트

바다도 공허함에 빠져버린
가을 언저리에서
살며시 그대 생각을 합니다

가슴 뜨겁게 띄워 보낸
당신에 대한 사랑이
지워지고 지워져도

당신에 대한 마음은
언제나 아름다움으로 피어
지지 않는 사랑
영원하길 기원합니다.

목차

시낭송 QR 코드

제 목 : 소라의 바다
시낭송 : 최명자

시집 〈가슴을 열고 심장을 훔치다〉

소라의 바다 / 백승운

바다와 사투를 벌이며
겹겹이 주름진 육체가
공허함을 남기고
바다를 담았다

바다의 조잘거림이
뚫린 구멍으로
휘파람 소리처럼
파도가 철썩이고

모래의 사각임이
눈물처럼 부서져
바람에 흩어지며
윤슬처럼 반짝인다

별똥별이 떨어지는
하늘을 보며 꿈을 키웠겠지
버려진 육체
바다가 편안하게 들어와
고막을 찢고 숨을 쉰다.

가을 언저리에서 / 백승운

여름 한낮 바람이 분다

도망자처럼 햇빛에 쫓겨
나무 그늘에 서면
우산처럼 푸른 신록이
어머님 품처럼 푸근하게 감싸주고

광활한 초원을 쉼 없이 달려온
야생말 등에 앉아
습기를 빼앗겨 바짝 말라버린
고실고실한 바람이

나뭇잎도 늙어지면
아름답게 단풍이 들듯
시계추처럼 흐르는 계절은
땅에 묻혀 있는 영혼도
기분 좋게 마실을 가는

가을 언저리에서
나풀거리며 흩날리는 치맛자락에
속살이 살짝 보이면
여름은 부끄러워 고개를 숙인다.

그대 생각 / 백승운

시인 백승운

그냥 생각이 난다

가슴이 울 때면
생각나는 어머니처럼

힘들면 생각나는
아버지 검은 얼굴처럼

잠깐 비워진 순간
나도 모르게 틈만 생기면

무엇보다 먼저
그냥 생각이 난다.

살아간다는 것 / 백승운

오늘 아침은
반갑다고 인사하는 까치가
어떤 인연을 만들어줄지
사뭇 기대감으로 일어나
나뭇가지 끝에서
찬란하게 빛나는 세상 떨구는 이슬같이
깨끗함으로 시작하자

피부에 부서진 어둠의 무거움이
밝아온 햇빛 쏘아온 회초리
바들바들 떨며 도망가는 어둠은 지워버리고
환하게 열린 하루 희망 발걸음
신나게 걸어가자

어느 곳에서 피어나
열정의 삶을 살아가며
무너지지 않는 꿋꿋함으로 최선의 하루
한 뼘 햇빛과 한 모금의 단비가
생명의 지탱하는 밑거름
꽂꽂이 대공 세워 꽃 한 송이 피워내자

지쳐 쓰러진 한낮의 열기
태양의 작열하는 잔소리 같은 스트레스
머리 위에서 꽂혀 타들어 갈 때
나뭇잎 뒤편 연록의 시원한 그늘
차가운 얼음 둥둥 띄운 아메리카노 들이키는
작은 행복으로 이겨내자

오늘 하루의 행복이 쌓여
내일의 즐거움이 되고
내일은 다시 과거의 추억으로 남겠지만
후회 없는 삶으로 떨어져
소리 없이 사라지는 하루살이 미소같이
최선을 다한 오늘이 웃자 하는 하루
그렇게 살면 오늘 잘 살았겠지요.

지우개 / 백승운

삶이 힘이 들어
불필요한 것을 지웠습니다

조금 아쉽고
조금 아깝고
기쁘고 슬픈 추억도
평생의 반을 매달렸던 일도

하늘 높았던 꿈도
어깨를 들썩이던 명예도
조금씩 조금씩 지우고 보니
벌거벗은 내 영혼도 지워지고

내 가슴에 들어와
영혼까지 사랑한 당신
소중한 당신만 남았습니다

고맙습니다. 사랑합니다.

가을날의 연서 / 백승운

가을이 깊어지는 만큼
가슴에 차곡차곡
당신이 쌓여갑니다

황금 들판에 출렁이는
벼의 몸부림이 바람의
산통같이 통통하고

햇빛의 달콤함이
고추잠자리 홍시처럼
익어가는 하늘에서

파란 도화지에
하얀 구름으로 사랑한다
띄워 보내는 가을날

피부로 바람을 느끼고
가슴으로 계절을 품어
마냥 웃게 되는 얼굴 하나

행복이 뚝뚝 떨어지고
사랑으로 살이 올라
그리움 가득한 당신

오늘도 내 안에서
빨갛게 물들이며
해맑게 웃고 있습니다.

꽃무릇 / 백승운

시인 백승운

오가는 인연으로
세상에 왔겠지만

살다 보면 뜻대로
되지 않는 게 인생이라

나를 찾아가는 시간
피고 지고 떨구듯

고독하고 외로운
혼자 하는 면벽수행

버려야 오롯이 나를 찾아
내면의 평화와
진리의 탈피를 거치니

화려하고 퍼석한 머릿결
그렇게 홀로 고뇌하다

깨우침을 얻는
엷은 미소의 부처를 닮았다.

당신의 마음 / 백승운

좋은 아침입니다
오늘 아침은 날씨가 당신처럼
눈이 부시게 아름답습니다

당신의 마음은
삶의 의미를 다독여
세상 편안하게 일어서게 하고

바다처럼 넓어
세상 안에 갇혀 허우적이는
영혼의 고뇌를 품어주며

꺾여진 꽃처럼
힘겨움에 무너진 숨결이
당신의 미소로 살아나

어둠을 지워내
행복한 내 세상에 뜨는
태양처럼 따스한 온기입니다.

우리 사랑은 / 백승운

시인 백승운

가슴에 일어난
소중한 내 사랑이

진흙 속에서 핀
숭고한 연꽃처럼

암담하고 어두운
세월을 이겨내고

행복으로 맞는
해탈 같은 평안함으로

짧게 피었다 져도
남는 게 많은 사랑이면
좋겠습니다.

해바라기 사랑 / 백승운

능소화같이 애절한 사랑
마음 벽에 갇혀 울먹이다
햇빛 좋은 날에 떠난 여행

이슬같이 고운 단아함과
환하게 웃는 당신 모습에
쿵 하고 가슴에 일어난 사랑

앞에 서면 곰살맞게
하늘로 키를 키우고 키워
당신 품에 안겨 행복하고

항상 웃음으로 반겨주며
지지 않는 열정과 뜨거움으로
내 과거를 태워버린

인생 저무는 날까지
당신의 정열 받아내며
오롯이 하늘 향한 무한 사랑

살아가는 의미가 되는
영원히 지지 않는 우리 사랑
행복한 해바라기 사랑.

시인 변상원

프로필

합천 초계 1949년 출생. 창원시 진해 거주
대한문학세계 시 부문 등단
(사)창작문학예술인협의회 회원
대한문인협회 경남지회 정회원

〈수상〉
2021. 한국문학 올해의 시인상
2022. 향토문학 작품 경연대회 동상
2023. 한국문학 향토 문학상

시작노트

인고의 세월 속
서툴고 무딘 졸필(절규)로 등단.
물속에 불을 뿜고
마부작침(磨斧作針)이라는 심정으로
한 줄 두 줄의 시구를 새겨 쌓아 나감에
늦깎이 세월의 행인에게
찾아온 기회와 도움 주심이라
그를 바탕으로 삼고자 한다.

*마부작침(磨斧作針) : 도끼 갈아 바늘 만든다.

목차

시낭송 QR 코드

제 목 : 과거는
          흐르고 있다
시낭송 : 조한직

공저 〈2021 대한문학세계 가을호〉

아내는 내 고향 / 변상원

천 리 먼 길 친정을 여의고
꽃가마 타고 온
첫걸음

세 아들 낳아 먹여 거둬
삶의 무게 부대낀 나이테
임의 주름진 이맛살
깊어져 간다

고왔던 손
온갖 정 우려내기로
마디마디 온정 묻혀
세월 줄기 이어온
속정 깊은 맑은 우물 같다

아내는 내 마음 매어둔
정든 고향이요
내 어머님 닮은 참사랑이다.

초계 운석 충돌구라 / 변상원

태곳적 깊은 산골에
하늘길 내려와
땅속 꼭꼭 숨은 별똥별
단봉산 기슭 교촌 향교와
미태산 아래 상부 마을이
동서로 가로지른 초계 적중 두 개면(面)
천연스레 마주 보는 곳

앞 뒤뜰 쟁기 쓰레질에 소 울음 치는 황금 들판이라
물 찬 못자리 땅심 휘적거리던 황새가
하늘길 구름 속 수놓으며 높이 떠간다

서산 밑 골골 실개천 흘러
포구 나무 푸른 열매 숲 짙은
고향 들판 관평 마을
강변 개울 한가로이 지나
동녘 들 미동'골 끝자락 삥 돌아 나가면
마중 나온 황강물에 숨어버릴 줄이야

그 뉘라 운석 충돌구 들판이라
옛적을 알았으리오
행여 시집간 누님 친정 오시려나
마냥 바라만 보던 송림 재를
옛 황금 버스가 지나가 버린 신작로엔
학교 앞 자갈길 뽀얀 먼지 속
산비탈 뻐꾸기 울음소리 묻힌다.

와인코리아 / 변상원

추풍령에서 부는 바람
소리 소문 들었는가?
그 맛 봤는가?

보리 순 버섯 비타민12 등
분말 모둠 결정체로
"메타 파워" "메타 이뮨 발란스"라
일백쉰넷의 갖가지 생 숙성 발효 위력
깨움, 비움, 채움
와인코리아의 독특한 맛이다

포도나무 넓은 그늘에
혈의 보금자리 있어
코르크 뚜껑 펑펑
메타 파워 펄펄 솟는 품앗이 일꾼이다

아 영동! 와인코리아 이곳
인고의 세월 속 소리 없는 절규는
잡힐 듯 보일 듯 높은 비상
심오한 사랑과 영혼을 뜨겁게 달군다.

과거는 흐르고 있다 / 변상원

꽃 피고 새들 나는 그곳
꿀벌들의 벅찬 삶 속
꽃 찾는 나비도
사랑의 향연과 향기 만연하다

한 줄기 지나온 먼데 길
서울, 대구, 부산, 울산
그리고 진해
세월의 길 흔적들이
詩 되어 흐르고 있다

하늘가 산마루 저 산비탈에
한 조각 구름에 싸인
회포의 정처 머묾이야
곧 떠나갈 곳 어디인가

세월의 벗 시대의 행인
나그네 군상 나락으로 빠져
꿈꾸는 사각 방 모서리에 기댄 채
과거의 추억을 낳은 삶
문득 그리움 덤불 되었다

못다 한 그 미련
멀리서도 가까이서도 아닌
저만큼에서
지금도 흐르고 있다.

농주 한 잔 / 변상원

마당 가 우물로 술을 빚어
둥 굴채 툭툭
한 움큼씩 꾹꾹 눌러 짜
주룩주룩 걸러 내어주시던
어머님의 손끝 맛

찐한 농주 한 잔
농부님네 논밭 쟁기 쓰레질에
밀 익은 누룩에 빚은
농주가 최고 새참거리
술잔에 가득 따를 때
술 방울 톡톡 튀어 솟으면
감칠맛 독하다. 하더이다

농사철 이말순 표
맛샘 술 걸러내던 주방
색바랜 정지 문짝에
어머님 얼굴 스러지고
빗장만 묵묵히 꽂혀 있다

간절히 불러본 어머님!
대답은 깜깜

매미 날개 / 변상원

세상 겹겹 뚫고 나와
옷 껍데기 훌훌 초연히 비상하다
나뭇가지에 붙어
목청 높은 노래
"맴맴 매에…"
가을로 떠나가기를 서러워해
애절히 짝 찾는 하루해 목쉰 절규
암울했던 땅속 옷 훌훌 벗고
인간 세상에 다시 오려 한다
붉은 단풍 물들기 전
속절없이 떠날 것을 염려하며
이슬 한 모금에도 기쁨 노래로
너의 후대에 5덕을 가르침 있어
문 文. 청 淸. 렴 廉. 검 儉. 신 信 이라
조선 나라 왕관
익 翼 선 蟬 관 冠이 바로
너의 격조 높은 날개를 본뜸이로다.

강냉이 / 변상원

알알이 줄줄이 빼곡히 박혀
고추밭 옆 골에 우뚝 서
힘찬 다리에 달라붙은 강냉이
긴 수염 꼽슬꼽슬 마를 때쯤이면
내 이미
또록또록 익어 감을 알고
툭 꺾어 와
불 땐 어머니의 가마솥에서
김 한숨 눈물 흘리고 나면
호호 한 자루 잡고
한입씩 베어 먹는다
쫄깃한 그 단맛일랑
아이 적 엄마의 젖 맛 같으랴만.

풋고추 / 변상원

헛간 괭이랑 호미 내어다가
숫돌에 낫 가니
텃밭 풀냄새 감돈다

올여름 풋 맛 들어 매울 즈음
고추가지 밑동에 돋은 푸새
익어 가는 고추 부러워 마라

아낙의 손끝에 배인
옛 된장 맛
곁들여 올린 점심상에
보리밥 한 사발 가득
풋고추 생된장에 마구 찍혀 나가니
목구멍 고개 넘어가는 그 맛
한 해 농부 살림살이
여름 한 시절 입맛 풍년이로다

가을날 붉은 고추가
밭골에 노니는 배추 아가씨의 순정 넘겨본다.

여보게 / 변상원

여보게
땅바닥 기어드는 한 마리 개미도
십 리 길 넘나들며 꽃꿀 따는 벌임도 온갖 세속
제 몫 일 다하고 가랴 마는
개천 벽지 하늘과 땅 사이가
구만리라
신화 속 세상 만물을 만든 반고의 숨결은
바람과 구름이요
그의 목소리 우레가 되어
오른쪽 눈은 달
왼쪽 눈은 해가 되어 갔다네
여보게 우리 인생도
가는 세월인들 멈춰 기다려 줄리야
자네의 검은 머리 고운 결
어제께 반백 터니
어느새 된서리 내렸구려!
씨앗 뿌려 가꿔 남은 밭일에
갖은 새참 밥맛 다 보며 온갖 수고 많았니라
여보게!
일(一)과 구(九)의 수는
이렇거나 그렇거나 저만큼 두렴.

시인 변상원

갑진년 / 변상원

값진 해 갑진년 여름날
온도계 수은주 높이뛰기 결승전
37도 선상을 오르고
파리 올림픽 대한민국 양궁
금메달 싹쓸이 그 기상
하늘 높이 치솟았다

후득후득 찌는 열통
내리쬐는 햇빛에
땅바닥도 따끈따끈 달아올랐다

방천 가 정자나무 늘어진
나뭇잎도 목이 말라
흘러가는 물거품마저 간절하다

삿갓 쓰고
논두렁 밭두렁
살펴 걷다 더위 먹은
아랫마을 한 농부님
어슬렁어슬렁
포구 나무
그늘에 기어드신다.

시인 서석노

프로필

2021, 2023년 대한문학세계 시, 수필 부문 등단
(사)창작문학예술인협의회 회원
대한문인협회 서울지회 정회원
대한창작문예대학 졸업
문예창작지도자 자격 취득

2021년 짧은 시 짓기 전국공모전 동상 수상
2023년 '노을빛 비치는 삶의 연가' 출간

시작노트

계절의 시련도 보내고 나니 아쉽고
세월의 물결 속에 표주박처럼 흔들리는 삶
이제는 남은 것만 챙겨도 버겁다.

밑바닥에 깔린 감성이 다가오다가
막상 움켜쥐면 아무것도 잡히지 않고
허공에 흩어지는 연기처럼 사라져
흩어진 조각 주워 모아 속내 털어놓는다.

지치지 않은 것처럼 인생을 음미하고
꿈을 캐며 달리다 보면 언젠가는
내가 찾던 또 다른 나를 만나지 않을까?

목차

시낭송 QR 코드

제 목 : 꽃비 내리던 길
시낭송 : 장화순

시집 〈노을빛 비치는 삶의 연가〉

고향 역 / 서석노

시인 서석노

산굽이 끝나는 작은 마을
고즈넉이 서 있는 오래된 기차역

장 보따리 이고 진 장꾼들과
먼 길 떠나는 말쑥한 차림의 손님들
교복 단정한 통학생들 바쁘게 드나들고
왁자지껄 주고받는 귀에 익은 사투리
기적 울리며 열차 들어서면
반갑게 내리고 타던 정겹던 고향 역

때마다 복사꽃, 코스모스 손짓하건만
이제는 홀로 고향 지키며
아무도 찾는 이 없는
텅 빈 매표소와 녹슨 선로 위에
애잔한 그리움 흐르는 고향 역.

꽃비 내리던 길 / 서석노

연초록이 숨 쉬는 초록색 들길
꽃비를 맞으며 같이 걷던 곳
하얀 얼굴에 내려앉는 꽃잎 맞으면
꽃보다 더 고왔던 아이

무성한 초록 숲 사이로
가녀린 어깨 들썩이며
나비처럼 훨훨 날아간 소녀는
돌아오지 않고 봄바람만 스친다

새봄에는 녹색 비단 휘감은 길로
말없이 떠났던 그 소녀 찾아가면
꽃비 내리던 길 그녀가 기다릴까?

너는 어느 하늘 아래 / 서석노

애타게 불러도 메아리조차 없고
마셔도 마셔도 갈증만 더하는
시간이 갈수록 아련한 그리움

작은 오해로 갈림길 걸었지
너는 떠나며 아프지 않았니?
그리움과 원망 뒤섞인 긴 나날

오랜 시간이 지나서야 알았다
네가 떠난 것이 아니라
내가 너를 떠나게 했다는 것을
아린 가슴 안고 네 이름 나지막이 불러 본다
너도 어느 하늘 아래서 나를 기억할까?

우리 엄마 고향 가던 날 / 서석노

엄마! 봄이 가기 전에 빨리 나아서
내 차 타고 산천 구경하며 우리 집에 가자
산들바람 봄 내음 맡으며
앞산에 곱게 핀 진달래 꺾고
텃밭에 냉이와 쑥 뜯어
된장국 끓이고 나물 전도 부쳐 먹자

창밖에도 실바람 불고
곱게 드리워진 연두색 수양버들 보며
집 가는 날 손꼽던 우리 엄마
밤새 고향의 산야 풍경 그리다가
휘젓는 양손 슬며시 내릴 때
야윈 볼에는 옅은 미소 번지니
벌써 고향 집에 들어섰나 보다

내차보다 훨씬 더 큰 고급 차 타고
그렇게 그리던 고향 뒷산에
고운 꽃잎과 연록 새순 어루만지며
애틋한 그리움 남기고
우리 엄마 고향으로 가던 날.

애증(愛憎)의 여로 / 서석노

손잡고 걷던 화사한 꽃길
봄바람은 부드럽고 따스했지
봄은 변하지 않고 영원할 듯했다

숨 막힐 듯 가마솥더위에
살을 에는 삭풍에도
곧 시원한 바람 불겠지 하며
서로를 보듬었지

식었거나 지겨워서
봄날 같은 사랑은 간데없고
미움과 측은지심 뒤섞인 일상
되돌아보면 미움도 사랑이 되어
동반자의 아련한 아픔을 느낄 때
연민의 정과 고마움이 미움 누르는
피할 수 없는 애증의 여로.

큰물 / 서석노

시꺼먼 구름바다가
서산 넘어 몰려오더니
삽시간에 장대비 쏟아붓는다

풀잎은 허리 접어 엎드리고
나뭇잎 파르르 춤사위 어우르고
마당에 얕은 연못 만들어
빗방울로 동그라미 그릴 때
도롱이에 삿갓 눌러쓴 아버지
총총걸음으로 물꼬 보러 가신다

처마 끝 낙수 바라보며
친구들과 물고기 잡고 헤엄칠 생각에
들뜬 소년의 가슴은
쉼 없는 빗소리 장단에 흥이 절로 난다.

혼자 / 서석노

시인 서석노

비 오던 날 뒤꼍 툇마루
빗소리 들으며 엎드려
빌려온 동화책 볼 때는
나만의 세상이 너무 행복했다

캄캄한 하굣길 여우 고개
마음 졸이며 호젓이 넘을 때
홀로라는 것이 외롭고 무서워
떨리는 음성으로 노래 불렀지

모두 퇴근한 사무실
급한 서류 뒤적이며
밤새 같이할 사람이 그리웠지

어린 시절 놀던 옛 동산 올라
같이 뛰놀던 죽마고우 얼굴 떠올리며
변함없는 파란 빈 하늘 혼자 바라본다.

잠 도둑 / 서석노

잠결에 화장실 불려 가면
어둠 속에 홀로 버려지고
여명은 아직도 몇 고개 남았는데
뒤척이는 몸도 마음도 저리다

달아난 잠 꼬리 붙들지만
잡념 부스러기 스멀스멀 살아나고
스스로 잡은 화두는 상상이 되고
상상은 망상으로 번져간다

시계 침 걷는 소리마저
소나기 양철 지붕 치듯 울리고
새벽녘 잠 도둑은 날마다 서성인다.

시인 서석노

내 마음의 종이 / 서석노

호젓하고 옛 생각 그리울 때
낮은 언덕 풀잎에 누워
파란 하늘에 손가락 펴서
구름을 퍼다 날라
하늘가에 옛집 마당 만든다

부엌에서 환하게 웃는 엄마 얼굴
지게에 가득 나뭇짐 내리는 아버지
허리 굽은 할머니 치맛자락 물고
반가워 꼬리 흔드는 복슬강아지

먼 하늘 노을 내리 앉아
하늘 그림 지워 버리면
가슴속에 숨겨둔 그리움 뭉치 풀어
마음의 종이에 그리움 그린다.

삼거리 / 서석노

돌담 끼고 오솔길 들어서면
봉선화 핀 아늑한 초가집 오솔길

햇살에 눈이 부신 널찍한 신작로
곱게 치장된 기와집의 유혹
소박함보다 화려함에 이끌려
삼거리에서 선택한 길

보이는 것만큼 실상은 아니고
소박함의 진실은 늦게야 알아채
저울질의 아픔만 스민다

걷거나 뛰거나 종착지는 매한가지
아득히 멀고 가물가물한 아쉬웠던 길
이제는 되돌아갈 수 없는 삼거리.

시인 송태봉

시작노트

미워졌습니다
세상 고민 다 짊어진 듯한 제가
미웠습니다

웃음을 지어봅니다

투명한 유리창이 액자가 되어
파란 하늘이 있고
흰 구름이 있고
커피 향기가 있고
그리고 행복한 내가 있습니다

-'자화상' 본문 중에서-

그 어떤 날보다 오늘이 가장 행복하고 젊은 날
이길 소망합니다.

시낭송 QR 코드

제 목 : 행복한 상상
시낭송 : 박영애

공저 〈2024 명인명시 특선시인선〉

행복한 상상 / 송태봉

별에서 영롱함을
달에서 청량함을
그리고 진달래꽃에서 그윽한 향기를 빌려
세상에 다시없을 술을 빚어봅니다

시간의 그림자에 숨어
욕심 찬 고양이의 간절한 눈빛을 더해
마침내 다가올 그날을 기대합니다

새소리 지저귀는 개울가 너럭바위에
소채 안주 널어놓고
걸음 바쁜 바람에 권주하고
한량 구름에 권주하며
한잔 그리고 또 한잔
마음이 평화를 얻었습니다.

가을 수채화 / 송태봉

가을이란 도화지에 수채화를 그립니다

파아란 하늘과 흰색 구름에
울긋불긋 단풍잎은 물감이 되고
황금빛 벼 이삭은 붓이 되어
바람이 전하는 이야기를
가을이란 도화지에 채워봅니다

따뜻한 햇살 아래 고추를 말리는 어머니
공깃밥 그릇보다 조금 큰 크기의 앞산 자락에 올라
도토리를 줍는 아버지
마당에 주렁주렁 대추 열매
그리고 그 곁에서 맴맴 도는 고추잠자리

가을의 도화지는 잔잔함입니다

울 밑에 부끄럽게 핀 과꽃
싸리문 밖 발치에 걸리는 코스모스
아기 동산 어깨 넘에
바지런히 겨울을 준비하는 다람쥐

가을의 도화지는 풍성함입니다

새벽 들녘 들려오는 풀벌레 소리와
햇살 머금은 억새풀 사락대는 낮
귀뚜라미 우는 밤

가을의 도화지는 그리움입니다.

늦가을의 사념 / 송태봉

파스텔톤 맑은 하늘
눈이 아프게 짙푸른 바다
그리고 하얀 갈매기가 노래하는데
뼈마디 마디 가슴속 깊은 곳까지 아리는 것은
무슨 까닭인지요

먹물을 뿌려놓은 하늘에
다이아몬드 깨어진 조각처럼 빛나는 별
아직은 수줍은 듯 가늘게 눈뜨고
파르르 떠는 달빛마저 흐르는데
살 저미도록 외로움에 웃음마저 흩뿌려지는 것은
무슨 까닭인지요

한껏 들뜨고 설레던 그 느낌은 어디 가고
뻥 터진 허전함으로 다가와 내 숨줄을 움켜쥐는
이 느낌은 또 무슨 까닭인지요

긴 긴 동안의 목마름의 해소
나 자신이 비가 되어 온통 뿌려지고픈 마음인데...
보슬비처럼 살갗을 쓰다듬어주는 밤이슬이 고마워
문득 고개 들어 하늘을 보다
별안간 창피함에 고개를 떨굽니다.

여름날의 회상 / 송태봉

무심코 하늘을 쳐다보니
희미한 빛을 발하고 있는 작은 조각달
높은 하늘 저 멀리 떠 있던 별들이
그 옆으로 슬며시 내려와 앉았다

선명한 하늘에
지친 듯 멈춰 떠 있는 작은 구름 두어 점
구름이 가던 길을 멈추니
숲속 작은 나무와 풀벌레도 따라 움직임을 멈춘다

초대하지 않았지만 문득 찾아온 고독이란 감정
보랏빛 노을처럼 아련한 감상이고 싶지만
그것은 절실하게 느껴지는 아픔이었고
목이 쉬어라 외쳐 떨쳐버리고 싶은 슬픔이 되어버린다.

해바라기의 염원 / 송태봉

고마운 당신을 위해
정성을 다한 상차림입니다

둥그런 달을 소반 삼고
옥토끼에게 쌀을 얻어
은하수에서 떠온 맑은 물에
하얀 쌀밥을 지었습니다

구름에 별빛을 담아내어 나물을 만들고
산새의 노래로 버무렸습니다

한 수저 뜨실 당신을 생각하니
저의 온몸이 뜨거워지고
아련한 그리움에
눈물은 어느새 심장을 적십니다.

산사의 밤 / 송태봉

시인 송태봉

처마 끝에 걸린 풍경의
울음소리는
청아하기 그지없고
가시나무 사이를 지나는 바람의
휘파람 소리가
심금을 울립니다

살갗을 도드라지게 하는 외로움에
뒷집 마당 감나무 서리하듯
뒤꿈치를 들고 살며시 다가서니
잠들지 않은 목어의 커다란 눈이
껌벅입니다

목화솜 가득 넣은 잿빛 장삼으로
내면의 부끄러움을 감추고
혹여 누군가를 기대하며
조심조심 발걸음을 내딛다 보니
어느새 새벽안개 걷히고
동그란 해가 머리끝을 내밉니다.

저는 꿀벌입니다 / 송태봉

눈부신 햇살의 사랑을 받고
황금빛으로 빛나는 갑옷을 입고
날카로운 칼날을 자랑하는
저는 멋쟁이 꿀벌입니다

아름답고 향기로운 꽃에 찾아내고는
웅웅웅 최선을 다해 팔자춤을 추고
사랑이 가득 담긴 달콤한 꿀을 취하는
저는 낭만 꿀벌입니다

어느 누군가는 저의 짧은 삶을 비웃겠지만
부지런하게 값진 어제와 오늘 그리고 내일을 모아
더없이 소중한 삶을 만들어 가는
저는 일꾼 꿀벌입니다.

풍경 / 송태봉

시인 송태봉

찌르찌르 이름 모를 벌레들이
비밀스러운 그들만의 사랑을 노래하고
건넛마을 깨순이와 만돌이의
지난밤 수상한 만남은
수다쟁이 종다리의 하늘 수다에
온 마을에 소문난다

충충이 다랑논에
금빛 찬란한 알곡이 영글고
뜰 앞 감나무에 빠알간 홍시가
대롱대롱 매달린 은혜 받은 이 계절에는
속 좁은 아낙네의 얼굴에도
웃음꽃이 피어난다

두렁 사이 손바닥만 한 풀밭에는
알다리 드러낸 실한 농부의
웃음소리가 들려오고
새색시가 가져온 새참 광주리를
수줍은 듯 내려놓는 서툰 몸짓에
바람에 기대어 지나가는 흰 구름도
외눈을 감는다.

고백성사 / 송태봉

아무런 조건 없는 사랑과
한없는 희생을 베푸셨던 어머니

오늘의 저희는
어머니의 진실한 믿음과 꿈을 양분으로 삼아 자랐으며
당신의 미래가 저희였음을 이제야 깨달았습니다

어머니를 눈물 흘리게 했던 날들을 용서해 주십시오
저희가 스스로 바로잡지 못했던 날들도 용서해 주십시오
저희가 끼쳐 드렸을 수많은 걱정들
깜냥도 안 되는 자존심에 말씀 올리지 않았던 사죄의 말들도
용서해 주십시오

어렸고 젊었던 그날을 돌이켜 보니
저희가 틀렸었습니다
그러니 이제는 저희를 위한 눈물을 거두어주십시오

저희가 하는 모든 선택에
당신이 안심하시길 바랍니다
그리고 저희의 삶으로 인해 당신이 기쁘시길 바랍니다

저희는 다른 사람이 아닌 당신의 자식임에
감사합니다.

늙은 호두나무 연가 / 송태봉

시인 송태봉

언제부터인지는 모릅니다

재개발로 황폐해진 마을 귀퉁이에
누구도 관심 주지 않던 늙은 호두나무가
니에게 말을 걸어옵니다

은애합니다
당신을 은애합니다

부러진 한쪽 가지와
부르트고 쪼개어져 거칠기 그지없는
껍질을 가진 저이지만

때가 오면 혼신의 힘을 다해
푸른 잎사귀에 새하얀 꽃을 피워 올릴 것이며
초록색 알맹이를 대롱대롱 일구어낼 것입니다

저도 알고 있습니다
볼품없어 조만간 잘려 나갈 운명이지만
오늘 그리고 지금은
내 모든 것을 바쳐 내일을 준비합니다

은애합니다
당신을 은애합니다.

시인 심훈

농민계몽문학의 장을 여는 데 공헌한, 심훈 // 심훈(1901~1936)

본명은 심대섭. 서울 출생이며 아버지 심상정의 3남 1녀 중 3남이다. 소설가, 시인, 영화인이기도 하다.

대표작으로는 '상록수', '영원의 미소'와 우리나라 최초의 영화 소설인 '탈춤' 등이 있다.

활동 사항으로는 1919년 3·1 운동에 가담하여 투옥되고 이로 인해 퇴학을 당했다. 1920년 중국으로 망명하여 1921년 항저우 치장대학에 입학하였다.

1923년 귀국하여 소설·연극·영화 등 집필에 몰두하였다. '장한몽'이 영화에서는 이수일 역으로 출연하였고, 1926년 우리나라 최초의 영화소설 '탈춤'은 동아일보에 연재되었다. '먼동이 틀 때'를 집필·각색·감독·제작하여 단성사에서 영화를 개봉하였는데 큰 성공을 거둔다. 영화 성공 후 심훈은 소설에 관심을 기울인다. 1930년 조선일보에 '동방의 애인'을 연재하다가 검열에 걸려 중단되고, '불사조' 역시 연재하다가 중단된다. 같은 해에 '그날이 오면' 시를 발표하고, 1932년 항리에서 출간하려다가 검열로 인해 이마저도 무산된다. 훗날 1949년 유고집으로 출간된다. 여기에서 알 수 있듯이 심훈은 강한 민족의식이 담겨 있다. 그 밖에도 '영원의 미소', '황공의 최후', '직녀성'이 연재된다.

1935년에는 동아일보 창간 15주년을 맞아 '상록수'가 특별공모에 당선되어 연재된다. 상록수는 젊은이들의 희생적인 농촌사업을 통해 휴머니즘과 저항의식을 고취시킨 작품으로 본인의 귀농 의지가 잘 그려져 있다.

1936년 장티푸스로 사망하여 짧은 생을 마감한다.

[네이버 지식백과에서 인용]

동우(冬雨) / 심훈

저 비가 줄기줄기 눈물일진대
세어 보면 천만 줄기나 되엄즉허이,
단 한 줄기 내 눈물엔 베개만 젖지만
그 많은 눈물 비엔 사태가 나지 않으랴.
남산인들 삼각산인들 허물어지지 않으랴.

야반에 기적 소리!
고기에 주린 맹수의 으르렁대는 소리냐
우리네 젊은 사람의 울분의 으르렁대는 소리냐
저력 있는 그 소리에 주춧돌이 움직이니
구들장 밑에서 지진이나 터지지 않으려는가?

하늘과 땅이 맞붙어서 맷돌질이나 하기를
빌고 바라는 마음 간절하건만
단 한 길 솟지도 못하는 가엾은 이 몸이여
달리다 뛰면 바단들 못 건너리만
걸음발 타는 동안에 그 비가 너무나 차구나!

시인 염경희

프로필

대한문학세계 시, 수필, 동시 부문 등단
(사)창작문학예술인협의회 회원
대한문인협회 경기지회 정회원
(사)한국문인협회 정회원
대한창작문예대학 졸업
문예창작지도자 자격증 취득
2023년 순우리말 시 짓기 금상 외 다수

〈저서〉
시집 "별을 따다"
수필집 "청춘아! 쉬어가렴" 2쇄 출판
〈공저〉
경기지회 동인문집 "별빛 드는 창" 외 다수

시작노트

봄나물처럼
향기로운 시를 짓고 싶다.

한 번 맛을 보면
다시 생각나 또 먹고 싶어
입안에 맴도는 음식처럼
가슴 언저리에 맴돌아
오랜 여운을 남기는 시를 짓는
시인으로 살고 싶다.

목차

시낭송 QR 코드

제 목 : 당신과 함께라면
시낭송 : 김락호

수필집 〈청춘아! 쉬어가렴〉

화전 / 염경희

어둠을 밀어낸 안개가
햇살에 숨어들면
참꽃보다 고운 어머니가 앉아 계신다

허리춤에 매달린 소쿠리에는
참꽃으로 채워 놓고
하얀 머릿수건만 휘휘 저으신다

"예야! 화전 구워 먹자."
귓가에 맴도는 목소리 좋아
고향 집 부뚜막에 앉아 있다

햇살 받아 불 지펴놓고
산마루턱을 기웃거려보지만
그리운 목소리만 메아리친다.

당신과 함께라면 / 염경희

작고 작은 몸이지만
한결같은 목소리로 세상을 돌리면서
당신은 나의 곁에 머물렀다

몸을 배배 꼬며 칭얼거려도
역정 한 번 내지 않고 함께 해 준 친구
당신은 내 삶의 매니저다

태엽만 감아 놓으면 한결같이
변화무쌍한 날에도 한목소리로
세상과 맞서라 했기에 정상에 우뚝 섰다

살아온 시간보다 살아갈 날들이 적지만
여명보다 먼저 새벽잠을 깨워 주는
당신과 함께라면 험난한 세상살이에도
굴복하지 않고 청춘처럼 살아보고 싶다.

밀주 密酒 / 염경희

노란 좁쌀밥 누룩에 버무려
술 단지에 담아 놓고 보니
끼니때면 반주를 즐기시던
아버지 생각이 납니다

이순이 안 된 연세에
하얀 베적삼 한 벌 입고
영영 돌아오지 못할 길 떠나
별이 된 지 어언 사십 년입니다

먹고살기 바쁘다는 핑계로
두루두루 살피지 못한 송구함에
눈시울이 젖습니다

지금쯤 아버지가 계신 뒷동산은
영산홍 꽃동산 이루어
아버지 마음처럼 따뜻하겠지요

맛깔스럽게 밀주가 익는 날
밀주 한 사발 올리면
너털웃음 지을 아버지 생각에
눈물이 앞을 가립니다.

보릿고개 길 / 염경희

열서너 살쯤의 소녀가 부뚜막에 앉아
매콤한 연기에 눈물 콧물 흘리며
울안 터앝 호박잎 훑어
거슬거슬한 보릿겨에
풋콩 콕콕 박아 보리 개떡을 만들고 있다

화전 밭을 일구시는 울 엄마
헛헛한 속을 물로 채우실까 봐
얼기설기 찢긴 광주리 머리에 이고
산릉선 구불구불한 오솔길 지나면
머릿수건 흔들며 반기던 울 엄마가 아른거린다

옛 보릿고개 길 넘어온 소녀는
배고픔의 설움이 가슴에 사무쳤기에
지금도 부뚜막을 지키며
밥 한 톨 버리지 않고 누룽지 만들어
나눔의 행복 찾아가는 안주인이 되었다.

울 엄마의 치부책 / 염경희

한글도 깨치지 못한
눈뜬장님으로 한평생을 살아오신 울 엄마
아라비아 숫자 역시 제대로 나열하지 못했지만
보따리장수 다니면서 터득한 당신만의 주먹구구 계산법이
화투판에서 총기 왕성한 똑순이 할머니랍니다

당신의 치부책은
연말이면 농협은행에서 받아오는 달력
커다란 아라비아 숫자 아래
음력이 적힌 달력이어야만 합니다

한글을 쓸 수 없는 무학의 서러움을
동그라미에 풀어내신 울 엄마
당신만의 표기법으로 꼭 빠트리지 않는 것은
백수를 바라보는 나이에도 다섯 남매의 생일 날짜에
연필에 침 발라 굵게 동그라미를 그려 놓습니다

짊어졌던 짐이 조선 반만큼이나 했을 세월은
까마득하게 훌훌 벗어내신 듯
막내딸이 떨어뜨리지 않는
고소한 두유 한 모금으로 입 다시고
보조차 의지하여 화투 치러 갑니다

오늘도 울 엄마의 치부책에는
당신만의 암호화된 숫자가 그려지겠지요
최고의 효자라는 기초 노령 연금과 다섯 남매의 용돈
화투판에서 낸 수입과 지출이
울 엄마의 방식대로 오묘하게 기록될 것입니다.

비우면 채워지는 삶이 좋다 / 염경희

가슴에 묻고 있던 것을 캐내었더니
따스한 봄바람이
밀고 당기며 훨훨 날아간다

그 자리는 기쁨과 행복이 들어앉아
그동안 잘 살아왔다고
토닥토닥 어루만져 준다

황혼에는 참지도
묻어 두지도 말고
아프면 아프다고 투정을 부려보란다.

바람길 / 염경희

얼음꽃에 내려앉은 봄 햇살이
바람길을 열어주면
번민하던 청춘이 희망을 부른다

콘크리트 틈에서 피어난 꽃처럼
언 땅을 비집고 고개를 든
파릇파릇한 새싹처럼 생기가 가득하다

깔딱고개를 수없이 오르내리며
천신만고 끝에
꿈나무를 키워 낼 주역이 된 청년이다

바람길에 앉아 봄 햇살 한 모금 마시며
배시시 웃는 얼굴엔
거대한 광명이 드리워졌다.

*2024년 신춘문학상 은상 수상

곳간 열쇠 / 염경희

서산 마루터기에 서서
지나온 세월 회상해 본다

충충시하 고된 시집살이 눈물로 삼키었고
계급장이 있는 공동체의 삶은
시기와 질투, 음모와 음해에 대한
불안감을 삭이며 견뎌왔다

수십 년간 식솔들을
어르고 달래며 거머쥔 곳간 열쇠
이제는 허리춤에서 떼 내야 한다

곳간 열쇠 물려주고 나면
청춘을 빼앗긴 듯 공허할 터인데
무엇으로 채워가야 할지 막연하다

오감의 달인으로 살아온 것처럼
내 여생(餘生)의 도화지에 황혼을 스케치하며
새 곳간 열쇠 허리춤에 달아 보려 한다.

찔레꽃이 필 무렵 / 염경희

찔레꽃이 피는 오월이면
아버지의 꼴지게에는
찔레순 한 줌이 들어 있다

걸핏하면 허기진 배를
옹달샘에 앉아 달래던 시절
논두렁에서 따 온 찔레순은
아버지의 사랑이었다

쇠갈퀴가 된 손으로
껍질 벗겨 입에 넣어주면
이밥 한 그릇보다 달콤했던
그 순간을 잊지 못한다.

너를 사랑하는 이유 / 염경희

창살 없는 감옥살이에 지쳐 있을 때
우연히 너를 만나
망각했던 자아를 찾게 되었다

왜 살아야 했는지
여기까지 어떻게 살아왔는지
앞으로 어떤 삶을 살아야 하는지도 알게 되었다

너를 만난 후에
바람이 불러주는 노래 들으며
무심히 스쳤던 꽃마리와 열애에 빠졌다

봄여름 가을 겨울 자연과 벗하다가
시어가 꿈틀거리는 순간 줄줄이 엮어
자식처럼 품은 그 향기를 바람에 날린다

시 곳간을 채워가는 행복과 환희는
나를 살게 하는 밑거름이 되었고
너를 사랑하는 이유가 되었다.

시인 유필이

프로필

2005년 6월 한울문학 문예지 시 부문 등단
(사)창작문학예술인협의회 이사
대한문인협회 대구경북지회 정회원
대한문인협회 대구경북지회 지회장 역임

〈저서〉
제1시집 [풀잎의 노래]
제2시집 [눈물꽃이 바람에 날릴 때]

〈수상〉
한국문학 예술인 대상
한국문학 문학 대상

시작노트

그리움이 대롱대롱 맺힌
풀잎 한 장 똑 따서
사랑한다
보고 싶다

이슬 실로
한올 한올 수놓아
주소 없이 바람에
붙이는 시린 마음

눈물 품은
먹구름은 알아줄까
침묵 속에 흐르는
세월은 알아줄까

- 시 〈풀잎 편지〉 본문 중에서 -

목차

시낭송 QR 코드

제 목 : 어머니와 수제비
시낭송 : 최명자

제2시집 〈눈물꽃이 바람에 날릴 때〉

어머니와 수제비 / 유필이

시원스레 비가 오네요
어릴 적 어머니가 끓여주시던
수제비가 먹고 싶습니다
파란 정구지와 애호박이 드러누운
작은 연못 수제비 그릇엔
어머니 사랑이 듬뿍 들어 있어
꿀맛이었다는 것을
그때는 정말 몰랐습니다

그저 수제비이거니 했으니까요

오늘처럼 비가 쏟아지는 날
손톱 끝에 봉숭아 꽃물들이던
고향집 대청마루에 걸터앉아
어머니 손맛이 담긴
맛깔스러운 수제비 한 그릇으로
허기진 사랑을 채우고 싶은데
어쩌지요
지금 어머니는 하늘나라 여행 중.

시인 유필이

동백새 / 유필이

작은 새 한 마리
해풍에 흔들리는
붉은 꽃잎 속으로
들며 날며
찌이 찌이
맑고 경쾌한 곡조로
봄을 부른다.

진달래꽃 / 유필이

결 고운 햇살 엮어
머리에 이고
봄이 찾아오니

가시바람 모질게 견딘
가냘픈 가지마다
연분홍 꽃등 하나둘 켜지고

주마등처럼 스치는 추억은
두견새 우는
고향 산자락 타고 번져가는
붉은 그리움.

할미꽃 홀씨 / 유필이

마른 잔디 헤집고
겨우 눈 뜨며 하는 말

아이고 허리야
팔다리 어깨 삭신이 다 쑤시네
더 꼬부라지기 전에

허리 쭉 펴고
산발 머리 빗질하고
씨알 하나 품고

햇살 좋은 날
두둥실 날아서
울 엄니 무덤 찾아가야지.

남매지에 글 꽃이 피던 날 / 유필이

해가 서산으로 뉘엿뉘엿 질 무렵
시원한 물바람 따라 들려오는 시 읽는 소리
누군가하고 사방을 둘러보니
고전적인 한복을 곱게 차려입은 그녀
잔잔한 호수 위에 사뿐히 앉아
긴 목 쭉 빼고 낭랑한 목소리로
이젤 위에 핀 글 꽃을
한 송이 두 송이 차례로 꺾고 있네.

바람에 실어 / 유필이

당신 향한 그리운 마음
바람에 실어 봅니다
그 무게가 얼마큼 되는지
바람은 알겠지요

바람이 태풍이 되어
비를 몰고 가면
내 그리움이 산처럼 커서
눈물로 녹아내린 것입니다

어젯밤 흐느끼는 그리움 모아
바람에 실어 보내었는데
아침에 일어난 당신은
바람꽃 속에서 내 향기 느꼈는지요.

단비 / 유필이

잔뜩 긴장한 하늘
긴 가뭄 끝에 빗방울이 흐느적거린다

한 방울 두 방울
옥수수잎에
뚝뚝 떨어지는 노랫소리에
목마른 잡초들
키를 세워 숨 고르기에 바쁘고

바삭 타버린 7월의 꽃밭에도
초록 물이 흥건하다.

시인 유필이

꽃이 피는 날 / 유필이

당신이 주신 사랑 씨
봄밭에 고이 심어 놓고

당신 마주하듯
정성껏 가꾸다가

사랑이 만삭 되어
어여쁜 꽃이 피는 날

당신 체온이 담긴 향기
꽃이 된 내 머리 위에 올려주세요.

인생 그리고 사랑 / 유필이

무디어 가는 반백의 나이
쉼 없이 달려온 인생
그리고 사랑

인생은
세월의 수레바퀴를 타고 흐르다가
삶의 진리를 깨닫게 되었고

사랑은
인연의 수레바퀴를 타고 흐르다가
청실홍실의 의미를 알게 되었다.

시인 유필이

가을이 왔다 / 유필이

하늘이 참 예쁘다
파란 호수 안에
조각조각 떠 있는 양떼구름
손을 뻗어 만지고 싶다

살살이 꽃잎 미풍에 살랑이고
여름에 열어놓은 창가에
빨간 고추잠자리 한 마리 날아와
살포시 앉으며 가을 인사를 한다

가을 참 좋다
뉘엿뉘엿 산자락 태우며
갈대숲 사이로 꽃처럼 떨어지는
황홀한 낙조

그리고
고즈넉한 길섶에서 간간이 들려오는
귀뚜라미 소리꾼 연주도 참 정겹다.

시인 윤동주

별과 바람을 노래한 시인, 윤동주 // 윤동주(1917~1945)

'잎새에 이는 바람에도' 괴로워했던 시인이자 작가인 윤동주는 중국 길림성 화룡현 명동촌에서 아버지 윤영석, 어머니 김용 사이에서 장남으로 태어났다. 윤동주의 집은 가랑나무가 우거지고 사방이 산으로 둘러싸인 아늑한 곳이었다. 28년 생애의 절반인 14년을 아름다운 자연을 벗 삼아 시인으로서의 감수성을 키운 것이다. 아명은 '해처럼 빛나라'는 뜻의 해환(海煥)이었다. 아버지 윤영석은 동생들에게도 달환(達煥), 별환이라는 아명을 지어주었다.

이처럼 아명 속에서 '하늘과 바람과 별과 시'가 잉태되고 있었던 것이다. 어릴 때부터 하나님과 이웃을 사랑하는 기독교정신에도 영향을 받아 죽는 날까지 한 점 부끄럼 없이 살기를 소망하신 것이다. 한인자치단체 간민회의 회장을 역임한 외삼촌 김약연의 영향으로 민족의식에도 눈뜰 수 있었다.

최초의 시는 1934년 은진 중학교 3학년 때 쓴 '초한대', '삶과 죽음', '내일은 없다'로 알려져 있다. 우리에게 잘 알려진 감성의 시 '별 헤는 밤'은 1941년에 발표되었다. 1939년에 '소년'이 발표되고, 1941년에 '눈 오는 지도'가 발표되는데, 여기에는 '순이'가 등장한다. '순이'는 안온했던 자신의 소년 시절을 의미한다.

윤동주의 아버지는 의과 진학을 희망했지만 문과를 선택한다. 이 무렵에 참담한 민족의 현실에 눈뜨며 그 몸부림이 시에 반영되었던 것이다. 연희전문학교 졸업을 앞두고 '하늘과 바람과 별과 시'라는 시집을 엮었다. 시집 원고 3부를 필사해 한 부는 자신이 갖고 한 부는 출판을 주선해 달라는 요량으로 이양하 교수에게 주고, 나머지 한 부는 후배 정병욱에게 주었다. 훗날 정병욱이 유고집을 출판하는데 큰 몫을 담당한다.

1944년 '재교토 조선인 학생 민족주의 그룹사건'이라는 이름을 붙여 후쿠오카형무소에서 징역 2년의 형을 선고받는다. 1년 뒤인 1945년 형무소 안에서 원인 불명의 사인으로 하늘을 우러러 한 점 부끄럼 없이 29세의 짧고 굵은 인생을 마감한다.

[네이버 지식백과에서 인용]

길 / 윤동주

시인 윤동주

잃어버렸습니다.
무얼 어디다 잃었는지 몰라
두 손이 주머니를 더듬어
길에 나아갑니다.

돌과 돌과 돌이 끝없이 연달아
길은 돌담을 끼고 갑니다.

담은 쇠문을 굳게 닫아
길 위에 긴 그림자를 드리우고

길은 아침에서 저녁으로
저녁에서 아침으로 통했습니다.

돌담을 더듬어 눈물짓다
쳐다보면 하늘은 부끄럽게도 푸릅니다.
풀 한 포기 없는 이 길을 걷는 것은
담 저쪽에 내가 남아 있는 까닭이고,

내가 사는 것은, 다만,
잃은 것을 찾는 까닭입니다.

시인 이고은

프로필

2017년 대한문학세계 시 부문 등단
대한문학세계 편집 위원, 기자
독서 지도사, 독서 강연
문예창작지도사
명인명시 특선시인선 외 다수 공저
2023년 향토문학상 금상
2024년 순우리말 시 짓기 은상

〈저서〉
봄 여름 가을 겨울 일기
과학 속 24절기 달력 공저

시작노트

시월의 멋진 어느 날 / 이고은

가을은 푸른 바다를 닮아
나까지도 까치발을 딛은 만큼 키도 마음도
훌쩍 자란다

저만치 아주 높이 저만치 뛰어가면
여물어있는 내 모습을 보게 될지도 모른다

호수가 말을 건다
반짝이는 것은 아름답다
너도 세상 밖으로 나가 반짝일 수 있는
걸음걸이로 나아가라고.

목차

시낭송 QR 코드

제 목 : 가을 사랑
시낭송 : 장선희

공저 〈들꽃처럼 제5집〉

꽃길 / 이고은

시인 이고은

구름아
너와 나 우리 꽃길만 걷자

물푸레나무처럼 번지는 핑크몰리
타오르는 듯한 촛불맨드라미
분홍색 나비 나풀나풀 날아다니는 가우라꽃
달빛 소금처럼 뿌려지는 메밀꽃
구름까지도 보라 물결 일렁이는 버베나
해를 품어 눈부신 해바라기
하늘하늘 숨쉬는 키 작은 코스모스

꽃은 꽃이 아니라
바람에 나부끼지 않는
한 떨기 사랑이다

구름아
너와 나 우리 꽃길만 걷자.

봄꽃, 너 참 예쁘다 / 이고은

봄비는 얼음 가지 속 숨은 꽃 싹을 빨아내려고
동토의 대지에 자꾸 입을 갖다 댄다

잎눈은 가늘고 작은 떨림으로
꽃눈은 굵고 큰 몸짓으로
그 입을 맞춘다

봄꽃이 피었다

희망 꽃, 사랑 꽃, 행복 꽃이 소담스럽게 피어
푸른 가슴 내주는 봄이 왔다

봄꽃을 보고
봄꽃을 듣고
봄꽃을 어루만진다

봄꽃, 너 참 예쁘다.

반딧불이 / 이고은

헤아릴 수 없을 만큼의 별이
훅 눈동자 안으로 쏟아지고
가늠할 수 없을 만큼의 반딧불이
푸드덕 가슴 속으로 파고든다

별과 반딧불이는 한마음 되어
검붉은 석양 꿀꺽 삼킨 채 강물에 내려앉고
내 심장도 덩달아 전류 흐르듯 활활 탄다

어린 날의 개똥벌레 어깨에 살포시 내려앉았다가
모깃불 연기에 쏜살같이 사라지고
맹그로브 숲의 반딧불이가
소망으로 동그랗게 빚은 내 손 안에 잠시 머무른다

"아직 가지 않은 길을
 너의 빛으로 밝고 희망차게
 비추어 주렴"

귀 기울여 듣는 너에게 가만히 속삭이면
반딧불이는 밤하늘에 동그라미 그려놓고
별이 되어 훨훨 날아간다.

가을 사랑 / 이고은

붉게 물든 가을 하늘마저
심장으로 쿵 떨어져
갈잎처럼 바르르 떨고 있다

벌레 먹은 복숭아는
더위에 지칠 대로 지쳐
제 한 몸 기꺼이 내어주고

풀벌레 소리에 귀 기울이는
가을 이삭은
고랑보다 더 깊게 패인
주름진 농부 앞에서 고개 숙인다

삶의 두께는
사랑을 그 위에 입히고
덧바르는 것이다

무화과 입술이 저마다 앞다투어 툭 벌어질 때
땅거미는 시인을 훔치고
저 멀리 산등성이를 넘는다.

그리움 / 이고은

시인 이고은

눈멀고
귀먹고
마음 꽁꽁 얼려 놓아도

비 오고
눈 내리고
바람 불고
계절 바뀌고

커피 마실 때
게딱지에 밥 비벼 먹을 때

자꾸 생각나는
그 사람 그 사람

아침은 말한다 / 이고은

바람은 조용히
이름 모를 꽃을 흔들고
햇살은 갈잎 위에
금빛을 얹는다

이 아침을 바라볼 수 있는
너의 눈이 참 아름답다
이 아침을 품을 수 있는
너의 마음이 참 고맙다

아침은 말한다
내 빛과 바람과 소리는
너를 위한 사랑이었다.

별빛 / 이고은

시인 이고은

너는 보고 싶은데
너를 만나지는 않겠다

너는 사랑하는데
너를 받아들이지는 않겠다

너와는 이별하는데
너를 떠나보내지는 않겠다.

파도 타기 / 이고은

시인의 삶에서 시어를 살짝 흔들어 깨운다

말랑말랑 부스스 산들산들 소소소
애절하고 절절한 입담으로 그득 차고도 넘친다

애달프다
가슴에는 울분과 격한 몸짓이 먹장구름으로 가려져
새하얀 눈물이 깃털처럼 흐른다

사랑이다
심장에는 전류가 흘러 차마 막지 못하는 폭포처럼 세차게 흐른다

애환이다
삶을 넘나드는 숱한 갈등과 부질없음에
목놓아 우는 한 마리의 학이 유유히 날고 있다

나도
그들과 함께 세상 속으로 바짝 다가가
넘실대는 파도에 내 몸을 온전히 맡긴다.

플라타너스 / 이고은

플라타너스가 바람에 나부낄 때
가을은 여지없이 마음의 문을 열고 들어왔다

붉은 눈시울은 가슴을 뚫고
서럽다 그립다 울어대고
사랑했던 기억은 왜 이리 선명한지
차라리 플라타너스의 푸른 잎으로
저 하늘을 가리고 싶다

가고 오지 않을 사람이지만
사랑했던 기억은 부끄럽지 않다

그래도 한 번쯤은 묻고 싶다
사랑했던 기억은 남아 있느냐고.

갈매기 / 이고은

너에게 묻는다
절벽보다 더 깊은 외로움과
마주한 적이 있느냐고

죽음이 삶보다 두려운 것이라면
너처럼 날지 않을 이유가 있을까?

너에게 묻는다
물보라보다 거센 소용돌이와
싸워본 적이 있느냐고

바위처럼 단단한 아픔이 무뎌진다면
너처럼 날지 않을 이유가 있을까?

아, 너의 허기진 입김조차
내 심장 안에 파고들어
사랑하면서 살아보라고 꺼억꺼억 외친다.

시인 이동백

프로필

대한문학세계 시 부문 등단
(사)창작문학예술인협의회 회원
대한창작문예대학 졸업
대한문인협회 기획국장
신춘문학, 짧은 시 짓기,
우리말 글짓기 전국공모전 금상, 은상, 동상
외 수상

〈저서〉
시집 [동백꽃 연가]

시작노트

긴 이야기를 짧게 응축시키고
정갈한 한 마디의 구절을 찾아
정황에 딱 맞아떨어지는 비유가
하얀 속살을 살짝 감춘 듯
묘사할 수 있으면 좋으련만

- 시 〈좋은 시를 써보려는 마음〉 중에서

목차

시낭송 QR 코드

제 목 : 풀어 놓고
          싶은 보따리
시낭송 : 전선희

시집 〈동백꽃 연가〉

행동하는 선비정신 / 이동백

목숨이 두려워
바른말을 하지 못 한다면
마땅히 의관을 벗어던져야 한다

직언의 쓴소리는
백성을 위한 사명감으로 똘똘 뭉친
선비의 몫이어야 한다

청렴 강직한 선비정신이야말로
부정부패를 척결하며
백성들의 불평불만을 잠재울 힘이다

임금도
옳은 말로 직언하는 선비를
함부로 죽이지 못함은
하늘과 땅이 지켜보는 까닭이다.

고목에도 꽃이 피어나듯 / 이동백

보랏빛 향기 흩어지는 봄날이 돌아오면
라일락꽃 그늘에 앉아
아름다운 선율 따라 흐르는
꾀꼬리 노래 같은 詩 낭송을 듣는다

계절이 오면 오고 가면 가는가 보다
무덤덤해질 나이가 되었건만
뺨을 스치는 보드라운 바람결 따라
화사한 색깔로 핀 꽃을 보노라면
얼굴엔 화색이 돌고 입은 벙글어진다

봄, 그 신비로운 마법에 걸려
희망으로 피어나는 작은 함성들은
詩心을 깨우려 야윈 내 감성을 흔든다

꽃다운 청춘은 번개처럼 지나갔건만
고목에도 예쁜 꽃이 피어나듯
등이 휠 것 같던 삶의 지게 벗어 던지고
못다 이룬 꿈 찾아 영혼을 태워보리라

* 2024 신인문학상 공모전 은상작

풍경이 된 시화 / 이동백

호숫가에 보따리 풀어 놓고
늘어선 글쟁이들

그 앞을
서성이는 나그네

귀한 물건 찾아보려는 듯
세월을 잊네.

* 2024 짧은 시 짓기 공모전 장려상작

내가 글을 쓰는 이유 / 이동백

시인 이동백

진정으로 소확행을 찾기 위해선
즐기며 좋아하는 일을 해야 하는 것처럼
삶과 자연의 오묘한 서정을 표현하는
내 가슴이 시키는 일이기 때문입니다

잔잔한 호수에 돌을 던져야 파문이 일듯
그냥, 끝없는 생각의 모닥불을 피워놓고
사색의 경지에 몰입되어
예술의 눈을 떠 보고 싶은 까닭입니다

가끔은 글을 짓는 행복한 고뇌에 빠져
향기로운 글의 맛과 멋을 즐기며
삶을 갈무리하는 석양 앞에서
인생을 뒤돌아볼 수 있기 때문입니다

때로는 깊이를 헤아리는 철학의 눈으로
내 삶의 궤적을 여백에 담아보며
소풍 끝내고 하늘로 떠나는 그날까지
영혼을 활활 태워보고 싶은 까닭입니다.

그냥 / 이동백

눈빛만으로도 알 수 있고
음색만으로도 느낄 수 있듯

보고 싶어 그리워하는
사랑의 기쁨과 미움의 애달픔을
아울러 그려내는 그림처럼

그냥, 이라는 말속에는
호수에 비친
하늘의 구름 같기도 하고
밤하늘의 별빛처럼
소곤거리기도 하고
강물처럼 흘러가기도 하는

그냥, 이라는 말속에는
헤아릴 수 없이 많은 의미가
숨겨진 채 마음속을 서성인다.

숨어 있는 겸손 속에는 / 이동백

실천하기가 쉽지 않은 겸손을
실행에 옮기려면
가끔은 자신을 낮출 수 있어야 한다

나를 낮추는 게 쉽지 않음은
자신의 존재를 확인하는 수단인
마음속에서 꿈틀거리는
자존심이라는 게 버티고 있기 때문이다

나를 초라하게 만들기도 하는
자존심을 버리고 나를 낮추면
아름답고 귀하게 보일 때도 있다

자신을 낮추는 사람의 깊은 곳엔
곱게 간직한 자존감이 자리 잡고 있으며
그 자존감은 거부감을 일으키지 않는
겸손이라는 단어와 연결되어 있다.

풀어 놓고 싶은 보따리 / 이동백

우리는 누구나 예외 없이
보따리를 안고 살며
나름 소중하거나 별난 물건을
풀어 보여주고 싶어 한다

남의 보따리 안의 물건엔
본척만척하면서도
그저 자기 보따리만 풀어 놓으려
안달을 하기도 한다

귀하든 천하든 각자의 보따리 속에는
수많은 삶의 애환 녹아 있건만
속 시원히 풀어 놓지 못해
이곳저곳 기웃거리기도 한다

풀어도 풀어도 다 풀지 못한 응어리
바람결에 풀어 헤치면
속이 시원하련만 끌러보지도 못한 채
보따리 안고 사는 게 인생인가 보다.

하늘 같은 내리사랑 / 이동백

시인 이동백

어두워져야 빛나는 별을 볼 수 있는 것처럼
깊은 밤 생각에 빠져 나달을 돌이켜보며
멍울로 걸리는 구멍 난 가슴을 하얗게 태운다

한여름 밤 마당에 밍석을 깔아 놓고 둘러앉아
삶은 감자, 옥수수를 맛있게 먹을 때
메케한 모깃불을 피워 모기를 쫓아주고
부채질을 해 주던 다솜은 끝이 없었다

한살이 바람막이 되어 지켜주었건만
너무 멀리 와 돌아갈 수 없어 그리움 사무칠 뿐
그지없는 피붙이의 사랑 안갚음할 길 없다

텅 빈 듯 넓고 깊은 하늘 같은 마음으로
애오라지 살붙이를 위한
어버이가 밟고 간 발자국을 따라
걸어가는 나는, 삶의 에움길을 되새김한다.

* 2024 우리말 글짓기 공모전 동상작
* 내리사랑 : 자식에 대한 부모의 사랑 * 나달: 흘러가는 시간
* 다솜: 애틋한 사랑 * 한살이 : 세상에 태어나서 죽을 때까지의 동안
* 그지없는 : 끝이나 한량이 없다 * 피붙이 : 혈육으로 볼 때 가까운 사람
* 안갚음 : 자식이 커서 부모를 봉양하는 일
* 애오라지 : 겨우, 또는 오직을 강조하여 이르는 말
* 살붙이 : 혈육으로 볼 때 가까운 사람 * 에움길 : 굽은 길, 에워서 돌아가는 길
* 되새김 : 지난 일을 다시 떠올려 골똘히 생각하다

종족 번식 / 이동백

세상에서 제일 듣기 좋은 울음소리는
엄마의 품속에서 나오자마자 터지는 으앙
생명, 그 신비로운 탄생은
가정을 살리고 사회를 살리고 나라를 살린다

아가들의 웃는 모습이 보기 드문 현상은
민족의 존립이 위태로워지는 징조인 것을
지도자들은 훗날의 국가 번영을 위하여
기꺼이 출산장려정책을 펼쳐야 한다

사람이 으뜸인 세상이 어쩌다가
애완동물은 애지중지 보듬으면서
자식 낳아 키우기를 주저하게 되었는지

끈질긴 생명력으로 씨앗을 퍼트리는 잡초처럼
자연의 동식물이 번식을 추구하는데
아름다운 꽃이여 나비여 어서어서
짝을 찾아 씨앗을 퍼트려 주길 바라는 마음

행복한 삶을 위하여 / 이동백

우리는 이 세상에 태어남과 동시에
인생이라는 공부를 하는 학생이 되어
평생 배움을 멈추지 말아야 합니다

가슴 뛰는 삶을 살기 위해서는
큰 꿈, 큰 그림 안에서
독특한 나만의 뭔가를 그려봐야 합니다

너무 늦게 깨닫지 않으려면
언제 멈출 줄 모르는 하늘이 준 운명이기에
근사하게 시간을 쓸 궁리를 해야 합니다

물처럼 바람처럼 살기 위해서는
마음의 상처를 치유하는 사랑이란 이름으로
가슴을 여는 용서가 필요합니다

좋아하는 사람과 함께 걷는 길 위에서
인내라는 지혜를 터득하다 보면
숨어 있는 평화를 누리게 될 것입니다

시인 이문희

프로필

2017년 대한문학세계 시 부문 등단
(사)창작문학예술인협의회 회원
한국시인학교 고문
〈저서〉
시집 [아내의 빈 의자] (2쇄 발행)
〈공저〉
명인명시 특선시인선(19.20.23.24) 외
〈수상〉
향토문학상 작품 경연대회 은상 (23)
한국문화 예술인 대상 (24)

시작노트

앞에서 끌어주고
뒤에서 밀어주는
폐지 줍는 할배 할매
검버섯 핀 얼굴에도
지칠 줄 모르는 미소가
꽃망울 터뜨리고

섣달그믐날
발 디딜 수 없이 미어터진
재래시장 골목길
허리 굽은 영감 할멈
행여 길 잃을까 두 손
꼭 잡고 등에 멘 배낭 속
제사음식 챙기는 서럽도록
부러운 들꽃 사랑

- 시 〈자목련〉 중에서 -

목차

시낭송 QR 코드

제 목 : 하늘길
시낭송 : 박영애

시집 〈아내의 빈 의자〉

하늘길 / 이문희

시인 이문희

그대 떠난 지 얼마인데
아직도 하늘 보며 길을 묻는다

뒤안길 돌아 울타리가 좁은
고샅길, 지름길 가리지 않고
길을 묻는다

씨름꽃 할미꽃 진 지 오래지만
다복솔 무덤가 자드락길을
하루도 빠짐없이 나비는 날고 있다

가을 가고 잎 지면
더욱 맑은 밤하늘에
시름 같은 별을 세며
밤새 귀뚜라미 운다

그리운 다솜 찾아 슬퍼지면
베갯머리에서 눈물을 감추고
꿈마다 하늘 길을 서성이며
그대 그리움에 잠 못 이룬다.

* 뒤안길 : 집들의 뒤쪽으로 난 길
* 고샅길 : 마을의 좁은 길목
* 지름길 : 가깝게 질러가는 길
* 다복솔 : 가지가 다보록한 어린 소나무
* 자드락길 : 산기슭의 경사진 좁은 길
* 다솜 : 애틋한 사랑의 옛말
* 헤윰 : 생각이나 마음속에 품은 뜻의 순우리말

복날 상팔자 / 이문희

우윳빛 새벽을 이고
토다닥 토다닥
도리깨질하는 소리

창밖에 비는 내리는데
인근 닭장 속 닭 우는 소리
예전과 달리 가슴을 친다

오늘이 삼복중 초복날
성남 모란시장
까맣게 그을린
제일로 수난을 겪던
황구는 무슨 복이길래

부모조차 거들떠보지 않는
인종들에게
어버이 모시듯 사랑받는
상팔자 되었는데

공작의 벼슬
봉황의 날개를 단
우리는 개 팔자 되어
어이 뜬 새벽을
대성통곡해야 하는가

자운영 풀꽃 / 이문희

시인 이문희

나도 한번 잘살아 보자고
넓고 넓은 영산강 들녘 온통
자색 고운 자운영 꽃 잔치

열아홉 꽃 시절
부드럽고 향긋한 그 맛
가난에 굶주린 춘궁기
삭둑삭둑 베어다가
된장 바르고 풋나물 무쳐
온 가족 주린 배 채우던

허도 서러운 그 팔자
얼마나 서러웠으면
이 산 저 산에 쑥국새 울고
아직도 덜 익은 청보리
비집고 흐느끼던
산꿩 우짖는 소리

어쩌다가 / 이문희

어쩌다가
숨도 안 쉬고
살려는 건지

연분홍 진달래
연보라 라일락
하이얀 조팝

피고 지는 벚꽃 이파리
이팝나무 꽃들
바람에 떨어지고

여주 이천 들녘
고구마 심기 바쁜 손길
모내기도 끝나 가는데

초록 물결 너울너울
이 세상 봄은 점점
사라져 가고

가슴 속 외로운 맘
지는 꽃잎 켜켜이 쌓이고

어이 무겁고 답답한
침묵만 지키려들 하는 건지

길냥이 한 마리
나무 뒤 풍경 되어
멀뚱멀뚱 바라보고 있다.

소금꽃 / 이문희

시인 이문희

한여름
땀에 젖은 베적삼
오롯이 내민 빛나는 보석
허기진 배 엄마 젖꼭지
기겁을 하게 짠 소금꽃

허리 휜 우리 아버지
무명베 저고리
지게 밑에 번쩍이는
한숨으로 피어난 소금꽃

팔 남매 자식들
굶기지 않으려
시들지 않는 밤하늘 별빛
어버이 간절한 염원

눈물 빛
소금꽃이 그립습니다.

혼돈(混沌) / 이문희

세상이 뒤집어져도
저녁노을이 아침 햇살
될 수 없고

콩 심은 데 콩 나오고
팥 심은 데 팥 나오는데

화들짝 깨우친 뒤
발버둥 쳐 봐야
이미 엎질러진 물
어찌하리

참수리 떼 소란 속
봉황은 간 곳 없고
버스 떠난 뒤 손들어
무슨 소용일까

철 잃은 억새 흔들림보다
떨어져 뒹구는 핏빛 목련
슬픔이 켜켜이 쌓이고 있다.

11월의 이별 / 이문희

시인 이문희

평생을 마주 보고 서서
헤어질 것 같지 않던 11월도
우리 곁을 떠날 날이
오고야 맙니다.

일곱빛낄 무지개
곱게 물든 단풍잎도
하나둘씩 떨어져 나가고

11월 앙상한 가지들만
싸늘한 바람에
오들오들 떨면서
겨울 맞을 준비에 바쁩니다.

차갑도록 맑은 하늘은
윙윙윙윙
창문 두드리며
이별이 서러워 풀벌레
함께 울고 섰는데

다시 찾아 올
새봄 맞을 꿈 그리며
첫눈 내리는 땅속에
일인지하 삼정승
밤숭어리 묻어두고
11월의 진한 연분도
끝내 떠나가고 마네요.

자목련 / 이문희

어둑어둑한 날씨
비가 옵니다

사랑을 재촉하는 비
봄비가 옵니다

앞에서 끌어주고
뒤에서 밀어주는
폐지 줍는 할배 할매
검버섯 핀 얼굴에도
지칠 줄 모르는 미소가
꽃망울 터뜨리고

섣달그믐날
발 디딜 수 없이 미어터진
재래시장 골목길
허리 굽은 영감 할멈
행여 길 잃을까 두 손
꼭 잡고 등에 멘 배낭 속
제사음식 챙기는 서럽도록
부러운 들꽃 사랑

시인 이문희

숲속을 넘나드는 산새들
피를 토해 우는 귀촉도
길가에 오가는 사람들
나보디 더 잘났거나
못났거나 모두가 짝이 있는데

함백산 추모공원 봉안실
옹기 안 쭈그린 당신
피 멍든 그리움
나 홀로 짝사랑

우정이 핏빛이다 못해
검붉은 자목련
피눈물 꽃을 피웁니다.

꽃기린 / 이문희

몸집은 작은 봉오리
2중 3중으로 피를
토하는 비명소리

물 한 방울 없는
콘크리트 옥상 찬 바닥
작은 화분 한 그루

33일 동안 방치한
죄
십자가에 못 박힌
예수의 신음소리

머리에 씌워진 가시관
쏟아져 내리는
시퍼런 선혈들

모진 추위
갈증에 지친 잎새
노란 단풍 드는데

불굴의 타는
핏빛 눈동자
영원무궁 살아
숨 쉬고 계십니다.

시인 이정원

프로필

경기도 고양시 거주
대한문학세계 시 부문 등단
(사)창작문학예술인협의회 회원
대한문인협회 경기지회 정회원
2022 한국문학 예술인 금상
2021 한국문학 베스트셀러 작가상
2021~2024 4년 연속 명인명시 특선시인선 선정

〈저서〉
시집 [삶의 항로]

목차

시작노트

소슬바람 불어오는
고즈넉한 시골 마을

군무로 피어있는 들국화
들녘에 코스모스 하늘거리고
그리움이 감나무에 매달려 있다

까치 작박구리가
익어가는 홍시를 쪼아먹고
황금 들녘에는 고개 숙인 벼 이삭
비로소 가을이 왔음을 새삼 느낀다

- 시 〈가을 풍경〉 본문 중에서 -

시낭송 QR 코드

제 목 : 인생의 낙엽
시낭송 : 김락호

시집 〈삶의 항로〉

인생의 낙엽 / 이정원

찬란했던 가을 낙엽이
포댓자루에 한가득 찼다

우리네 인생의 낙엽이
말없이 포대에 담겨 웅크리고 있다

비록 하찮게 보일지라도
낙엽 밟으며 추억 쌓은 사람들
옅은 미소에 행복이 담겨 있다

행복과 연민 사이
인생의 낙엽은
고인이 남긴 한 줌의 흙이 되어
애잔한 마음 위로해 주고
저 멀리 떠나간다

모든 걸 내어주고 소천하신
아버지 삶을 기억하며
인생의 낙엽은
부활의 기적을 꿈꾼다.

복수초 / 이정원

봄을 기다리는
노란 복수초가
살포시 고개를 듭니다

눈서리가 쌓인 꽃잎
동면에서 깨어나
봄의 태동을 알립니다

봄이 오고 있습니다
우리네 인생 여정도

봄을 기다리는
황금 꽃잎 복수초처럼
언제나
행복이 가득하길 기도합니다

정녕 봄, 봄이여
굳은 약속처럼 은은한 향기로
날 만나러 오려무나.

고난과 부활의 경계선에서 / 이정원

보혈의 피로 우리의 죄를 대속하신 예수 그리스도
골고다 언덕 고난의 십자가에서 피 흘리셨네
사흘 만에 부활하신 예수 그리스도

봄날 향기 가득한 날
적색 적목련과 순결한 백목련을 바라보며
고난과 부활의 경계선에서
무수한 생각이 스쳐 지나간다

붉은 적색의 적목련이 '십자가 보혈'로
순결한 백색의 백목련이 '부활'로
이 아름다운 봄날 문득 이런 생각이 든다

순결한 백목련이 제 수명을 다해
차가운 땅에 떨어진다 해도
예수 그리스도의 '부활'은
영원히 우리에게 기억될 것이다

신앙의 '철'이 들었나
비로소 굳건한 믿음과 기도 가운데
십계명 돌판에 새기는 마음으로
오늘 이 순간에도 말씀의 언약궤에서 울부짖는다.

이팝나무 / 이정원

어느덧 여름의 문턱
초여름 날씨가 찾아왔다

입하 절기가 가까워지니
이팝나무에 하얀 쌀 모양
꽃이 한가득하다

오늘따라 아침 끼니를 놓쳐
배에서 연신 꼬르륵 소리가 난다

가로수를 바라보니
흰 쌀이 나뭇가지에 매달려 있어
나도 모르게 군침이 돈다

오늘 한 끼 식사는
시향이 은은하게 퍼지는
이팝나무꽃 향기로
배를 채운다

올가을 추수 시기
이팝나무꽃 밥처럼
풍성한 곡식을 기대해 본다.

장미꽃 열정 / 이정원

용광로 같은 장미꽃 심장이
초여름 소낙비에 식어버렸나

붉게 물들었던 오월의 열정
곱게 피었던 한 떨기 꽃잎이
발끝에서 뒹굴고 있다

찬란했던 기억을 머금은
장미꽃 열정은 사그라지는 듯 하나
잠들어 있던 시인의 혼이
살포시 핀 시어 한 소절에
다시 깨어난다

폭염으로 무더운 낮 더위
소낙비와 열대야의 계절 유월
순금의 언어로
뜨거운 문학의 숨결 속에
시인의 길을 오롯이 걸으련다.

무궁화꽃 / 이정원

시인 이정원

폭염과 열대야 날씨에
무궁화꽃이 피었습니다

우리나라 국화 무궁화꽃
다섯 갈래 분홍 꽃잎
노란 암술과 수술 꽃대
그 속엔 평화의 염원이 담겨 있습니다

오늘같이 불볕더위에
타는 듯한 갈증
우리네 고된 인생 여정이 있습니다

무궁화꽃이
아름다운 세상
평화가 가득한 세상
환히 열어 주길 두 손 모아 기도합니다.

수세미꽃 / 이정원

고요하고 마음이 평온해지는 아침
노란 꽃잎
수세미꽃이 피었습니다

아내의 손길이 고이 담긴
노란 수세미꽃에
사랑의 편지가 피었습니다

길게 뻗은 덩굴과 푸른 잎사귀
노란 수세미꽃이
지친 나에게 위로를 건넵니다

가을이 오는 소리
수세미꽃을 보며
오늘도 힘을 내어 봅니다

유유자적하는 삶 속에
마음의 상처가 치유되고
사랑과 평온을 선물합니다.

수련 / 이정원

시인 이정원

고즈넉한 연못가
영롱한 빛깔
수련이 피었네

물 위에
고이 잠자는 수련
꽃잎에 아름다움이 물들고

인문학 연못에
흠씬 몸을 적시며
수련꽃 그대 이름을 부르네

퐁당퐁당 풍덩풍덩
잔잔한 수면에 파장이 흐르고
수련꽃은 한 편의 시가 되어
내 마음에 진한 여운으로 남으리.

간장게장 / 이정원

밥도둑이라 불리는 간장게장
점심 식사 한 끼로
공깃밥을 일순 비운다

맑고 담백한 미역국
각종 반찬에
눈이 호강한다

한 손에 간장게장을 집어 들고
코로 음미한 후
감칠맛 게장을 맛본다

게장 몸통에 밥을 비벼
알이 차 있는 간장게장을 먹어보니
입안에 향긋한 맛이 맴돈다

즐거운 점심 식사가 어느새 끝나고
입가에 미소가 넘친다
오늘 맛있는 좋은 추억을 마음에 담는다

간장게장 식사가
공깃밥에 담긴 시 한 편 되어
맛있는 밥도둑 된다.

달과 함께 / 이정원

오늘따라 달이 커 보인다
휘영청 보름달이
도심 빌딩 숲 사이 걸쳐 있다

가로수 나뭇잎을 들춰 보니
새색시처럼 수줍어 말도 못 하고
주변을 서성거리고 있다

발걸음을 옮길 때마다
그림자처럼 쫓아오더니
잠시 한눈판 사이 금세 도망가 버린다

어디 갔나 둘러보니
달은 제자리에 있고
임 찾는 발걸음처럼 혼자 설레발

내 곁에 달은 고이 잠들고
달과 함께 시 한 소절 읊으며
이불 펴고 고이 잠든다.

시인 이상

난해한 작품들을 많이 발표한 시인 겸 소설가

// 이상(1910.8.20 ~ 1937.4.17)

　시, 소설, 수필에 걸쳐 두루 작품 활동을 한 일제 식민지시대의 대표적인 작가이다. 특히 그의 시와 소설은 1930년대 모더니즘의 특성을 첨예하게 드러내준다.

　1934년 김기림·이태준·정지용 등이 중심이었던 '구인회'에 입회하고, 『조선중앙일보』에 7월부터 8월까지 연작시 「오감도」를 연재하다가 독자들의 비난으로 중단했다. 1936년 구본웅이 경영하는 창문사에서 구인회 동인지 『시와 소설』을 편집하였고, 시 「지비(紙碑)」, 「가외가전」, 「위독」, 소설 「지주회시」, 「날개」, 「봉별기」, 「동해」 등을 발표했다. 1936년 11월 일본으로 건너가, 도쿄에서 사후 발표작인 소설 「종생기」, 수필 「권태」 등을 썼다. 1937년 일경에 의해 불령선인(不逞鮮人)으로 검거 되어 2월 12일부터 3월 16일까지 구금되었다가 건강 악화로 풀려나와 도쿄대학 부속병원에 입원했으나 4월 17일 사망했다.

[네이버 지식백과에서 인용]

거울 / 이상

시인 이상

거울속에는소리가없소
저렇게까지조용한세상은참없을것이오

거울속에도내게귀가있소
내말을못알아듣는딱한귀가두개나있소

거울속의나는왼손잡이오
내악수(握手)를받을줄모르는 — 악수(握手)를모르는왼손잡이오

거울때문에나는거울속의나를만져보지를못하는구료마는
거울아니었던들내가어찌거울속의나를만나보기만이라도했겠소

나는지금(至今)거울을안가졌소마는거울속에는늘거울속의내가있
소
잘은모르지만외로된사업(事業)에골몰할께요

거울속의나는참나와는반대(反對)요마는
또꽤닮았소

나는거울속의나를근심하고진찰(診察)할수없으니퍽섭섭하오

시인 이상화

민족주의 시인, 이상화 // 이상화(1901~1943)

호는 무량(無量), 상화(尙火, 想華), 백아(白啞, 白亞). 1901년 4월 5일 대구 출생. 7세때 아버지를 여의고 14세까지 백부의 훈도를 받으면서 가정 사숙(私塾)에서 수학했다.

18세때 경성중앙학교 3년을 마쳤고, 1919년 3·1만세운동 당시 친구 백기만(白基萬) 등과 함께 대구학생봉기를 주도하다가 발각되기도 했다. 1921년 프랑스 유학을 목적으로 일본에 건너가 아테네 프랑세에서 프랑스어와 프랑스문학을 공부하다가 1923년 9월 관동대진재(關東大震災)를 겪고 고국으로 돌아왔다. 1927년 의열단 이종암(李鍾巖) 사건에 연루되어 구금되기도 했고, 1937년 백씨 이상정 장군을 만나러 만경(滿京)에 갔다가 돌아오자마자 일본관헌에 붙잡혀 4개월 동안 옥고를 치렀다. 그 후 대구교남학교에서 교편을 잡았으며, 교남학교를 그만둔 후「춘향전」의 영역본(英譯本)과 국문학사 등을 기획하고 독서와 연구에 몰두했으나, 완성치 못하고 1943년 4월 25일 사망했다. 대구광역시 달성공원에 시비가 세워져 있다.

[네이버 지식백과에서 인용]

빈촌의 밤 / 이상화

봉창 구멍으로
나른하여 조으노라.
깜작이는 호롱불
햇빛을 꺼리는 늙은 눈알처럼
세상 밖에서 앓는다, 앓는다.

아, 나의 마음은
사람이란 이렇게도
광명을 그리는가.
담조차 못 가진 거적문 앞에를
이르러 들으니, 울음이 돌더라.

시인 이육사

가시밭길을 걸어간 민족의 저항시인, 이육사 // 이육사(1904~1944)

이육사의 시는 거칠듯하면서도 아름답고, 광야에서도 작은 불빛처럼 빛난다.

경북 안동군 도산면 원촌리에서 이가호(퇴계 이황의 13대손)와 허길 사이에서 6형제 중 둘째 아들로 태어났다. 본명은 이원록. 1927년 장진홍의 조선은행 대구지점 폭파 사건에 연루되어 3년 간 옥고를 치렀다. 죄수 번호가 264여서 그때부터 이육사라는 이름을 쓰게 되었다. 이 이름부터가 죄인이라는 자조 섞인 그만의 저항의식을 드러낸 것이라 볼 수 있다.

1930년 1월 3일 첫 시 '말'을 조선일보에 발표하였다. 1935년 다산 정약용 서세 99주기를 기념하여 "다산문집" 간행에도 참여하였다. 그 해부터 본격적으로 시(詩)를 쓰기 시작하였다. 1939년(35세)에 '청포도', '절정'은 36세, '광인의 태양'은 1940년에 발표하였다. 그의 생애는 1944년 1월 16일 새벽 5시 중국 베이징 일본총영사관 감옥에서 순국한 것으로 짧은 인생을 마쳤다.

2년 후 동생 원조가 "육사시집"을 출판하였다. 육사는 39년 동안 열일곱 번의 옥살이를 한다. 일제의 경찰과 헌병에 의해 구금과 투옥을 반복하였다. 그때마다 학대와 고문이 심했지만 일제에 굴하지 않고 항일, 반제국주의 투쟁의 고삐를 늦추지 않았다. 독립을 위해 죽는 그날까지 불사신처럼 가시밭길을 치달려 간 것이다. 죄수 번호 이육사로 생을 마감했지만 그 분의 시는 우리 가슴에 청포도처럼 알알이 남아 있다.

여기에 소개할 대표적인 이육사의 시 '절정'은 1940년 "문장"에 발표된 것이다. 일제 식민지 시대의 절망을 극복하려는 의지가 엿보이고, 저항의식을 담은 저항시의 백미라고 일컬어진다.

[네이버 지식백과에서 인용]

꽃 / 이육사

시인 이육사

동방은 하늘도 다 끝나고
비 한 방울 내리잖는 그 때에도
오히려 꽃은 빨갛게 피지 않는가.
내 목숨을 꾸며 쉬임 없는 날이여.

북쪽 툰드라에도 찬 새벽은
눈 속 깊이 꽃 맹아리가 옴작거려
제비떼 까맣게 날아오길 기다리나니
마침내 저버리지 못할 약속이여.

한 바다 복판 용솟음치는 곳
바람결따라 타오르는 꽃 성(城)에는
나비처럼 취하는 회상의 무리들아
오늘 내 여기서 너를 불러 보노라.

시인 이효순

프로필

신문예문학회 등단
대한문인협회 회원
노원문인협회 회원
한국신문예문학회 회원

아태문인협회 이사
인사동시인협회 사무국장

제3회 아태문학상 수상
제1회 서울시민문학상 수상

시집 『당신의 숨 한 번』
　　　『장미는 고양이다』

시작노트

눈동자에 빛이 들어온다

새벽을 통과한 나뭇가지들

잎맥은 속도를 기억한다

태양이 나뭇잎 위로 미끄러지면
은빛으로 변한 들고양이들

비광飛光의 춤을 춘다

목차

시낭송 QR 코드

제 목 : 꽃, 초인종을 누른다
시낭송 : 박영애

공저 〈들꽃처럼 제5집〉

장미꽃을 켜는 여자 / 이효순

시인 이효순

소나무 숲에서 끊어진 기억

사무침이 깊어 고딕체가 된 꽃

여자의 징검다리는 벽 속에
갇혀 과거를 더듬는다

지나온 눈 맞춤은 어제의 과녁을 뚫는다

심장은 사랑에 관해 질문을 던진다

내 가슴에 블랙홀을 만들고 떠난 그

돌이킬 수 없는 우울의 침잠

마지막이란 입술을 읽다가 잠에서 깬다

슬픔을 기억하는 심장은 말을 아낀다
장미꽃을 다시 켜는 여자

장미는 고양이다 / 이효순

그 사실을 장미는 알고 있을까

앙칼스러운 눈빛, 날 선 발톱, 애끓는 울음소리
고혹적으로 오월의 태양을 찢는다

지붕 위로 빠르게 올라가 꼬리를 세운 계절
고양이 모습은 장미가 벽을 타고 올라
왕관을 벗어 던진 고고함이다

때로는 영혼의 단추를 풀어도
찌를 듯한 발톱이 튀어나온다

왜 내게는 그런 날카로운 눈빛과 꼿꼿함이 없을까

내 심장은 언제나 멀건 물에 풀어놓은 듯
미각을 잃는 혓바닥 같다

고양이의 주체적이고 독립적인 눈빛은
장미의 심장과 날카로운 가시의 고고함이다

고양이는 붉은 발톱으로 오월의 바람을
川 자로 할퀴고 간다
장미의 얼굴에는 오월의 핏빛이 칼날 위에 선다

나는 오월의 발톱을 기르고 있다

꽃, 초인종을 누른다 / 이효순

세상의 모든 꽃들 아름답다고
꽃병에 전부 꽂아둘 수는 없는 것

화병에 물을 주는 남자
말라가는 꽃에 초인종을 단다

야위어 가던 밤도 고독한 인연도
서로에게 비상벨이 된다

심장이 술렁거린다
내가 너의 등이 되어 주리라

그대를 가슴에 안고
절망의 시작 고요의 끝을 본다

봄의 숲 산짐승의 긴 울음
홀로 소리를 잘라내야 하는 순간

꽃에 초인종을 누른다
벗어 놓은 신발 속 비번 풀린 꽃잎 가득하다

가을, 곶감을 말리다 / 이효순

손가락으로 시간을 눌러본다
속과 겉이 똑같을까

한여름 뒤축이 닳은 태양
물컹한 너를 맛본다

주황의 달짝지근한 맛은
과거의 시간을 넘나든 속살

나의 들끓는 고뇌는
부드러워진 오후 3시

입술은 붉은 열매를 애무하며
혀로 시간을 탐한다

나는 툭 상념 하나
세상에 뱉어버린다

드디어 가을이 경이로워지는
순간…

루주가 길을 나선다 / 이효순

시인 이효순

잊혀진 한 사람이 그리울 때

안부는 붉다

시작과 끝은 어디쯤일까

헤어질 때 떨어진 저 침묵

루주가 진해질수록

그리움의 변명은 파랗다

인연은 호수에 배를 띄워 다가가는 것

거울 앞 침침한 시간들

부러진 루주 끝에도 심장은 뛴다

내가 먼저 길을 나서는 것은

슬픔과 후회가 거기 있기 때문

운명을 바른다

감나무와 어머니 / 이효순

당신과 함께 심었습니다
손가락만 한 감나무

돌짝밭 손끝이 닳도록 함께
땅을 파 내려갔습니다

바람은 햇살을 끌어다 주고
가족은 새벽을 밀었습니다

오늘 그 감을 따야 하는데
당신은 가을과 함께 먼 곳으로
떠나셨습니다

식탁 위 접시에 올려진 감 하나
차마 입으로 깨물지 못합니다

한평생 자식들에게
하나님의 사랑과 헌신을
온몸으로 땅에 쓰고 가르치신 어머니

그렁한 내 눈은 붉은 감빛이 되었습니다

첫눈이 내리면 / 이효순

시인 이효순

오랜 시간 나무의 비밀은
자동문처럼 가슴을 연다
동백꽃 한 송이 뚝 눈 위에 떨어진다
붉어진 눈송이 안부가 울먹인다

빨강 망토의 소년은 사라지고
가지마다 쌓인 오래된 그리움
마른 잎으로 어제를 털어 낸다
오늘은 방안까지 눈이 내린다

계절을 쓸고 밀어 보지만
눈이 녹은 벽지마다 얼룩진 슬픔
사방은 온통 붉은 이름 석 자
꽃무늬로 흔적을 남긴다

마음에 창문을 내고 깊고 우렁한 이름 하나
기억의 나무에서 말을 건다

첫눈이 나무에 앉으면
돌아온 첫 키스가 새초롬히 꽃처럼 뜬다

추석과 짜장면 / 이효순

누가 그려 놓았을까

달력에 숫자 하나 붉은 보름달에 갇혔다

창틀은 눈썹을 깜박거리며
새벽을 치켜뜬다

옆방 할망구 아들 왔다고
얼굴은 꽃무늬 양산이 된다

해처럼 자동차도 소나무에 걸렸나

오지 않는 자식들 안부는
고양이가 물고 달아난다

양로원 원장은
Y 할머니의 굽은 오후를 차에 태운다
시들어 버린 웃음에 색감을 입힌다

점심에 짜장면 어때유
오지 않는 혈액형들 까맣게 잊어유

김 씨 할머니는 짜장면 그릇엔
끊지 못한 인연이 수북하게 담겨 있다

질투의 4월 / 이효순

공원에 온갖 꽃들 피어나고
살랑거리는 꽃잎의 욕망
봄비 내리면 날개 잠든다

슬퍼서 기쁜 꽃들이여
질투의 눈을 뿌리에 내려놓자
잘난 생명 받쳐주는 들꽃의 미소

강을 따라 함께 5월로 흘러가자
한바탕 소나기 내리면
세상을 향한 온갖 욕심과 질투

흘러가리라 렁출 렁출

작은 꽃들아 세상을 들어 올려라
태양이 등 뒤에서 침묵하는 오월을 민다

새해가 내려요 / 이효순

꿈틀거리는 지난 시간의 내장들
끊어진 소통 위로 눈이 내린다

방전된 몸으로 새해를 넘어온 사람들
아픈 손톱에 첫눈을 발라준다
뽀얀 속살이 차곡차곡 쌓인 달력을 단다

말풍선에 매달린 섬들은 소통하고
유리벽을 타는 용서가 녹아내린다

새해 복 많이 받으세요

새가 찰칵 찍어 놓은 첫눈 오는 날
핸드폰 속에서 풍겨오는 사람 내음
눈사람은 서로의 안부를 그렁한 눈발로 묻는다

까똑 까똑 까똑

시인 임세훈

프로필

법학박사 / 시인 / 수필가
대한문학세계, 서정문학 시 등단
한맥문학 수필 등단
〈저서〉
산문집 [밀알이야기]
제1시집 [세월은 지워져만 가고]
제2시집 [거울 속의 다른 나]
전자우편: llaa1144@daum.net

시작노트

세월 / 임세훈

봄, 여름, 가을, 겨울
안녕이란 말도 없이 떠나버린
카멜레온 닮았던 계절
그저 그런가 하고 지나친 세상은
오르내리는 에스컬레이터에서
통성명할 여유도 없이 스쳐 간
인연들처럼
피고 지는 한 송이 꽃처럼
어슴푸레한 인생과 같은 것을.

목차

시낭송 QR 코드

제 목 : 자존심
시낭송 : 최명자

제2시집 〈거울 속의 다른 나〉

자존심 / 임세훈

늘 귀찮게 떼쓰던 전화기가
오늘따라
풀죽은 듯 다소곳하다

함께
매일 교차하던 가로와 세로는
묵은 기침 속에 탐색 중
그늘에 늘린 햇살마저 떠났다

현실의 자존감 속에서
하나가 되려는 필수 과정일까
합체로 가려는 몸부림일까
쉽고도 어려운 선택지

감각, 시각을 맞추던 삶
차갑게 식기 전에
소금꽃이라도 피워보자

옳고 그름 먼 훗날에 맡기고
마음을 따뜻이 데워
마음 밖 이야기라도 꺼내보자.

재생 / 임세훈

오롯이 잠든 얼룩진 낙서들
어둠 속 풍등처럼 떠 있다가
그닐그닐 피어난다

지난 삶
훑고 있던 기억들

구름 속 비스듬히 머물던
부스럼 조각들 불러 모아

점 하나 만들던 나이테 끝에
가지런히 이어 놓고는

구김진 사연 하나 둘
녹슨 빈집 우편함 열고
눌러 앉은 먼지를 털어낸다

삭제된 과거
장막을 열고 복사되어
폴더 속에 저장된다.

백수 / 임세훈

고봉 채워진 그릇이
메마를 때 즈음에야

마음은 파동을 친다

열리지 않는 눈길과
잡히지 않는 손길과

멀거니 포옹하다가

빈 그릇 앞에서

급류에 휩쓸려 버린
대궁밥을 찾는다

실패 / 임세훈

시인 임세훈

고뿔 저린 장면에 불쑥
덴 가슴 모가 나서 돌출한다

평소 디테일에 똬리 틀고
변화의 행렬에 손 사레 치다가
일상적 모습은 오금을 물고
보이지 않는 척 얼굴을 내민다

심리의 음영은
사람과 사람들 곁 붙잡고는
껍질 벗긴 마음 베일에 감추고
큰 대자로 눕는다.

어긋난 것들 / 임세훈

겨우살이 하던
길 잃은 오류 조각들
년 월과 분 초 틈에 끼인 채
비밀로 남겨 뒀던
하루의 피로 칵 토해 낸다

어둠을 씻고 온 겨울 아침에
눈밭에 점점한 발자국들
긴 한숨을 접고
가만가만 바라보다가
손때 묻은 공백을 엿보면서

예정을 감춘 채
침묵의 가장자리에 숨어
무작정 다가올 것을 요구하며
보이지 않는 문자와
들리지 않는 벨 소리를 살피다가

긴 부재에 속가슴을 절이며
실마리의 하나라고 생각한
허옇게 층층 진 나목을 보다가
뒤죽박죽된 기억들
너와 나의 관계를 비유한다

날갯짓 / 임세훈

시인 임세훈

마음이 설렌다는 것은
무선을 치고 있다는 것
함께 있거나 없거나
보고픔 그리움으로 물들면

여백에다 넋을 덧칠하고
곁에 있는 것처럼
손을 잡는 것처럼
곁불을 지피는 것입니다

미로에 갇힌 떨림의 단위는
헤매는 게 아니라
서로의 내력을 알고 싶어
봉인된 뜻 난독한 것입니다

진술하는 것이 아니라
재회를 갈구하는 몸짓입니다
집착이 아니라
잎맥의 진실 새기는 것입니다.

난맥 / 임세훈

많았던 시간들 지나간 후 그때서야
시간이 얼마 남지 않았음을 알았을 때
빈 감시 속에
긴 세월 삭이던 날 선 형벌에서 빠져나왔다

목 울림에 숨겼던 마른 간섭은
정문으로
무딘 등뼈 골진 자리에 둥지 틀던 아집은
쪽문으로
죽어서도 누울 수 없었던 탐욕은
뒷문으로

염장될까 피 말리던 인생의 한 단면은
일었다가 쓰러지는 파도처럼
허옇게 꼬꾸라져 뒤집혀버린다

기고만장했던 켜 하나
관행을 관습으로 둔갑하려 했던 영혼
차마, 남은 한 단면을 볼 용기도 없이
두려움에 잡혀
호되게 질책당하다가 자맥질해 버린다.

상흔 / 임세훈

시인 임세훈

맨날 사다리를 매고 다녀야만 하는
한반도 한 남자의 중심은 왼편에 있다
무게도 늘 왼편이면서 불규칙하다
오른편은 기울어진 채 위태위태하다
중력을 지탱한 두 개의 기둥
애초에 수직 수평은 반듯했는데
육중한 무게 위
저울추도 균형을 잃고 기울어져 있다
공과 사는 매우 불균형
공公다리 한 개 사私다리 한 개
균형을 맞추기 위한 고육지책
공다리에 인공을 끼웠다
환골탈태 할 것인가
공다리 한 개 사다리 한 개
왠지 불안불안하다
나무 지팡이 한 개 오른편에 덧댔다
전쟁 통에 헌납한 오른쪽 다리에
따뜻한 남쪽도 속수무책이다

대물림 / 임세훈

아무렇지 않게 그저 그렇다는 시선
사는 게 다 그렇고 그런 것이라고 하기엔
뒤안길 따개비 같은 정감 엿 들면
너무 각박하다는 것이 공통된 분모였겠다

세상의 틈새에 끼인 서로 다른 슬픔들
아마도 억겁을 밤새워 울다 씨 뿌려진
안타까운 한숨, 또 그렇게 피어나서
백발 등짐 끌다가 잠들었겠다

기도문 앞 빈곤을 달래던 망초들
어둠 베어 물고 새벽 뱉어내며
가시 길 버석거리던 발자국들
발버둥 치던 바짓가랑이도 살얼음 꼈겠다

볼품없는 소망에 목숨 줄 이어 놓은
주름진 인생 굴레 펼 수 있으리라는 바램
뭇사람들 시선 피해 갈 수밖에 없는
현실 모질게 훼방 놓듯 꺾어버렸겠다

시인 임세훈

인력은행 / 임세훈

지친 사람들 어둠 속을 찾는다
저마다 가슴 속 소망은 있어
동 새벽 따라나선 시린 인생
대못 하나 박고 왔지만 됐다

눈물진 하루 일과 생각하면
서러운 마음 없진 않지만
그래도 할 만큼 노력했으니
오늘 수고했다

능력에 비해 품삯은 초라하나
일한 만큼 밥은 먹을 수 있으니
그래도 세상이 필요하다기에
그나마 살판났다

뭉개진 육체 곳곳 아프지만
오늘 노력에 견줄 수 있으랴만
세상 한 축 다듬어 세웠으니
오늘 고생했다.

시인 임판석

프로필

경남 창원시 진해 거주
대한문학세계 시 부문 등단
(사)창작문학예술인협의회 회원
대한문인협회 경남지회 지회장

2017년 한국문학 발전상
2018년 한국문학 예술인 금상
2019년 짧은 시 짓기 장려상
2019년 우리말 글짓기 장려상
2023년 우리말 글짓기 동상
2017년 시집 [인생살이]

시작노트

목표에 시작점을 맞추고
삶과 만난 언어에
시선을 두고
문학의 씨앗에
붓을 잡은 역할이다

새털처럼 포근한 글귀에
배움 더하고
멋스러운 꿈에다
지혜를 닮아간다

한빛 같은 자연 본질에
얼과 슬기의 일념 하나로
문학에 눈을 가진
길을 열어간다.

목차

시낭송 QR 코드

제 목 : 젖줄의 뒷바라지
시낭송 : 김선목

공저 〈현대시와 인물 사전〉

젖줄의 뒷바라지 / 임판석

근원을 품은 암흑
뚝 뛰어나온 세상 빛
젖은 핏줄 닦아낼 때
울었으리다

유명의 한 인물 기대에
당겨준 입술 젖줄에 닿아
숨결만 허덕이며
배를 채웠으리다

근거는 어디에다 두었던
선택받은 신비는
대를 이어가는 것에
눈웃음 가득했으리다

세상의 한구석 자리
인연의 운명에
젖줄의 뒷바라지
모정의 힘은 여기까지다

열악한 환경 극복하고
뿌리내린 내 인생 그려 낼
시작의 출발점에
발걸음을 뗀다.

시작점 / 임판석

뭇 세월 꼬리 묻은 존재
시달린 날고 빛바랜 한 조각 삶
발길마다 시름 달랜
숱한 날이다

거스른 전설에 진실 한 편
숨겨둔 그날들에
멀어져간 꿈을 꺼낸다

인생에 걸맞은 도전
좌절과 실패를 거울삼은
뒤처지지 않은 길이었다

대쪽 같은 심혈의 슬기로
목적지라는 시작점을 이어
휭하니 새벽을 훔친다.

달빛 정원 / 임판석

시인 임판석

와닿은 지친 몸부림
석양이 밤을 내밀면
누릴 수 있는 자유의 폭이다

숯 검댕이 발효에 숙성된
희미한 선율 감미롭게
꿈길로 채워간다

하루의 자리는
독이 없고 티가 없는
순수한 밤으로 묻혀간다

뇌의 언어 영역
잠 못 들어 뒤적이다
어느새 잠의 틀 안으로 간다

정겨운 여유의 달빛 정원
초록의 기운을 담고
영롱의 이슬로 젖어
고요히 새벽으로 간다.

한 줌 흙에서 / 임판석

밝은 햇살 바람 안고
숨죽여 웃네

화분 속에 야심 존재
일찍 너 일어나

창문 바라보고
발자국 소리 듣는가

예술인 칼 조각
심줄은 살리고
등갈비만 남긴

끊임없는 모순에 살다
아픔을 견뎌내었나

옷 벗더니 홀라당
벗긴 몸매

얼굴 붉힌 진백이
눈 훑고 쳐다보며
못 본 체하라 하네.

승불 소리 / 임판석

주머니 없는 옷걸이 수
가부좌 틀고
법계에 영혼 잠 깨워
새벽 연다

아픔과 슬픔 걸러내고
인간 욕망 깨달아 씻은
행과 메 이어가는
인자한 불심이다

덕을 쌓아 품은 듯
어지러운 마음 거두고
불도 귀의한
손 모은 비구의 심사다

촛불과 향불로 빚어내는
백팔염주 한 바퀴 속세의 한
비워놓는다

고요히 흐르는 자연의 이치
원칙처럼 진리처럼
근거를 두고
심산유곡 깊은 골
목탁의 뇌를 때린다.

동행자 / 임판석

넓혀 편 잠결에
끌어당겨
살포시 안는다

등 뒤에
누가 있었길래
한 때 젊고 고운 우윳빛
인연 닿은 분신이다

주름진 얼굴
하얀 머리카락
과거와 현재 오간 몸매
지친 기색 숨기려
환히 웃는 모습이다

지난날 그 시절
고난과 역경 겪고
험한 굽이 사활 치중한
모진 삶 버틴 발자취
뚜렷이 남아 있구려

시인 임판석

그냥 두고 갈 건가
너에게만은
앞서간 세월에
옛 모습 돌려주라고
전해 보고 싶다

스친 눈빛
한 알 한 알 담고
혈연 끌고 온
가없고 애절한 사람
왜
이리 힘이 드는가
사랑했다는 그 말이

이 목숨 다하는 날까지
지켜가리라
나를 위해
그리고
너를 위해서 말이다.

삶의 놀이터 / 임판석

여울턱 끝에 망각 뭉텅이
움켜잡은 얽맨 험난 지지 않고
섰는 대도 위에
사는 동안 내려다본다

고립된 자아에 벗어나
뜰을 가꾸고 멋을 창출한
선의 흐름 연출한 예술의 극치는
생명처럼 품고 있다

생활에 안겨주는 안식처는
이루 말할 수 없음이
맑은 이슬에 기지개를 켜며
잠에서 깨어난다

자연에 감춰둔 비경의 풍경
가져다 놓은 뜨락 위 맑은 햇살에
바람과 구름이 찾아와 쉬어 간다

요지경을 멘 배낭 속에 모진 삶을
혼자만이 감당하며
거리를 헤맨 이 길이 바로
내 삶의 놀이터이다.

빗속에 핀 꽃 / 임판석

시인 임판석

까만 어둠 휘감은 깊은 밤
먹구름에 싸인 빗물
곁에 토닥토닥
잠 깨우고 떠났다

헛됨 없이 헤져가는 못에
뿜어내는 숨에 소낙비가
스며 흐른 땀 식혀
삶을 빼낸다

굽은 등뼈로 꾸며왔던 땅
장맛비가 잇따라 짓밟고
장대비에 덩그러니
뼈대 드러낸
돌덩어리 나뒹굴고
여울로 휩쓸어 꿈틀거린
숨 쉼을 빼앗아 갔다

디딘 짧은 한뉘 굳은 껍데기에
묻어 그리는 사랑
빗줄기 헤아려 핀 꽃
주룩주룩 궂은비에 눕혀진
어머니가 젖어간다.

손때 묻은 세월 / 임판석

물끄러미 바라본
마르지 않아 벗겨지고 묶은 순간

봇짐에 뚜렷이 나부끼며
등 뒤에 걸려 있다

움켜쥔 생명 감아왔던
실타래 줄에 기댈 수밖에 없는 듯
숨어 있는 이유가 있기 때문이다

지탱해 준 굳센 인생의 부분
그린 듯한 맵시 아련한 날이
그리움 되어
안개처럼 피어난다

어디쯤 서 있는 낡은 전설에
녹슨 연륜을 쓰다듬고
어루만져 달래며
손때 묻은 세월에
잠시 쉬었다 가리다.

시인 임현옥

시작노트

내 몸은 낙엽입니다
바람 따라 길 위를 배회해도
아무것도 할 수 없는 영혼입니다

가을은 비껴가지 않는
가슴 뛰는 계절입니다
해 질 무렵 땅거미 내릴 앉을 때
누군가 간절히 기다려지는 것은
한 조각 남겨둔 그리움 때문인가 봅니다

황혼이 물드는 서쪽 하늘이
아름다운 것도
인생의 가을이라 그런가 봅니다

대한문인협회 무궁한 발전을 기원합니다

시낭송 QR 코드

제 목 : 가을의 노래
시낭송 : 김락호

공저 〈들꽃처럼 제5집〉

빗속의 우정 / 임현옥

장대 빗속으로
흠뻑 젖은 물기를 털며
친구들이 카페로 달려 들어왔다

어릴 적 추억이 떠올랐다
젖지 않을 만큼 안개비가 내려
우산 없이 하굣길에 올랐던
단발머리 학창 시절

갑자기 검은 구름이 하늘을 뒤덮고
소나기로 변했다
몸 가릴 때 없는 신작로
하얀 교복 위로
온몸을 휘감아 채찍비가 내리쳤다
입술이 시퍼렇게 물들고
사시나무 떨듯 떨려도 서로 바라보며
깔깔 소리 내어 웃었던 사춘기 시절

시인 임현옥

우리들은
해묵은 앨범 뒤적이며
까맣게 영그는 밤의 세계를 맞는다
여전히 장대비는 그칠 줄 모르고
창문이 부서질 듯 내리쳤다

늦은 저녁 시간까지
오롯이 다 쓰고서야
주섬주섬 수다를 거두고
먼 길을 재촉했다

천 리 길 멀다 않고 찾아온
오십 년 빚은 우정
온 마음 다 주어도 아깝지 않은
친구들...

여전히 잠들지 않은
비를 보듬고 그들은 뒷모습 보이며
멀어져 갔다

* 오롯이 ″ 모자람 없이 온전하게

퇴근 길 / 임현옥

밤 늦은 퇴근길
문을 열고 나서자
노을까지 삼켜버린 하늘은
이미 거리는 쓸쓸하다

길가에 널브러진 낙엽들이
소리 내어 구르고
별도 달도 숨어버린 캄캄한 밤길
가로등이 쏟아붓는 빛의 세계로
무거운 발걸음을 옮긴다

태양이 두고 간 온기마저
싸늘히 식어버린 밤하늘
빛나는 별들마저 검은 구름 사이로 숨었다

저무는 밤 하늘에 매달린 하루도
고단함을 이겨내는
고요가 찾아 들었다

가을은 아픔의 계절 / 임현옥

시인 임현옥

어느새
초록 물결이 꿈처럼 흐르고
가을 햇살은 보석처럼 쏟아져
강물에 윤슬로 빛난다

눈물로 호소하는 귀뚜라미 소리에
발길을 살며시 멈춰 서면
멀리서 들려오는 억새의 속삭임
소곤대는 풀벌레도
가을 문턱을 넘는다

서늘한 바람 사이로
알알이 맺어진 사랑의 열매
그리움으로 물들이고
세월에 매달린 희미한 추억들...
가을은 아픔의 계절이다.

몽촌, 방이동 송파까지 / 임현옥

나의 살던 고향은
언덕 위에 푸른 소나무 방이동
산 좋고 물 맑은 강변 마을

먼지 뽀얀 신작로 학교 길
아이들은 책보 가슴에 보듬고
몽촌 방이동에서 송파까지
마음 좋은 달구지를 만나면
그날은 행운이었다

남한산 계곡 따라
흐르던
몽촌 실개천은
어머니들의 빨래터
아이들의
물장구치던 도랑이었다

고무신에 담은
올챙이와 돌 틈 사이 가재는
아이들의 유일한 놀잇감이었다

시인 임현옥

풀피리 말아 불던 곳에
이젠 문화유산 토대로 축제 노랫소리가 들리는 듯하다

그 시절 다시 놀아올 수는 없지만
밤이 다 새도록 더듬어도
모자라는 추억 이야기

철없이 뛰놀며 자랐던 곳이
왕과 왕족이 거처하던 핵심 공간이었다니...
감개무량할 뿐이다

숨 가쁘게 변하는 세상
쪼개진 골목이지만
구석구석 우리 가슴에
지울 수 없는 추억이 숨 쉰다

유월의 그리움 / 임현옥

유월 하늘은 아버지 얼굴
오늘도 한 아름 그리움 안고
달려갑니다

파란 하늘 하얗게 번져가는
구름 사이로
찾아드는 아련한 미소
바람 한 줌에 땀방울 훔치며
비 앞에 나부끼는 태극기
아버지 호국정신은 우리의 자랑입니다

유월이 오면
뵙지 못한 할아버지 그리며
엄지손가락 치켜세우는
고사리손도
당신 앞에 고개 숙여
애국정신 기립니다

아버지 사랑합니다.

세월 옷 / 임현옥

시인 임현옥

살아온 세월 차곡차곡
쌓아 놓은 기억들
마음 한쪽 귀퉁이에 모아 놓고
어느새 묵은 나이 헤아려
인생 나무에 주렁주렁 걸어 놓았다

가을에 익어 가는 열매처럼
풍성한 인생 지혜 가득 담아
서산을 넘는 붉은 노을 바라보며
낡아버린 몸 추억으로 지탱하고

푸르던 날 그려 놓은
한 장의 그림에 만족해하며
여인은 세월 옷 훌훌 벗고
넘어가는 석양 마주하고 서 있다.

구절초 향기 (국화) / 임현옥

구절초 하얗게 피는 가을이 오면
은은한 향기 머금은 뜨락에
수줍게 피어나는 당신의 미소가
그리워집니다

코끝에 매달린 국화향기
바람에 일렁이는 구절초의 물결이
깊어가는 가을엔
챙겨놓았던 추억들로 가득합니다

소박했던 당신의 미소는
아직도 잊지 못할 분홍빛 기억들로
허공에 맴돌다 사라져 가고
당신 향한 그리움은 어느새 마음
언덕에 국화 향기로 피어납니다

가을의 노래 / 임현옥

시인 임현옥

언덕 너머 하얗게 손짓하는
억새의 숲은 소슬바람에도
소리 내어 몸부림친다

먼 산 나뭇가지에 걸린 오색 단풍
화려하게 물들이고
바람 불어 낙엽이 지면
햇살 가득한 그대의 품 그리며
가을을 노래하자

여름이 떠난 쓸쓸한 자리
그대와 나누던 따뜻한 눈길
가을빛에 그을린 사랑의 목마름
그대는 내 삶의 오아시스였다

억새도 단풍도 세월 바람이 불면
빼곡히 적어 놓은 추억 노트 들춰내
석양으로 넘어가는 황혼을
기쁨으로 노래하자

시인 전남혁

프로필

전북 변산 거주
대한문학세계 시 부문 등단
(사)창작문학예술인협의회 회원
대한문인협회 전주전북지회 지회장
2020년 1월 변산 지역 귀촌
서울디지털대학 문예창작과 재학
대한문인협회 금주의 시, 이달의 시인 선정
2021 한국문학 올해의 작품상

〈저서〉
제1시집 [바람과 구름과 시냇물의 노래]
제2시집 [패, 牌를 보이다]

시작노트

태워버려
가을에 뜨거운 문장이 한물지다가 한물갔으니
달랑 낙엽 한 장 구르는 소리가 바스락 이었어

된서리에 맞아 고꾸라지며
파란 빛살 돋는 해에
그대 모습 띄웠다고 노을이 숨 넘어갔을까?

옷 자락에 닿았지만
손잡고 노래 부르지 못했어

- 시 〈꽃가을 비창 悲愴〉 본문 중에서 -

목차

시낭송 QR 코드

제 목 : 운산리 여름
시낭송 : 조한직

제2시집 〈패, 牌를 보이다〉

시인 전남혁

광시곡을 위한 발라드 / 전남혁

우리는
불그슴 여명이 오고 따뜻한 해가 뜰 때까지
습한 추위에 콧물을 훔치며 저린 발바닥을 꼼지락거리고
눈꺼풀은 납덩이처럼 무거워도 눈까풀 가로질러 성냥개비 꽂고서
때마다 반면反面 선생을 찾아뵙거나
삼한을 건너온 탈춤을 쉼 없이 추고 있어야 해요
질러가지도 말고 고인 물도 되지 말고 등불 밝히어 깨어 있어요.

마음의 샘 / 전남혁

분리수거하는 것은 이성이 하는 것이고

들꽃을 연민하거나
화훼가 아름답다거나
자리를 양보하거나
힘에 부친 그를 위해 밀거나 당겨 주는 일
꼬물꼬물 마음이 그러라는 것이다

이런 것들 잊고 분노할 때
메마른 잎이 되어 쏘시게 된다

아말피 드라이브 / 전남혁

포시타노 가는 길 절벽에 서면 까마득한 저 아래
좁다란 해안가에 들어선 집들과
절벽 허리춤에 길을 내고 드문드문 레몬인가 심었다
교차 통행 곤란한 길은 양보만이 교통하고
그 길 위 숨이 찬 경사지에서 내게로 덮칠 듯
위태위태한 호텔도 태연한 게 버릇이다

허공인들 계단 쌓지 못하리
사람들이 두려운 신맛에 몸서리쳐도 겁이 없다

* 포시타노 : 이탈리아 나폴리 서남쪽에 있는 마을
  그곳에 이르는 아말피 도로가 있는데 깎아지른 절벽 따라
  폭이 좁은 도로를 타고 가야 한다

소생을 위한 연설문 / 전남혁

열풍이 더하고 더해진 나날에 습한 구름 잿빛이 돈다
신록의 산등선은 희미해 구분 없고
내 탄식도 뿌옇게 일조할까 봐 염려 속에 파묻지만
오염된 눈자위가 가려워

반백 년 전만 해도
천지자연은 한 장 사진보다 선명했잖아

전기 수소차 몰고 환경 단체에 기부하고
분리수거하면 다인가
사흘 담아내지 못한 이십 리터 봉투에
집 쓰레기와 의심스러운 인공물들 모두
분리되어 재활용될 것인가

이장이 나발 불고 통장이 읍소하고
아파트 엘리베이터 벽보에 붙은 친절한
안내문을 보며 수거장에 눈치로 던진
분리되지 않는 무의식 그대로 편해 죽겠지

장 보려고
대물려 줄 수 있는 밀폐용기 휴대해
비닐봉지 거부하고
라면 다섯 개입 겉봉을 질긴
종이로 포장하면 안 되는가
그뿐인가

시인 전낭혁

바다의 스티로폼 부유물을 코르크나무로
대체할 성질머리는 없나
쇠붙이나 유리에 담을 수 없는 화학제품은
쓰지 않거나 친환경 용기로 바꾸면 안 되는가
조금씩 죽어가겠나 돈 드는 게 낫겠나

어어 하다가 인류세가 된 플라스틱 범람은
땅이 죽고 바다가 죽으니 죽음을 기다리는 생물이 줄 서서
대기 중이야 젠장 온전한 곳까지 전이되어 버티지 못해
귀신도 온전하겠어?

우리 행성을 아프게 한데다 멸망케 할
인간 무기는 어떻고…….

혁명하자
충분히 혁명할 시간이야
거미줄같이 뻗어 편재된 문명의 이기로 세상에 외치자

지구 숨통의 대기여! 무엇을 도와드릴까?
생명을 위하여 세상을 뒤집어 버리자 낡은 그 혁명 말고
실천이 패권 누리고 자연이 회복될 세상을 위하여
팝콘 튀듯 혁명하자

오늘도 이웃집 아저씨 마스크 쓰고
건강을 위해 가뭇없는 포장길을 달려 나간다.

너 / 전남혁

축지법이랄 만도 해
가고 올 때 너와 같이한 품격을 생각게 하고
너의 실수는 치명적일 수도 있지
네가 그린 그림은 괴물의 모습이거나 납작해서 액자에
보관할 순 없어
할리우드나 그 흉내 시작한 자들의 즐겨 쓰는
소품이기도 하지
편할까마는, 상상이 현실이 된다는 훗날인 지금
이미 새가 되어 더 끔찍한 이기로 진화 중이지

시인 전남혁

운산리 여름 / 전남혁

우리 마을 산들이 비 그친 뒤
산안개가 조곤조곤 말하기 한다

그 속삭임이 때로는
활처럼 휜 산 타고 솟아나 흰 용이 되고
산바람을 타고 폭포수처럼 흘러내리기도 한다

산 숲에 집들 간격이 있을까
밥 짓는 연기인 양 군데군데 피어오르기도 한다

다시 비 내리면
뿌옇게 온 산 여백이 되어
수묵화 한 장이 된다

변산 노을 / 전남혁

하루의 수고를 위로받아요
내일 희망에 날 던져 보아요

오래된 수명이 황혼이라고 타이를 때
노을 묻은 구름에 날 뉘어 보아요

내일을 부르는 빛이여
황금으로 녹아 내려 바다로 번져
지치지 않게 다시 무대가 될
휘황한 조명으로 바라보아요

편재 遍在 / 전남혁

이쪽은
곧 온다던 엄마 성장한 딸이 첫아이 놓도록 묘연하고
아이의 유학을 위해 멀리멀리 의지의 눈빛으로 떠나던 그녀가
현지인과 눈맞아 버린 일이 얼마나 외로웠으면
서약 없는 성혼이 덜 미안하겠어

살기 위해 폐업을 수년째 써 붙이는 생활용품점이 용기 있고
국민을 위한다는 비장한 외침도 결론은
버킹검이라는 한때의 광고 문구가 생각나

겉과 속이 다른 입술 밖에 던져 놓은 위선이
자연보다 자연스러운 세상이 진실인 양

저쪽은
기도를 접은 뒤 추위와 전투에 지치고
주검이 검붉게 찢어발겨진 전장에서 향수를 보류한 채
퍼런 공포에 눈빛 어린 러시아 병사에게
빵 한 덩이 따뜻한 커피 한 잔 건넸다는
우크라이나 여느 어머니 선행을 본다.

사랑한다면 / 전남혁

활화산의 용암은 침착할 수 있을까
그럴 때 발목에 힘주는 것이 내게 죄송한 미덕

언제부터 별수 없이 두리안을 대하는 기분 같은가
먼저 내 눈 속 들보를 꺼내게
티끌이 쌓인 무게가 그렇다네
지겨운 것만 볼 차듯 걷어찰 수 있을까

사랑이 곤란한 약속인 줄은 몰랐다고 변명하고
변색이 인내로 다시 색칠했다고 사랑이라고 말할까
거의라는 옵션에 엮였다고 위로되는가

어떤 날 한쪽 눈에만 눈물이 흘렀다 나만 그런가
이왕 마저 뚫어 봐야지 지겨움에 통증도 단박에 끝내야지
지고 갈 노예의 무게를 가슴에 지지고
몽글몽글 솟는 고약한 불안을 걷어차야지

권태 너머 서약마저 휘발되리까

시인 전선희

프로필

대한문학세계 시 부문 등단
(사)창작문학예술인협의회 회원
대한시낭송협회 정회원
한국문인협회 용인지부, 사임당 문학 정회원
대한문인협회 경기지회 지회장
2017년 올해의 작가 우수상
2017년 대한창작문예대학 졸업 경연 은상
2018년 한국문학 올해의 시인상
2019년 한국문학 예술인 금상
2022년 향토문학 글짓기 경연대회 금상
2022년 한국문학 올해의 우수 작품상
〈저서〉
제1시집 [희망풍경]
제2시집 [삶의 아름다운 풍경]
수필집 [내가 만난 모든 풍경은 행복이었다]

시작노트

인생이라는 장벽 속에
길을 밝혀주는 작은 별빛처럼
오늘도 어둠의 길고 긴 밤은
새벽을 기다립니다

세상이라는 무대에
밝아오는 여명처럼
어둠 속에서 빛을 발하듯
나에게는 그대 사랑만이 희망의 빛입니다

- 시 〈희망풍경〉 본문 중에서 -

목차

시낭송 QR 코드

제 목 : 사랑하게 하소서
시낭송 : 전선희

수필집 〈내가 만난 모든 풍경은 행복이었다〉

내가 만난 모든 풍경은 행복이었다 / 전선희

맑은 하늘 아래
따스한 햇살이 내 마음을 감싸고
바람에 춤추는 꽃들이
잠든 영혼을 깨우는 순간
마음은 한없이 가벼워진다

내가 걸었던 그 길 위에
스쳐 지나간 수많은 사람들
그들의 미소와 눈빛은
별처럼 반짝이며
내 삶의 한 페이지를 밝혀주었다

인연은 바람결에 흩날리듯
때로는 조용히 때로는 뜨겁게
삶의 풍경에 색을 더해갔다

수많은 풍경 속에서
나는 나를 찾았고
세상의 아름다움은
내 가슴 깊이 새겨져
마음속 빛으로 남았다

자연이 주는 선물과
내가 만난 모든 사람의 따뜻함으로
삶은 빛나고
행복은 그렇게 작은 풍경 속에
조용히 머물러 있었다

내 마음의 계절 / 전선희

시인 전선희

바람이 불어오고
햇살이 스며드는
맑고 고요한 모습으로
내 마음의 계절이 오면

삶의 여유로운 텃밭을 가꾸어
마음속 깊은 울림을 들으며
아픔과 기쁨이 공존하는 삶을
가슴으로 품겠습니다

더 깊은 상념의 뜨락에
꽃이 피고 새가 지저귀는
싱그러운 속삭임으로
내 마음의 계절이 오면

잔잔한 위로와 감동 속에
온 세상 채워주는 노을빛으로
모든 게 풍경이 되는
내 마음의 계절을 마음껏 사랑하겠습니다

삶 / 전선희

삶은 마치 흐르는 강물처럼
잠시의 멈춤도 없이 흘러가네
때론 고요하게 때론 격렬하게
각자의 길을 따라가네

봄날의 따스한 햇살 아래
새싹이 돋아나듯
삶은 작은 기쁨 속에 피어오르고
가을의 낙엽이 흩날리듯
이별과 아쉬움 속에 사라지기도 하네

수많은 인연 속에서
서로의 온기로 위로를 주고
때론 상처를 남기며
그리움과 추억으로 남네

삶은 어쩌면
하루하루가 한 편의 시
소중한 순간을 붙잡을 수 없기에
더 빛나는지도 모른다

그렇게 우리는
끝없이 흘러가는 이 강물 위에서
자신만의 노래를 부르며
빛나는 존재로 남으려 애쓴다

삶은
그 자체로 아름다운 시

행복이란 / 전선희

시인 전선희

사랑하는 이의 미소
바람에 실려 오는 꽃향기
일상의 소소한 기쁨 속에
마음의 여유를 찾는 것

내 곁에 있는 소중한 순간에
감사의 마음을 품는
바로 지금 여기에서
삶의 작은 기쁨을 찾는 것

인생 여행길에서 너를 만나다 / 전선희

삶이라는 인생길에서
햇빛보다 밝고 달빛보다 고운
그대를 만나
지금 이 순간 행복합니다

선물 같은 나날들
내 마음의 빈터에
인생의 향기 가슴에 가득 담아
아름다운 사랑을 노래합니다

꿈과 열정으로 가득한
소중한 그 길을 함께 걸어가는
생의 뜨락에 영혼의 울림으로
삶의 그림을 그립니다

오늘은 어제보다 행복하고
내일은 오늘보다 더 행복한 일들로
내 모든 것이 끝나는 그 순간까지
빛나는 삶으로 채우고 싶습니다

영원한 빛 / 전선희

시인 전선희

먼 길 떠난 그대
다시는 돌아올 수 없는 시간 속에서
나는 여전히 이곳에 서서
그대의 미소 그 추억을 품고 숨 쉰다

삶의 무게에 짓눌릴 때마다
그대의 기억은 내 어깨를 어루만져
다시 일어설 힘을 주고
살아가야 할 이유를 속삭인다

죽음 너머의 고요한 바람 속에
그대는 여전히 내 안에 살아
내 발걸음을 응원하며 함께 걷는다

아픔 속에 스며든 그대의 시간이
내 삶을 더욱 귀하게 만들어
나는 그대가 꿈꾸던 내일을 위해
묵묵히 내 길을 걸어간다

그대는 떠났지만
내 마음속 내 길 위에서
영원히 빛이 되어 나와 함께한다

새벽의 속삭임 / 전선희

고요한 새벽
첫 빛이 어둠을 비집고 나와
잠든 세상을 부드럽게 쓰다듬네

바람은 여린 숨결로
나뭇잎에 속삭이고
풀잎 끝에 맺힌 이슬은
하루를 준비하며 반짝이네

따스한 커피 향기 속
나의 하루가 천천히 깨어나고
사소한 기쁨들이
눈가에 미소를 머금게 하네

오늘도
어제보다 한 걸음 더
마음이 따스한 날이 되기를
새로운 시작 앞에 설레는
내 마음을 당신께 전하네

사랑하게 하소서 / 전선희

누군가의 마음속에
작은 불빛이 되게 하고
서로의 눈빛 속에서
따뜻함을 느끼고 그 따뜻함이
세상을 밝히는 힘이 되게 하소서

허물 많은 나의 마음도
누군가의 사랑 속에
따뜻하게 녹아들 수 있도록
부족하고 모자란 나일지라도
그 사랑이 나를 더 나은 사람으로 만들게 하소서

작은 손을 내밀 때
그 손이 누군가에게 희망이 되게 하소서
아픔을 함께 나누고 기쁨을 함께 나누며
서로에게 위로가 되는
그런 사랑을 하게 하소서

지치고 힘든 순간에도
서로가 서로를 더 깊이 이해하며
이 세상 속에서
참된 사랑을 배우고
그 사랑으로 살아가게 하소서

시간을 걷는 친구들 / 전선희

어릴 적 그 길 위를 함께 달렸던
고운 얼굴 익숙한 손길
바람 같은 시간에도 꺼지지 않는 추억들

지금은 서로 곁에 살며
각자 걸어온 길 다르고
손에 쥔 삶의 무게 달라도
때때로 마주 앉아 이야기 꽃을 피운다

이름만 불러도 마음이 따뜻해지는 친구들
먼 길 돌아온 듯
다시 만난 우리

삶에 주름이 늘어도
그날의 웃음은 여전히 어린아이처럼 맑고
고향의 추억은 바람에 실려온다

오늘도 우리는
오래된 약속처럼
그 길을 걷는다

같은 하늘 아래 / 전선희

시인 전선희

같은 하늘 아래
우리는 각자 다른 길을 걸어가고
같은 빛을 받으면서도
서로 다른 발자국을 남기며
저마다의 이야기를 써 내려갑니다

누군가는 웃고
누군가는 울고
어떤 이는 사랑에 빠지고
또 다른 이는 그리움에 젖은 채
서로 다른 노래를 마음에 품고 살아갑니다

멀리 떨어져 있어도
우리의 숨결은 같은 하늘에 닿아 있고
서로 다른 길을 걸어도
언젠가 하나의 별빛으로 이어질 거라 믿습니다

비록 서로 다른 삶을 살아가지만
같은 하늘 아래에서
오늘도 함께 빛나고 있습니다

시인 정기성

프로필
2022 대한문학세계 시 부문 등단
(사)창작문학예술인협의회 회원
대한문인협회 광주전남지회 정회원
2023 한국문학 올해의 시인상 수상
2024 신춘문학상 금상 수상 외 다수
〈공저〉광주전남지회 동인문집
　　　　'세월을 잉태하여 3집' 외 다수

시작노트

여보게, 이 옷을 입고 가시게나 / 정기성

여보게, 이 옷을 입고 가시게나.

눈부신 학력, 화려한 지위
금수저로 태어나 거저 얻은 큰 집과 떵떵거리
던 목소리
부귀영화에 짓눌려 신음하다가
하늘행 막차표를 받아 들고 몸부림치는 친구여.

눈 한번 감으면 자네와 나
한 흙으로 섞이는데
여보게, 가는 길은 이 옷을 입고 가시게나.

마지막 가는 길은
세상 무게 벗어던져야
훨훨 들판을 건너
훨훨 구름에 실려
가뿐하게 가는 길.

여보게, 마지막 가는 길엔
각설이 거지옷 입고 각설이타령에 실려 가시
게나.

시낭송 QR 코드

제 목 : 거미 나라
　　　　세계지도
시낭송 : 장화순

공저 〈2024 명인명시 특선시인선〉

춘사(春詞) / 정기성

백색 포연(砲煙)이 휘몰아치던 전장(戰場)은
나비처럼 겁 없이 유영(遊泳)하는 총탄의 섬뜩함이
견딜 수 없는 사정(射精)의 욕구를 짓누르며
계절의 앙상한 잔해 속에서
처절했던 전쟁의 상흔(傷痕)을 표구(表具)한다

능욕(凌辱)과 짓밟힘이 난무(亂舞)하던 대지는
연신 터져 나오는 하품 속에서 기지개를 켜고
낡은 두루마기 속에 맨살을 드러낸 초목(草木)은
인고와 기다림으로 만신창이(滿身瘡痍)가 된 얼굴을 닦는다

난시(亂視)의 어지러움을 제압한 다초점 유리알이
철 지난 기억을 박제(剝製)하고
갓 시집온 한줄기 햇살이 뽀얀 얼굴을 내민다

마침내
어머니의 젖가슴에 익숙한 체온이
승리의 깃발을 세운다.
헐레벌떡 달려온 선지자가
목 타는 신도를 모아 가슴 설레는 신흥종교를 선포한다
'봄'이다.

분리수거장에서 / 정기성

분리수거장에서
남자는 고독을 만난다

제각각 사연으로 떠돌다가
좋은 것은 뺏기고
맛난 것은 토해내고
쓰다 남은 허드레로 밀려나
이름표마저 지우고 내팽개쳐져
억지스럽게 눌려 쌓이는 삶

새것일 때는
손에 이끌려 문턱을 넘고
알맹이 비워내고 껍질로 남아
스스로 손에 이끌려
분리수거장으로 향한다

여기저기 눌린 고독들이 오열하면서
불빛 밝은 제 집 창문을 물끄러미 추억한다.

엄마 찾아가는 길 / 정기성

엄마 찾아가는 길에
난쟁이 꽃들이 지천이다
꽃길 밟고 오라고
당신이 밤마다 가꾸신 꽃길

엄마 찾아가는 길에
물렁감이 지천이다
살아생전 배고프지 말라고
당신이 밤마다 품어 익혀놓은 물렁감

흰 옷 입은 엄마가 기다리는
산등성이 하얀 초가집.

장맛비 / 정기성

새벽부터 내린 비가
하루 종일 나뭇가지에 걸터앉아
소래기를 질러대더니
방 안까지 따라 들어와서 패악질을 합니다

홑이불에 덮어 눕혀도 잠들지 않고
오히려 핏대를 세우며
고래고래 소리를 질러댑니다.
내가 보기엔 순전히 이유 없는 오기입니다

살아오면서 서운한 것이 있다면
목청을 낮추어 조근조근 따져 볼 만도 한데
애당초 그럴 마음이 없어 보입니다

손가락 헤아리기에도 여러 날을
눈에 불을 켜고
텁텁한 목청으로 간간이 비명을 털어내면서
제풀에 못 이겨 아예 발버둥을 쳐댑니다

서운한 걸로 친다면 나도 뒤지지는 않습니다
이 땅 저 땅 떨어져 만나지도 못하고
밤마다 약속한 별에 눈 맞춰 그리움을 전하는데
몇 날을 밤마다 구름에 가려
이제는 임의 기억도 가물가물합니다

차라리
나를 향한 임의 눈빛이 큼지막한 웃음소리를 입고
쉴 새 없는 여름 장맛비가 되어
이토록 지루하게 맹렬하게 내렸으면 좋겠습니다.

정거장에서 / 정기성

이제 마지막 열차를 타고 떠나야 할 사람들은
어둠이 빚어낸 사연을 따라 모습을 지웁니다
하루를 삼킨 텅 빈 대합실은
숨죽이는 가로등을 따라 무너져 내리는 형체들 사이사이로
둥둥 불어 터신 별늘이 연달아 내립니다

마침내 세상이 지워지고
이제는 떠나지 못한 한 사람이 소각될 시간입니다
시커먼 화염이 일으키는 맹렬한 공포 속에서
또 한 사람이 분자의 옷을 입고
어둠이 앗아간 거울 속에서 빚어집니다
홀로 남은 사내 앞에서
뒤늦게 달려온 머리채 긴 여인이 서성입니다

그리고 시간이 흘러
이제 함께 춤을 소비할 시간입니다
신나는 탱고 가락에
간드러지는 트로트 가락에
무너져 내리는 블루스 가락에
사내가 이끄는 리듬에 맞춰 호흡을 맡길 시간입니다

떠나지 못하는 사내와
떠났어도 늘 돌아와야 하는 여인은
늘 첫 열차의 첫 손님입니다.

접목 −갈아타기 / 정기성

살아온 세월을 싹둑 잘라내고 몸을 쪼개어
화려한 무늬를 지닌 접수를 이식한다

평범하게 태어나 주목받지 못한 세월을
저리는 아픔으로 털어내고
접사의 칼끝에 몸을 맡겨
눈부신 변신을 시도한다

굳이 목숨을 걸지 않고
적당히 성형으로 고쳐서 입는 것이
삶이 보장된다는 매력은 있지만
서러운 세월을 싹 갈아엎고
금수저로 뽐내고 싶은 숨 막히는 유혹에
목숨을 건다

살고 죽는 것이 접사의 손에 달린 것이 아쉽지만
어차피 한 생명이 태어나고 떠나는 것은
내 의지가 작용하지 않는 창조자의 몫이다

세월이 흘러 용케도 상처가 아물고
내 몸을 바탕삼아 터전을 마련한 너는
나의 완벽한 변신의 성공작일까
아니면
여전히 고생하며 먹여 살리는 또 다른 상전일까?

사랑은 뒷모습을 먹고 자란다 / 정기성

시인 정기성

4호선 신용산역 3번 출구에서는
마주 보는 눈물이 닮아간다

헐떡이던 시간은 멈춰서고
어젯밤부터 빚어온 이별의 반죽이
형체 없이 짓이겨져 굳어진다

앞뒤 없이 빚어진 사랑 덩어리 하나씩
꾸역꾸역 가슴에 구겨 넣으며
오랜 마주봄을 뒤로하고 떠남을 재촉한다

먼저 돌아서서 떠나라고
수없이 손바닥이 허공을 뒤집고
먼저 뒤돌아설 용기를 잃은 처연함이
몇 번의 세찬 전동차의 소음을 삼킨다

만남보다 헤어짐이 어려운 것은
사랑은
앞모습이 아닌 뒷모습을 먹고 자라는 까닭이다.

소금산에서 / 정기성

당신과 나
손잡고 계단을 오르면서
이만큼이면 안전하리라 굳게 믿으며
세상에서 멀어진다

이쯤이면 여기며
문득 내려다보는 지상에는
아직도 두려움이 어지럽게 밀려오고
휘청거리는 발목에 힘을 더해 더 높이
한걸음씩 세상을 덜어낸다

더는 오를 수 없는 정상에서도
이승의 무거운 멍에는 여전히 짓눌리고
출렁다리 건너 봉우리로 달음질치면
행여나 새로운 세상살이 마주할 수 있을까

천 길 낭떠러지를 잇는 밧줄에 매달려
단절을 꿈꾼다

앞선 발자국소리 희미해질 무렵
이 정도로는 어림없다고
허상을 덮는 어둠이
발걸음을 세상으로 돌려세운다.

거미 나라 세계지도 / 정기성

시인 정기성

한 가닥 끈끈한 방사실이
또 다른 끈끈한 나선실을 만나
선택의 갈림길을 만들고
끊임없이 반복되는 방적돌기의 내지름이
스스로 체구에 걸맞은 방사형 구역을 만든다
생김새 징그러운 거미 말이다

작은 정원의 길목마다
사이좋게 구역을 나눠서
평화로운 세계지도를 만들었다

늘 보아도 그대로이다
먹잇감 자주 오가는 구역을 집터 삼으려
구역을 독차지하려 싸움질을 할 만도 한데
부유하든지 궁핍하든지
애당초 터 잡은 곳을 벗어나지 않는
욕심 없는 평화가 대견스럽다

흙바닥에 주저앉아 넙적 절이라도 올리고 싶다

그만큼 채웠으면 주변을 돌아볼 만도 한데
차고 넘치는 먹잇감 더 쌓으려
끊임없는 분쟁이다
만물의 영장이라는 인간 세상 말이다

인간들이 만든 세계지도 싹 지워버리고
거미 나라 세계지도를 그리고 싶다.

일로의 가을 / 정기성

참으로 고맙다
사방을 둘러보아도
내 손끝 하나 더한 흔적이 없는데
세상이 야물게 잘 여물었다

너른 도장포 들녘에
구릿빛 해맑은 미소가 넘실거린다
햇살이 익혀놓은 농부의 한 해가
더 바랄 것 없이 겸손하다

인의산을 오르는 산 중턱에는
나를 닮은 가을이 있다
산길 지나던 누군가가 먹고 던진 감 씨 하나가
용케도 자연의 은혜를 입고 자라서
굵은 대봉감과는 견줄 수 없어도
산길 오르는 이의 허기진 배를 노략질하는
산감으로 익었다

억지스럽게 요란하게 꾸미지 않고
제 빛깔로 영글어 가는 일로의 가을이
둘러보아도 올려보아도
참으로 곱다.

시인 정병윤

프로필

서울 거주
대한문학세계 시 부문 등단
대한문학세계 수필 부문 등단
대한문인협회 정회원
(사)창작문학예술인협의회 회원
대한창작문예대학 졸업
문예창작지도자 자격 취득

〈수상〉
2024 신춘문학상 공모전 대상
2023 한국문학 올해의 시인상
2023 순우리말 시 짓기 공모전 동상
2023 대한창작문예대학 졸업 작품 경연대회 은상
2023 신춘문학상 공모전 동상
2021 한국문학 올해의 시인상

〈공저〉
2022 명인명시 특선시인선 외 다수

시작노트

차가운 기운이
살을 파고드는 밤
가을 감성이 꿈틀거린다.
은하수 가득 내린 가을 하늘이
꿈의 노다지 같다

목차

시낭송 QR 코드

제 목 : 노다지 계절
시낭송 : 장선희

공저 〈2024 명인명시 특선시인선〉

노다지 계절 / 정병윤

중년의 가슴에
상상보다도 더 깊은
찬사를 새긴다

멀고 희미했던
흩뿌려진 별들이
단풍에 앉아 도시를 태운다

가을 한 귀퉁이에서
소망 태우고 비우는 소리를 만나
한참을 서 있었다

지상에 흐르는 소리는
산등성이로 올라
별 가루처럼 쏟아진
가을 하늘을 떠받치고 있다.

붉은 한숨 / 정병윤

시인 정병윤

사랑을 버린 슬픔에
지나온 날들을 세다가
눈을 뜨게 한 차가운 밤

창밖에
내 한숨 같은 잎새가 붉게 물들어
바람에 흔들리는 가을빛을
물끄러미 바라봐도

보이지 않는 시간은
온기를 찾고
어쩔 줄 몰라 창문을 연다

빗방울 소리가
붉은 눈물처럼 떨어지는 잎을
사정없이 울리는데
내가 아프다

10월의 광야 속으로
마지막 가을 노래가 퍼진다.

그날 옥수수가 낸 풍경소리 / 정병윤

옥수수 붉은 수염이 울다가
경전을 쓰는데도
기다란 잎을 두드리며
난타 공연하던 가을비가
불어오는 바람에 질세라
춤사위 펼친다

가을 들녘의 풍경이려니
지키고 싶은 남자의 자존감이
동그라미 그리다가
구름 속으로 구겨져 들어가는
처서가 지난 고샅길엔

나의 공간 같은 가을이 그득하여
길을 내어 들어선 나는
들풀같이 떨었다

따뜻한 구름이
낮은 처마까지 이르러
흘리듯 전하는 말씀을 경청하니
경전이다.

하얀 달이 그리움을 가린다 / 정병윤

시인 정병윤

코스모스 한들한들한
넉넉한 계절의 인심이
달 안에 가득하고

우연히 들린 고향 사투리 어감을
거울같이 알아본다

낮달에 숨어 있던
어머니 정성이 둥글게 떠오를 때
밤새도록 흘린 눈물은
뜨거운 정이었다

차례 지내기 전에
먹음직한 음식에 침을 삼켰고
어린 꿈이 이루어지기 전에
그리움을 배운 나에게도

각인된 얼굴이
가을풍경처럼 흔들리며
보름달만큼이나 환한 기억이
별빛으로 부서진다.

빛의 산란 / 정병윤

산등성이까지 내려온 파란 하늘에
허리를 내어주는 들녘

길거리 쏟아져 나온
빨갛게 물든 설익은 사과를
가을이 품는다

생각지 않은 비 폭탄에 질린
와이퍼 심장 소리가 나의 일상 같다

저녁놀 역광이 천지를 말리고
기어오르는 물가에도
추석 장터는 지갑을 연다

깊은 한숨과 피로를 여미고
편히 쉬고 싶어 바람처럼 달리는
하얀 달이 밤을 굴린다.

알알이 빛이 난다 / 정병윤

오랜 세월에 시달려도
덩굴을 뻗으며
알알이 여물어진 이야기

나지막이 헐떡인 숨 따라
과거를 달리는 어머니 뒤안길에서
쇳소리가 나를 흔든다

돌아오기를 반복하는 길
가슴으로 흘린 눈물에
빛이 자라면

나를 안고
온몸 적시던 땀방울마저도
간구히 솟구치고

표정 없는 침묵마저도
사랑의 말씀인 것을
숨기지 못한다.

가을 속의 나 / 정병윤

가시나무에 찔린
찌푸린 구름이 향기 찰랑이는
우거진 숲길을 걷고 있다

무성한 잎에
꽃내음 밀려들지 않아도
해보지 못한 설렘이 곤두서는
그 순간을 즐긴다

사춘기가 퍼덕여
슬픔이 회색으로 다가오면
시든 꽃처럼 나를 꺾다가도

단풍 물든 갈바람에
깊이 숨겨둔 사랑 시계태엽을
몇 번이나 감았다 푸니

애절한 마음 불러오는
가을 보석 같은 도토리가
발등에 툭 떨어져
나를 쉬게 한다.

단풍 한 잎 물고 / 정병윤

시인 정병윤

한없이 가벼워진
만 가지 잎새들 노래가
산길에 굴러다닌다

하늘이 통째로 앉은 언덕에
구름 광대의 웃음이
구겨진 근심을 펴준다

단풍에 취해 흔들리는 하루
잡다한 공허가 갈바람에 날려
덩달아 물들어 간다

화룡점정 풍경을 위해
내 온기마저
이곳에 두련다.

눈물 꽃으로 피어 / 정병윤

노을빛 끝까지 바라보던
당신의 눈빛에서 마음이 보였습니다

바람에 베인 상처를
거친 손으로 꺾어버린
깊은 슬픔을 헤아립니다

비에 젖어 슬픈 꽃인가 했더니
가슴앓이한 눈물 꽃

오늘 나는 세상에서
가장 슬픈 잡초가 되어
당신이 숨겨둔 눈물을 훔칩니다

계절이 남기고 간
시든 꽃이 한참을 아파해도
그냥
웃고 싶습니다.

우리 봄으로 살자 / 정병윤

시인 정병윤

장독을 깰 것 같은 별빛이
음력 이월을 깁는 고독인데도
발끝의 오한처럼 아린다

앙상한 가지 사이로
하얀 긴 목을 내밀었지만
별을 손에 쥐지 못해 애타던 밤

상처 입은 꿀벌이 아프게 울어
태고의 심박수 적막을 깨웠는지
찻잔에 어린 붉은 달이 울상이다

기다림에 떠는 설중매가
햇살에 방울 터트릴 무렵
바람의 유혹같이 흐르는 향기

선홍빛으로 치닫는
절정의 몸부림이 봄인 양
계절의 빗장을 푼다.

시인 정상화

프로필

대한문학세계 시 부문 등단
(사)창작문학예술인협의회 이사
대한문인협회 울산지회 정회원

〈저서〉
제1시집 [스스로 피어짐이 아름다운 것을]
제2시집 [산다는 것은 한 편의 詩]
제3시집 [그러하더라도 사랑해야지]
제4시집 [아름다운 인연을 만나는 것은]
제5시집 [곱게 물들었으면]
제6시집 [바람처럼 살고 싶다]

시작노트

지난여름
너무나 덥고 길었습니다
처음 겪는 계절의 반기에 농작물도
무척이나 당황한 삶이었습니다

시월의 시작
억새꽃 춤추고
겸손한 벼들의 일렁거림에
지난날 고통을 잊게 합니다

숨 막히는 순간을 이겨낸
꽃 피운 모든 삶
그 삶을 사랑하고 넉넉함으로
채워지면 좋겠습니다

- 시 〈시월에〉 본문 중에서 -

시낭송 QR 코드

제 목 : 꽃들의 사랑법
시낭송 : 최명자

제6시집 〈바람처럼 살고 싶다〉

아름다운 인연을 만나는 것은 / 정상화

시인 정상화

아름다운 인연을 만나는 것은
서로의 향기에 취해
말없이 물들어가는 것이다

서로의 환경을 이해하고
서로 색깔을 인정하면서
서로의 향기에 묻혀 가는 것이다

가슴에
나 하나 버리고
너 하나 채워서
서로의 가슴에 둥지를 짓는 일이다

여기서 저기로 가는 길
새로운 세상 둘이 하나 되어
서로의 가슴에 호흡하며
강물처럼 흐르는 것이다

지상에서 가장 어려운 것은
아름다운 인연을 만나는 것이고
그보다 어려운 것은
인연을 곱게 지켜가는 것이다

아름다운 인연이 만들어 지기를
까만 밤 하얗게 기도한다
아름다운 인연으로 오소서...

가지치기 / 정상화

감나무 가지 잡고
갈등에 빠져 허우적 거리다
튼실한 꽃눈 남기고 잘라버린다

좀 전까지 한 몸이
선택되지 못한 채 짤려진 아픔 되어
툭 떨어진다
품었던 꿈과 함께

피어서 추한 꽃의 설움보다
피지 않음이 다행이고
억지로 피어지는 고통보다
스스로 피어짐이 아름다운 것을

죽을 때까지 끊을 수 없는
연의 끈 자른 농심의 가슴엔
동행할 수 없는 이별의
눈물 흐른다

떨어져 썩은 네 육신 부활할 때쯤
탐스런 감 탱글거리겠지
어차피 세상은
적자생존인 것을

강아지풀 / 정상화

시인 정상화

길섶 어디에나 지천으로 자라
눈길 받지 못한 평범한 초록 꽃
땅에 닿을 듯한 허리 굽힘
부는 대로 순응하며 꺾이지 않는 속내

가슴에 담은 소중한 사랑으로
흔들림으로 위장한 눈물겨운
춤사위
속으로 푸른 독기 머금고
겉으로 하얀 미소 짓는 강아지풀

살랑 바람 밀려온 순간
말라버린 하얀 꽃대공
수백 마리 강아지 떼 되어
콩콩 짖어 꼬리 흔들며
깨알 같은 까만 진실 토하고 있다

가시는 괜히 있는 게 아니다 / 정상화

어무이
양쪽 옆구리 콩팥으로 연결된 소변줄 끼울 때 박힌 가시를 품고 산다
소염작용을 돕기 위해 해동피海桐皮
벗기다 손톱 밑으로 가시가 박혔다
쓰리고 아프다
빼낸 자리 피가 솟구친다
가시를 달고 사는 나무들
연약한 몸으로 밟히고 밟힌 시간이
만들어낸 가시를 달고 산다
탱가리 가시에 찔린 물이 아플까
엄나무 가시에 찔린 바람도 아플까
아프게 하지 않으면 찌르지 않는
가시
독을 품은 건 아니었어
함께 살고 싶은 순한 마음뿐
발가벗은 꿩 피 묻은 해동피 넣고
압력솥 뚜껑을 채운다
상처 내지 않으면 상처받지도 않았다
탐내지 않으면 피를 쏟지도 않았다
인연을 맺기 전 한 번쯤은 멈칫하라고 가시를 달고 산다
치마 밑에도
바지 속에도 가시가 있고
가슴 깊은 곳에 가시가 있다
찌르기 위함이 아니다
인연을 위한 따끔한 인사일 뿐

풀꽃 / 정상화

논두렁 후미진 곳이면 어떠리
담벼락 성글은 구멍이면 어떠리
바람에 실려 앉은 곳이 내 집이니
쫓겨날 일 간섭 받을 일 없어라
봄이면 봄의 꽃이 되고
여름이면 여름의 꽃이 되고
가을이면 가을의 꽃이 되고
겨울이면 겨울의 꽃이 된다
불릴 이름 없어 뒤돌아볼 일 없고
보아 주는 이 없이 꾸밀 일 없어라
작은 사랑 하나 가슴에 품어
마주 보며 도란도란 눈물겹게
다정히 살고 싶어라
밟으면 밟힐수록 들판을 점령하니
밟지 마라
애처롭게 쳐다보지 마라
아는 체하지 마라
작은 모퉁이 바람이 실어다 준 대로
이름 없는 풀꽃으로 멋대로
살고 싶어라
그냥 그렇게
피었다
지고 싶어라

봄밤에 / 정상화

깊은 밤
소쩍새 울음 가슴 찔러 옵니다

표현할 수 없는 흐르는 감정들은
까맣게 말라 서걱거립니다

당신 향한 그리움은 무논에 별이 되고
꾸꿍꾸웅 비단개구리 가슴을
조입니다

지워지지 않는 아린 가슴으로
꽃 피우고 있는 봄밤

떨어지는 벚꽃의 치맛자락 소리에
피가 솟구치는 밤

허공에다 당신을 그리고 지우고
또 그리고 지웁니다

지워버린 삶 / 정상화

곱디고운 가슴에
거미줄처럼 얽힌 지난 삶을
독기로 쏟아내시는 어무이

자식조차 지워버리고
기억 저편에 꺼내고 있는
도막 난 이야기가 아프다

한때는 지혜롭고 인자한 여인
이젠 빈 껍질로 지워버린 삶
다시 또 봄이 올까

꽃 피고 잎 나고 떨어지고 묻히고
그렇게 흘러가는 우리네 삶
나는 어디쯤일까

한순간 멋지게
한순간이라도 행복하게
단 한 순간만이라도 사랑해야지
순간이 모두일 수 있으니까

꽃들의 사랑법 / 정상화

벚꽃 봉오리
살랑 불어도 웃음 터질 듯
모두 자기 방식대로 피려 한다

계절의 흐름에 순응하며
자신만의 향기와 매력으로
속박되지 아니하고 피어난다

남의 향기와 매력 부러움 없이
따라오라 강요도 없이
도도하게 피어난다

사랑은
자연스레 솟아나
다름을 인정하고 존중하며
나란히 걷는 것이 아닐까

7월의 개망초 / 정상화

시인 정상화

온 들판이 허옇다
말없이 피었다 지는 꽃
귀화 된 땅에서 주인이 되기까지
얼마나 울었을까

작은 공터 비집고 묵정밭 점령하며
더위에 비벼진 삶이 행복해 보인다

흔하니까
당연히 피어 있겠지
익숙함으로 치부했던 개망초
익숙함에 익어 네 소중함을
보지 못했다

바람에 파도 그리며
일어나고 또 일어나는 모습
눈부시진 않아도 어미 적삼 같은
고고한 네 삶이 참으로 곱다

농부의 넋두리 / 정상화

삶의 순간이 따가운데
올망졸망 누워 되새김하는
송아지 눈망울에 푹 터지는 웃음

쇠고기 수입
한우 개체 수는 늘어나고
소비가 없으니 솟값은 폭락
사룟값은 산으로 기어오르니
농부 얼굴에 절망감 덕지덕지

생명을 키우는 삶
자연과 함께하는 삶
사랑 없이 지탱할 수 없는 일상
송아지 눈망울로 한숨을 지운다

봄비에 얼굴 내민 봄까치꽃이
희망을 노래하니
한순간 삶이라도 어찌 뭉개 버릴 수 있을까

시인 정승용

시작노트

논쟁

열어두면 방목이 될 것이고
닫아두면 사육이 될 것이다

열어두면 방치가 될 것이고
닫아두면 보호가 될 것이다

겨울밤 내내 논쟁할 것이다
목소리 큰 놈들은 다 모여라

시낭송 QR 코드

제 목 : 태백
시낭송 : 김락호

시집 〈어른 이미지詩 늦게 배운 도둑질〉

꽃과 나 / 정승용

내게 향기를 주었으니
네게는 이름을 주마
이름을 갖는다는 건
책임이 생기는 거란다

갈라지는 가뭄이 와도
넌 기어이 꽃을 피워
네 이름을 지켜야 해
책임이란 그런 거란다

내가 그녀를 보낸 것도
나의 책임 같은 거야
누군가를 사랑할 때는
끝까지 책임져야 한단다

너의 절실함은
당당하게 꽃을 피워냈지만
나의 간절함을
그녀에게 닿지 못했을 뿐....

시인 정승용

자작나무 / 정승용

병자처럼
핏기 없이 서 있긴 해도
비굴하게
허리를 꺾은 적은 없다

옳은 건
늘 곧은 곳에 있으니까

빌어먹게
앙상하게 보이긴 해도
비좁다고
서로를 탓한 적은 없다

마음만
조금 더 넓히면 되니까

그녀가 있는 민박집 / 정승용

발길이 뜸한 비수기에
숨겨둔 곶감 빼 먹으러 오듯
그녀의 냄새가 있고
그녀의 쌕쌕이던 소리가 있는

허름한 그 민박집은
창 너머로 바다가 끝도 없는 곳
소주 한 병 비울 때쯤이면
그녀가 내 옆에 와서 눕는 곳

하늘에 있는 별들이
바다에 눕는 것처럼

봄동 / 정승용

시인 정승용

어느 따스한 봄날
꽃인 줄 알고 활짝 피었는데
채소라고
겉절임 깐 봄동이라고 했다

아삭거리는 맛이
그녀의 달달한 입술 같은

민망하게도
옆집 배추는 옹골차다더니
여인네처럼
잘 익은 김치가 되었다고 한다

걸쭉한 깊은 맛이
그녀의 묵은 속살 같은

세상일들처럼
굳이 구분 두지 않을 거다
내 마음이 동(動)하여
꽃으로 보이면 그만인 것을....

호기심 / 정승용

문득, 호기심이 생겼어요
가볍게 차 한잔할까요

아지랑이 속으로 산책하러 가듯
조율 그저 시작해 볼까요

돌아올 때 힘들 수 있으니까
너무 멀리 가지는 말아요

향기만 주고 가는 꽃은 싫어요
난, 당신의 호기심이 될래요

배낭 없는 소풍 / 정승용

라면 하나를 끓이려 해도
물이 있어야 하고
냄비도 있어야 맞는데
정작
라면 사 오는 걸 잊고 있었어요

계란은
호불호가 갈리긴 해도
대파를 떠올리면서도
손에는
양파를 쥐고 있는 일이 많아요

내 삶은 내 것이어야 하는데
뇌 속에
벌레처럼 꿈틀거리는 치매
가을바람에라도
정신을 좀 차려야겠어요

가을이 턱밑에 와있는데
등 시리지 않는 사람은
나보다 더 외로울 것 같아서
나는
울면 안 될 것 같았거든요

이빈 생은
어차피 배낭 없이 가야 하는
소풍 같은 거라고 생각해요
당신은
내가 찾아야 하는 보물이니까요

태백 / 정승용

탄광촌 양철지붕 위로
발라당 드러누운 햇빛이
아침부터 후끈 달아올라
절정으로 가고 있었고
파란색이거나 주황색인 것이
필시 한 공장에서 온 듯한
동질감을 주고 있었다

그 시절 태백은
석탄을 캐는 곳이 아닌
남자들이 희망을 캐다가
오늘 살아있으면 선술집
내일 막장이 무너지면
뉴스 첫머리에 올라오는
더 깊이 파고 들어가야 하는
수렁 같은 곳이었다

체력이 고갈된 몸뚱이가
삭신마저 쑤셔올 때면
비가 올 거라는 예지력을
점지 받곤 했던 김 영감
그 빈자리로 새로 온 젊은이는
일자리가 있는 이곳에
아예 뿌리를 내릴 생각으로
처자식을 다 데리고 왔다 했다

양철지붕 칠이 벗겨지도록
홀로 청춘을 보낸 김 영감이
부속품 하나 빠져나간 듯
싸늘한 주검이 되어
며칠 만에 발견되었을 때
다들 알고 있었다
내일이 아니면 또 다른 내일
자신들의 모습이라는 것을....

채식주의자 / 정승용

나의 어린 시절
아버지에 대한 기억은
마을 사람들이 쉴 때도
손 놓은 걸 본 적이 없어서
황소보다도
힘이 셀 거라는
믿음이 절대적이었다

어느 가을밤
일기예보에도 없던
빗소리가 굵어질 때쯤
밤새 앓던
아버지의 신음 소리는
걱정보다도
충격으로 다가왔다

어쩌다
생선을 굽는 날이면
살점은 온통 내 몫이었고
꼬리와 대가리를
슬그머니
어머니 앞으로 디밀며
생선이 싫다던 아버지

시인 정승웅

서울 유학 갈 때
황소 판 돈을 쥐여주면서
든든히 먹고 다녀라
그 한마디뿐이셨다
그 말이 얼마나 아프던지
그때
철이 들었던 것 같다

방학 때 고향 와서 보면
아버지의 등이
한 뼘은 더 굽어 있었고
손마디 굳은살은
곰 발바닥 같았다
그때부터였던 것 같다
채식주의자가 된 건....

시인 정연석

명인명시 특선시인선
2025

프로필

대한문학세계 시, 수필 부문 등단
대한문인협회 저작권옹호위원장
〈수상〉
2024 순우리말 시 짓기 공모전 동상
2024 신춘문학상 공모전 동상
2023 한국문학 올해의 시인상
2023 순우리말 시 짓기 공모전 동상
2022 한국문학 베스트셀러 작가상
〈저서〉
시집 [아침에 시를 만나는 행복]
수필집 [가던 길 잠시 멈추고]

시작노트

시를 쓰는 과정은 힘들다
하지만, 시가 완성되면 행복하다

시어들을 고르고 다듬어
시인의 혼이 시에 담겨진다

멋진 시를 쓰려는 의지와 노력으로
오늘도 시 한 편에 정성을 담는다

목차

시낭송 QR 코드

제 목 : 모란시장 봄소식
시낭송 : 박영애

시집 〈아침에 시를 만나는 행복〉

시인 정연석

청춘 같은 오월 / 정연석

오월이 오면
산과 들은 신록의 수채화
향긋한 풀 내음
청춘 같은 푸르름이 좋다

청보리밭 길을 걸으면
옛 추억이 생각나고
시냇물 재잘대는 냇가에서
근심이 가득한 마음을 비운다

붉은 장미는
청춘의 마음을 빼앗고
짙은 라일락 향기는
잠자던 사랑을 흔들어 깨운다

시원한 바람과 파란 하늘
꿈과 희망과 사랑이 춤추는
아름다운 오월 참 좋다.

도전은 성공의 기회 / 정연석

지나간 세월이 힘들어
미래를 두려워한다면
무슨 희망으로 맞설까

과거의 실패에 발목 잡혀
도전할 의욕조차 없다면
수렁은 점점 깊어지고

삶이 힘들고 어려울수록
과거의 경험을 거울삼아
지혜롭게 헤쳐갈 때면
행복은 저절로 찾아오는 것

새로운 도전은 기회이고
성공은 삶의 가치를 키우는데
머뭇거릴 이유가 있을까

두려움으로 자신감이 없어
또다시 실패를 만난다 해도
도전할 수 있음에 감사하며
소중한 기회에 열정을 담아라.

어느 멋진 봄날에 / 정연석

햇빛 따스한
어느 멋진 봄날에
바람 부는 강변에는
멋진 봄의 Waltz(왈츠)

진달래 곱게 피고
소쩍새 슬피 우니
잊었던 첫사랑을 찾아
추억여행 떠나려나

인생의 굴곡에서
가슴앓이 할 때
햇빛 따스한 봄날
살며시 날아온 파랑새

사랑과 행복 넘치는
어느 멋진 봄날에
짙은 라일락 향기가
바쁜 발길을 붙잡네.

모란시장 봄소식 / 정연석

추운 겨울이 길어지면
봄을 기다리는 할머니는
마음이 조급해지시고

산비탈 풀숲을 헤치고
묵정밭 밭고랑에 앉아
꿈과 희망의 봄을
바구니에 수북이 담으신다

오일장 열리는 모란시장
빛바랜 신문지 좌판에는
달래, 냉이, 고사리 춤추고

바쁜 걸음 멈춘 주부들
봄나물은 어느새 동이 나고
봄을 나누는 손길이 정겹다

서리가 내려앉은 흰머리
주름진 얼굴
굽은 허리에는
세월의 흔적이 애처로운데

집으로 향하는 할머니는
따스한 봄볕을 품에 안고
빈 바구니에 봄을 담아 가신다.

고향은 마음의 쉼터 / 정연석

멀리 있는 고향이지만
멀어질 리 없는 마음은
추억 속 그리움을 만납니다

힘이 들고 외로울 때
산자락 너럭바위에 누워
떠가는 뭉게구름 바라보며
꿈과 희망을 키웠습니다

희미해지는 추억들을
마음속에 담아두는 것은
진한 향수(鄕愁) 때문입니다

고향은 지친 몸을 맡기고
따뜻한 위로를 받고 싶은
어머니의 품속처럼 아늑합니다.

아련한 세월의 흔적 / 정연석

화창한 어느 봄날
고즈넉한 벚꽃길에서
잊어버린 추억들이
멍든 가슴을 헤집을 때

흘러간 세월을 거슬러
가파른 계단을 내려가면
낡은 창고 구석에 잠든
빛바랜 사연을 만난다

마음에서 깨끗이 지웠는데
영화의 멋진 장면처럼
선명하게 남아 있었구나

올해도 벚꽃이 떨어지면
가슴 아린 이별의 아픔이
휑한 가슴에 차곡히 쌓여
세월의 흔적으로 남을까 두렵다.

무지개는 꿈과 사랑 / 정연석

시인 정연석

마을 길섶을 혼자서 걷는데
떠돌던 비구름 소낙비로 쏟아져
낯선 처마 밑에 몸을 웅크린다

하늘을 미움으로 흘겨보는데
금세 활짝 웃는 파란 하늘에
멋진 무지개가 잡힐 듯 걸린다

지난날 삶이 고달프고 힘들어
작은 꿈조차 이루지 못한 허물
아직도 부끄러움으로 다가온다

헤어진 사랑도 깨어진 꿈도
마음속에 오롯이 머물러 있음은
까닭 모를 서러움과 아쉬움이다

무지개 만났으니 좋은 일 있으려나
파란 하늘처럼 넓고 텅 빈 가슴에
꿈과 사랑 채워가며 살아가고 싶다.

하늬바람 불어오면 / 정연석

여름날 서쪽에서
시원한 하늬바람 불어와
농부의 구슬땀을 씻어준다

저녁노을 붉게 물들면
여울물에 삽을 씻고
집으로 향하는 발걸음
사뿐사뿐 가볍다

아내의 사랑이 가득한
호박과 풋고추 된장찌개
식탁에 놓일 즈음에

농부는
가족들이 기다리는
마음의 안식처에
힘든 하루를 내려놓는다.

오늘이 소중한 이유 / 정연석

어제는 과거
지나간 시간은 무관심인가
과거도 소중한데
쉽게 잊어버리는 것이 아쉽다

오늘은 현실
생방송처럼 신중해야 하는데
때로는 피하고 싶은 시간
살얼음판을 걷는 기분이다

내일은 미래
다가오는 기대의 시간
생각할 여유가 있으니
희망이 있고 행복하다

인생의 긴 여정에서
지금이 가장 소중한 것은
한번 지나간 시간은
되돌릴 수 없기 때문이다.

사랑이란 / 정연석

사랑하느냐고
묻지를 말아라
마음속에 깊이 들어와
대답하기 힘드니까

언제 떠날 거냐고도
묻지를 말아라
이별의 슬픔을 삭이는 아픔
감당하기가 힘드니까

사랑은 묻지 않아도 알고
대답이 없어도 느끼고
밀어내도 살며시 다가오는
그런 사랑이고 싶다

사랑은 눈으로 말하고
마음으로 다가오고
함께 있으면 너무 좋은
그런 사랑이고 싶다.

시인 조한직

프로필

충남 공주 출생, 대전 거주
대한문학세계 시 부문 등단
(사)창작문학예술인협의회 이사
대한문인협회 대전충청지회 정회원
2021년 한국문학 문학대상
2015년 순우리말 글짓기 대상

〈저서〉
제1시집 [별의 향기]
제2시집 [고독 위에 핀 꽃]

목차

시낭송 QR 코드

제 목 : 바퀴처럼
시낭송 : 조한직

시작노트

별이 반짝이면 별들의 사유를 품고
달이 떠오르면 달에 걸린 그리움을 품는다
바람 따라 물결처럼 흐르는 삶의 궤적에서
사유의 작은 조각들을 사랑으로 어루만지며
아직 미치지 못한 피안까지의 노정에
계절 없는 꽃을 피우고 싶다.

제2시집 〈고독 위에 핀 꽃〉

바퀴처럼 / 조한직

낮은 곳에 닿아야
구를 수 있는 바퀴처럼
세파에 귀 기울여 보아라

고통의 무게를 견디며
덜컹대는 세상을 구르는 바퀴처럼
쿨렁쿨렁 굴러보아라

세상에 없어서는 안 될
소중한 바퀴는 땅바닥을 구르며
인류의 삶을 바꿔 놓았다

낮은 곳에 닿아야
비로소 구를 수 있는 바퀴처럼
나를 낮추어 세상을 구르다 보면
덜컹대는 삶에도 꿈이 있음을 보리라

아름답지 않은 꽃이 없듯이
낮은 곳에서도 사랑은 물처럼 흐르고
진한 파동은 꽃처럼 피어오를 날 보리라.

환희 아리랑 / 조한직

어둠을 살라 봉오리 붉게 터지는
찬란한 희열을 가슴으로 느껴봐요

하얗게 언 시린 발걸음으로
고난의 바람 속을 자박자박 건너온
세월의 숨소리를 들어봐요

발버둥 쳐온 울림으로
넘어지고 일어서며 다진 고갯길
힘차게 디뎌온 환희의 아리랑을 불러봐요

다 묻어 눈 감고 귀 막은 채
쓰디쓴 영혼의 실타래 같은 세월
어이 풀어 그 승리의 길을 건너오셨나요

이제 우리 가슴으로 노래를 불러봐요
아리랑 아리랑 아라리요
얼씨구 절씨구 아라리요

이제 우리 함께 춤을 춰봐요
아~ 대한민국 우리나라 좋은 나라
아리랑 아리랑 아라리요
어화둥둥 대한민국 어절씨구 아라리요.

내 안의 별 / 조한직

은하수가 흐르는
오작교 위 견우와 직녀처럼
한 번뿐인 만남이었어도 좋았어라
그리움이었으니까

운명처럼
그대의 아름다운 영혼에 포로 되어
투명한 끈으로 동여 매인 듯 얽혀서

놓을 수 없는 인연으로
그대 안에 내가, 내 안에 그대가 하나로
호수의 잔잔한 물결처럼 일렁이고파

멀리에서도 낮에는 동지의 태양처럼
밤에는 반짝이는 별처럼 항상
그리움으로 맴돌아 숨을 달게 하는 사람

생각하면 더욱 그리워져
눈물이 핑 돌게 하는 사람
당신은, 당신은 그런 사람입니다.

당신을 사랑합니다 / 조한직

시인 조한직

나 당신을 사랑합니다
수많이 비켜 만난 우리의 인연
그 무엇보다도 소중함을 알기에

나 당신이 그립습니다
함께 있어도 그리운 것은
한순간도 당신과 멀어지기 싫기에
사는 날까지 당신을 사랑하겠습니다
욕심 아닌 나의 맹세는 내 삶의 끝까지
함께 외로움을 덜기 위함입니다

당신을 사랑하는 것은
고갯길에서 나의 지팡이가 되어주고
어두운 길에서는 등불이 되어 나를 잡아주던
당신의 인생으로 세상 위에 내가 세워지고
당신을 위한 삶으로 세상 위에
내가 살아갈 수 있기 때문입니다

우리 서로 딛고 일어서요
한 번밖에 없는 이 세상 함께하기 위하여
나 당신을 사랑합니다
우리에게 주어진 아름다운 세상
살아, 살아 사는 날까지.

꽃길을 걸으며 / 조한직

곳곳이 구성지다
사부작사부작 봄을 사르며
하느작하느작 웃고 있는 너의 눈짓에

화사한 물결은 일렁이며
지나가는 시선들을 사로잡고
사랑을 갈구하는 벌 나비들
서로를 호리는 꿈이 흐르는 허공

초록의 설은 봉오리는 꿈이다
하늘을 떠받든 꽃은 사랑이다
봄바람을 업은 모두는 그리움이다

그리움이 꽃바람으로 타올라
길, 길에 황홀한 사랑이 흩날린다

임아~ 떠나자 들로 산으로
꽃내음 물씬한 봄을 흠뻑 마시며
흐르는 이 봄을 아쉬워 말고.

숲속의 꿈 / 조한직

시인 조한직

또닥또닥 계곡을 깨우는
싱그러운 바람 소리에
투명한 빛으로 깨어지는 까만 어둠의 조각들

밤사이 통통해진 꽃봉오리는
옅은 빛을 향하여 두리두리 흔들며
침침한 새벽을 투명하게 애무한다

숲속을 향기로 채울 예견 된 꿈
저 봉오리 해맑게 터지면
나는 향기 따라 너에게 달려갈 거야

너의 향기에 잠자는 숲이 깨어나고
쓸쓸함을 견뎌낸 꿋꿋한 나무들도
초롱초롱 맑은 초록 눈을 틔우리라

숲속을 깨우는 향기
잎들은 피어서 날아간 새들을 부르면
산새들은 향기를 쫓아 날아들 거야

푸른 숲속엔 새들이 날고
나뭇잎 사이사이 파란 하늘에는
뭉게뭉게 흰 구름 앉아서 쉬어 갈 거야.

미련의 끈 / 조한직

뜰 안에 핀 꽃을 바라보듯
늘 가슴으로 바라보면서도
손 내밀어 잡을 수 없는 그리움

가까워도 다가갈 수 없고
멀어도 버릴 수 없는 욕망의 설렘 앞에
바람 불면 닿을 듯 서 있습니다

다가간다 해도
다가올 수 없는 발치에서
반짝이는 등대처럼 말없이
다가오지 못하는 현실로 깜빡입니다

기다림에 지쳐 고개를 갸웃거리다가도
끝내 박절하지 못한 미련은
미망(迷妄)의 굴레가 되었습니다

그러함에 언제
미련으로 나풀대는 우연의 끄트머리가
아직 멎지 않은 미풍에 나부끼듯
내 앞에 꽃으로 피어나면 참 좋겠습니다.

그리움 사무치다 / 조한직

피멍이다
보이지 않는 골골 마다
하얗게 사무친 그리움으로
까맣게 타드는 가슴이

눈물이다
외로움에 흐느끼며 가슴골 적셔 내리는
빗물 같은 촉촉함이

잊지 못할 이름 그리워
창밖으로 조용히 불러보는 밤
별들이 반짝이는 먼 하늘엔
메아리만 빙빙 허공을 맴도네

돌아올 수 없는 사랑
버리고 씻어내릴 수 없는 미련이
한올 한올 영혼을 하얗게 옭는 밤

하늘도 애달프니
흐르는 달빛마저 창백하네.

가을은 오고 있다 / 조한직

가던 길 돌아선대도
거기가 가을이래요

햇볕은 아직 불호령 해도
지그시 눈감으면 가을이라오

저녁노을 물들어 붉은 바닷가
노을공원의 높은 초승달 가지에 걸린
저기가 가을이래요

벼 이삭 수줍어 고개 숙이는 들녘
그곳이 가을이래요

동산의 밤나무
송이송이 붉은 이빨로 웃는
그곳이 가을이래요

감나무의 감들이 잎 사이로
새색시 얼굴처럼 붉어지는
그곳이 가을이래요.

찻잔 / 조한직

담긴 이야기를 모락모락
향긋함으로 다 풀어내면
개숫물 통에 담겨 정갈한 차림으로
달그락 딸그락 새 이야기를 품는다

누군가와 마주하면
인지상정 테이블 위에서
갖가지 얽힌 이야기를 들으며
향기로 이야기를 풀어내는 찻잔

호호 불어
한 모금 한 모금 마실 때마다
모락모락 피어오르는 향기는
마음을 차분하게 토닥여 주기도 하지

바쁜 숨 속에서도
침묵으로 말동무가 되어주고
여유를 갖게 해주는 찻잔은
천사처럼 포근함을 안겨주는 동반자다.

시인 정지용

국내 모더니즘 시의 선구자로, 한국 문학사에도 비중이 높은 인물
// 정지용(1902~1950)

34세 때인 1935년 그 동안 발표했던 시들을 묶어 첫 시집인 ≪정지용 시집≫을 출간하였으며, 1939년부터는 ≪문장(文章)≫의 시 부문 추천위원이 되어 조지훈(趙芝薰), 박두진(朴斗鎭), 박목월(朴木月), 이한직(李漢稷), 박남수(朴南秀) 등을 등단시켰다. 이 시기에는 시뿐 아니라 평론과 기행문 등의 산문도 활발히 발표했으며, 1941년에는 두 번째 시집인 ≪백록담≫을 발간했다. 이후 태평양전쟁이 발발하고, 그로 인해 사회 상황이 악화되면서 일제에 협력하는 내용의 시인 〈이토〉를 ≪국민문학≫ 4호에 발표하였지만, 이후 작품 활동을 중단한 채 은거 생활을 하기도 하였다.

[네이버 지식백과에서 인용]

삽사리 / 정지용

그날밤 그대의 밤을 지키든 삽사리 괴임즉도 하이 짙은 울 가시사
립 굳이 닫히었거니 덧문이오 미닫이오 안의 또 촉불 고요히 돌아
환히 새우었거니 눈이 치로 싸힌 고삿길 인기척도 아니하였거니 무
엇에 후젓하든 맘 못ㄴㅎ히길래 그리 짖었드라니 어름알로 잔돌사이
뚤로라 죄죄대든 개올 물소리 긔여 들세라 큰봉을 돌아 둥그레 둥
굿이 넘쳐오든 이윽달도 선뜻 나려 설세라 이저리 서대든것이러냐
삽사리 그리 굴음즉도 하이 내사 그댈 새레 그대 것엔들 다홀법도
하리 삽사리 짖다 이내 허울한 나룻 도사리고 그대 벗으신 곻은 신
이마 위하며 자드니라.

시인 주응규

프로필

대한문학세계 시, 수필 부문 등단. (사)창작문학
예술인협의회 부이사장, 대한문인협회 부회장.
대한문인협회 심사위원, 대한창작문예대학 지
도교수, 한국문인협회 시, 도 협력위원회 위원,
한국 작사가 협회 이사
제4회 윤봉길 문학대상, 한국문학 대상, 한국문
학 최우수 베스트작가상 등 다수
제1 시집 『人生은 詩가 되어 흐른다』 제2 시
집 『삶이 흐르는 여울목』 제3 시집 『시간위
를 걷다』 제4 시집 『꽃보다 너』 수필집 『햇
살이 머무는 뜨락』. 가곡 망양정 가곡(16곡) 개
인 작사 음반 CD 출반 외, 가곡 120여곡 작사,
대중가요 작사 다수

시작노트

詩人은 詩를 통해 세상살이의 희로애락을 표현
합니다.
자연 속 꽃나무는 온 힘을 다해 꽃을 피워
나름의 아름다움과 향기를 전합니다.
냉엄한 삶의 굴레에서 끊임없이 부대끼면서
삶의 섭리를 조화롭게 노래한
시인의 시가 누군가의 가슴에 웃음이 되고 눈
물이 되고
삶의 위안이 되기를 바라는 마음입니다.

목차

시낭송 QR 코드

제 목 : 가을날의 고백
시낭송 : 임숙희

제4시집 〈꽃보다 너〉

봄 편지 / 주웅규

밀려왔다 밀려가는 그리움을
눈물로 피웠다 지우기를
반복하며 편지를 씁니다

먼 날에 숨겨놓았던
사랑 이야기가
봄물에 씻겨나
삽시간에 번져납니다

햇볕을 머금어 찰랑대는
초록빛 물결을 축여
발그레 꽃물 듭니다

가슴 마디마디에 꽃망울 져
발록발록 터지는
야린 사랑의 숨결로
그대의 메마른 가슴에
봄꽃을 피우겠습니다.

봄볕 그리움 / 주응규

소쩍새 울음소리 깊어지는 날
봄꽃은 그대 모습을
뽀얗게 피워내건만

봄날을 간지럽히는 햇살에
꽃바람이 그대 내음을
올올이 엮어내건만

물빛이 산그늘에 잠기는 날
돌아오마 라던 속언약은
한낱 귀치레 섰나

나는 그대를 기다리고 있는데
그대는 나를 잊었는가

여름날 소고(小考) / 주응규

시인 주응규

어느 종갓집 고택(古宅) 지붕
용마루 기왓골이 넘치도록
불볕을 쏟아 내리는 여름날

안채 대청마루 앞뜰 배롱나무는
꽃망울을 붉디붉게 피워
여름을 소담스레 받쳐 들고 있다

마을 어귀 길 가장자리에 우뚝 솟은
아름드리 느티나무에 드러누워
한낮 단꿈을 꾸던 뭉게구름은
참매미와 쓰르라미의
애끓는 울음에 선잠 깨나
소나기 눈물을 내리붓는다

토담 너머로 펼쳐진 들녘은
된더위를 온몸으로 품어 안은 채
토실토실 영글어가고
바깥채 뜨락에 자리한 해바라기는
여름날의 무수한 이야깃거리를
알알이 담아내기에 바쁘다.

능소화 / 주응규

님 사랑하는 마음이
하늘 향해 솟구쳐
불꽃으로 타올라라

한 뼘 한 뼘 기다린 세월에
남모르게 살피살피 피운
열정의 사랑 불이
여름 한낮 볕보다도
뜨거워라

마디마디 사무친 님 그리움
얼마큼, 그 얼마큼
불살라 놓아야
깡그리 태우려나

열두 폭 청라 치맛자락
한 올 한 올 풀어
불붙인 외사랑
꺼질 줄 몰라라.

가을날의 고백 / 주응규

계절이 옹골차게 익어가는 날
바람결에 묻어나는 그리움에
그렁그렁 차오른 눈물이
가을날을 물들이면

세월이 삼켜버린 추억의
연둣빛 푸른 뺨은 수줍은 듯
단풍으로 붉게 물듭니다

지난날
그대로 인해 흔들리던 가슴은
느지막이
들국화로 피어나 사랑을 전할 때
그윽이 향기가 풍기면

오랜 세월 가슴에 곰삭히던
사랑의 고백을
가을날에 풀어 놓습니다.

가을로 피어나는 어머니 / 주응규

청명한 하늘은 어머니 마음씨 같고
햇살에 윤기가 흐르는 향기는
어머니 내음 같습니다

한평생을 한 땀 한 땀 기워 입으시며
식구들을 건사하시던
어머니의 빛 고운 자취는
단풍처럼 아름답게 물듭니다

먼 듯이 가까운 곳에서 손짓하는
어머니의 자애로운 미소가
수채화로 맑고 투명하게 번져와
금세 고여버린 눈물을
가을바람이 닦아줍니다

하늘나라로 자리를 옮겨 피어난
어머니의 그윽한 향기가
나의 마음을 포근히 감쌀 때
나지막이 어머니하고 부릅니다.

겨울 나그네 / 주응규

시인 주응규

눈물 글썽이며 함께 가자 어를 땐
딴청 피우시더니 님 떠난 후
님의 발길 좇아 냉가슴 부여잡고
이제사 울어 치는 까닭을 모르겠습니다

삶의 혹독한 한파를 짊어진 채
동풍에 싸늘히 얼어드는 몸
얼기설기 싸매어
한 발 한 발 내딛는 고난의 걸음
인생의 깊이를 헤아리기란
이토록 힘겹단 말인가요

마음의 번민을 꿰어 걸고
아츠러운 눈보라 울어 치는
텅 빈 벌판에 갈 곳 잃은
외톨이 어린양 되어
맵찬 한기에 처절히 눈물 짭니다

고행의 온갖 인생 역경을 헤치고
향기로운 꽃들이 정겹게 노니는
봄 뜨락에 서서 손짓하며
반겨주실 님 찾아
휘몰아치는 시련의 계절 속으로
홀로 걸어가고 있습니다.

*아츠러운: 소리가 신경을 몹시 자극하여 듣기 싫고 날카롭다.

눈 내리는 날이면 / 주응규

오랜 허물을 가리가리 풀어헤치듯
흰 눈이 사뿐히 내리는 날이면
현실에 안착하려 가쁘게만 질주하던
이내 마음마저 추억 속을 더듬으며
편편이 흩날립니다

형언(形言)할 수 없는 삶의 무게도
추억이라는 울타리 안에 놓이면
아름다운 풍경이 됩니다

불현듯이 생각나는 아련한 날들은
아름다운 추억이라서
하얀 미소로 피어납니다

오늘처럼 눈 오는 날이면
그리움은 눈송이와도 같이
가슴에 부슬부슬 내립니다.

변함없는 사랑(백합화) / 주응규

긴긴 세월 삼킨 속울음이
겉울음으로 터질 때
비로소 햇빛 달빛 머금고
사뿐 사뿐히 오시나요

비바람 불고 눈보라 치는
세월의 모퉁이 길을 돌고 돌아
한 떨기 백합화로 오시는
님이여 님이시여

먼 훗날 세월이 흘러서
꽃잎이 진다고 해도
다시금 순정을 다 바쳐서
변함없는 사랑 하겠다네요.

* 백합화 꽃말: 순결, 변함없는 사랑

삶의 공식(公式) / 주응규

세상에 근심 걱정 없는 사람이 어딨으랴
한두 가지씩의 근심 걱정거리를 안고
사는 게 삶이더라

사노라니 근심에 여위어가고 걱정에 늙어지더라
생(生)의 날 선, 칼날에 베인 상처를
홀로 감당하는 게 인생이더라

더불어 사는 세상은 조금 덜 아픈 사람이
조금 더 아픈 사람을 위로하는
인정(人情)도 품앗이더라

욕심을 거두니 아름다운 세상이 보이더라
마음을 비우니 행복이 찾아들더라
자신을 낮추니 모두가 소중히 여겨지더라
가슴에 걸었던 빗장을 뽑으니
세상과 조화롭게 어우러지더라

삶에도 산술(算術)적인 공식(公式)이 있더라
행복은 곱하고 불행은 나누며
기쁨은 더하고 슬픔은 빼가며
사는 게 정답이더라.

시인 최명자

프로필

충북 출생, 현 대전 거주
대한문학세계 시 부문 등단
(사)창작문학예술인협의회 회원
대한시낭송가협회 회장
대한문인협회 총무국장
문화예술 종합방송 아트 TV
  '명인명시를 찾아서' MC

시작노트

나에게 봄날은

선물이다

긴 기다림 끝에
꽃잎 하나 가슴에 안긴다

발그레한 네 모습에
마음 얹으면
환하게 꽃등 밝히는 봄

목차

시낭송 QR 코드

제 목 : 그리울 때
          꺼내보는 사랑
시낭송 : 최명자

공저 〈2024 명인명시 특선시인선〉

가을 여정 / 최명자

불꽃처럼
뜨겁게 타올라
찬연한 시간을 뒤로하고

타는 눈망울에
저마다 아픈 사연 담아
서늘한 바람에 몸을 던진다

한 줌으로 쓸쓸히 밟히는
정처 없는 유랑의 발길
삶의 갈피마다 흔적을 남긴다

짧은 시간 긴긴 이별의 몸짓으로
신음을 토한
아슴아슴한 여정 속에서

다시
봄을 품는다

그리울 때 꺼내보는 사랑 / 최명자

시인 최명자

바람에 흩날리는 꽃잎처럼
너의 미소 내 마음에 내려앉아
너라는 말로
햇살 가득한 오후를 채운다

부드러운 목소리 바람결에 실려
달콤한 멜로디를 선사하고
별빛 같은 사랑 풀어놓으면
꽃잎 하나 가슴에 머문다

너의 사랑
잠시 머무는 꽃잎이 아니라
심장 속의 꽃등 밝혀
그리울 때 꺼내어 보고 싶다

너와 함께라면 혹독한 겨울도
봄이 된다

봄을 입다 / 최명자

쇼윈도에 피어난 꽃
스치듯 봤을 뿐인데
마음 깊은 곳에 향기 감돌아
그냥 널 담기로 했다

아마도 은은하게 닿는
고아한 눈짓에
깊이 빠졌는지도 모른다

언제 오려나
잘 어울릴까
행여 실망은 하지 않을까
널 볼 생각에 소녀처럼 설렌다

너를 품고 하나가 되던 날
들꽃 위에 웃음 포개면
꽃잎은 봄바람에 여행을 한다

하늘하늘 원피스 네가 봄이다

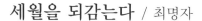

세월을 되감는다 / 최명자

검은 머리 사이로
하나둘 돋아난 희끗희끗 불청객이
사방으로 발을 뻗는다

거슬리는 세월의 흔적 감추려
후미진 골목 미용실 문을 연다

발그레한 미소 머금은
원장의 손가락 장단에
푸석푸석 윤기 없는 머리는
찰랑거리는 머릿결로 살아 숨 쉰다

오늘
그녀는 내게
흘러가는 세월을 되감아 주었다

어머니의 길 / 최명자

새벽이슬 맞으며
밤새 울콘 월아감을 이고
어머니는 장터를 향해 길을 나선다

홀로 남은 아이는
길손마저 끊어진 다리를 수없이 오가며
기다림의 꽃을 피운다

눈빛 맞대며
섶다리 너머 먼 거리에서
손짓하시던 어머니

잡은 손에
쥐여 주시던 동그란 사탕은
애틋한 사랑이었으리라

세월의 뒤로
어머니의 모습은
강물에 투영되어 흐르고

끊어진 다리 위로
애타는 그리움만 한 조각 떠 있다

장미 / 최명자

태양을 품은 너는
수를 놓은 듯
신비로움을 안고 있다

베일이 벗겨지듯
부드러운 속살이
한 겹 한 겹 피어날 때마다
고혹적인 자태로 유혹한다

붉게 타오르는
부드러운 입술에 입맞춤하면
너의 심장 속에 빠져
헤어 나올 수 없는
황홀함에 취한다

시인 최윤서

프로필

대한문학세계 시 부문 등단
(사)창작문학예술인협의회 회원
대한문인협회 경남지회 사무국장
대한창작문예대학 졸업
2018년 문예창작지도자 자격 취득
한국문학 발전상
순우리말 詩 짓기 전국 공모전 동상
짧은 시 짓기 전국 공모전 동상

(공저)
2020 유화로 보는 명인명시선
명인명시 특선시인선 외 다수

시작노트

살아있음에
보고 느끼는 모든 순간을
글로 표현하는
행복한 시간에 감사할 뿐입니다

목차

시낭송 QR 코드

제 목 : 가짜 깁스의
　　　　이기심
시낭송 : 박영애

공저 〈2024 명인명시 특선시인선〉

삶의 주인공 / 최윤서

시인 최윤서

과거는 현재가 되고
현재는 미래가 됩니다

오늘 심은 긍정과 배려의 씨앗이
내일은 행복의 열매로 자라듯

성실과 근면의 바탕이
행복의 결과로 나타납니다

자신이 내포한 삶의 방식이
자신의 삶을 주관하는 주인입니다

지혜롭고 현명하게
가치를 창조하는 실천이 중요합니다.

가짜 깁스의 이기심 / 최윤서

한겨울 칼바람을 견뎌낸
고뇌에 찬 그림자
쓸쓸히 휘어지는 허리가
고단한 삶에 내려앉는다

돌고 도는 세상
끝없는 이기심을 부추긴
자식의 메마른 정은
가족애마저 무심히 돌아선다

어여쁜 며늘아기
어제는 다리에
오늘은 팔에 감긴 깁스가
깔깔대며 웃는 명절이 온다

애타는 가슴이
굵은 빗줄기에 젖어
노모의 코끝이 땅에 닿을 때
효도의 정 바닥을 뒹굴고

사그라드는
아궁이의 그을음에
까맣게 태운 가슴
노모의 한숨 꺼진다.

시인 최윤서

술타령 / 최윤서

술술
넘어가는 것이 술이요
얽기 설기
꼬인 마음이 꽈배기라

시커멓게
그을린 양심에
슬슬
봇물 터진 시궁창

이성이 마비되면
쓰디쓴 사약이 되어

인연을 이어주는 술인지
인연을 끊어주는 술인지

절제하는 마음은
사람이 가진 고유의 영역이라

자신의 가치는
자신이 만드는 것이다.

의미 있는 삶 / 최윤서

얼어붙은 대지에
움츠린 야윈 어깨
굽어진 허리의 간헐적인 외침이
삶의 무게를 더해준다

애환이 담긴 살림살이
깔끔하고 화려했던 날은
꿈속에나 보일까

빠른 문명의 변화와
누릴 수 없는 혜택
축 처진 심신이 노후를 맞이한다

희생과 억압으로 살아오신
한 맺힌 고뇌를
후손들이 품어 줄 몫이려니

언젠가는
너도 나도 모두가 겪을
세월의 수순이 아니런가

나눔과 봉사의 실천은
밝고 희망찬 태양으로
우주에 빛을 발한다.

장마 / 최윤서

아픔이 많아
눈물을 쏟아 내는가

넓고 넓은 세상을
물바다로 만드는구나

슬퍼하지도
억울해하지도 마라

헤아리고 품어주는
따뜻한 태양이 있으니

비 갠 후에
청명한 세상이 말해 주듯

고통 뒤에 성장이
슬픔 뒤에 기쁨도 있단다.

봄 / 최윤서

눈부신 얼음꽃
곱게 피워낸
동장군의 한파를 잠재운
포근한 오후

수선화 꽃망울의
웃음꽃이 곱다 고와

겨우내 얼어붙은
지칠 대로 지친 마음도
하나둘씩 덩달아
날개를 달고

덩그러니
비워진 가슴에도
희망의 꽃이 피는 걸 보니
새봄은
새봄이로다.

제목을 잃은 시 / 최윤서

시인 최윤서

말갈기를 휘날리며
초원을 누비는 백마처럼

물살을 가르는
고래의 등줄기처럼

하늘을 비상하는
독수리의 날갯짓처럼

머릿속을 휘젓는
미친 사랑이 뛰어다닌다

지울 수 없고
끊을 수 없는

세상에 하나뿐인
유일한 사랑

대체할 수 없는
그리움에 지쳐 잠 못 이룬다.

세상에 뿌려진 사랑 / 최윤서

사람도
사랑도
세상도 몰랐습니다
당신을 만나기 전까지

작은 기쁨이
큰 기쁨이 되고
작은 아픔이
큰 아픔이 되는 것도

당신의 웃음이
나의 하루를 밝히고
당신의 말 한마디가
내 삶의 전부가 된 것도

숨길수록 파고드는
숱한 그리움을
가슴에 묻으며
외로운 사랑도 알았습니다

차곡차곡 쌓이는
눈물 젖은 추억과
뺨을 적시는 빗물이
가로등에 반짝이는 밤

사랑과 이별의 잔해로
세상에 버려진
많은 변명들이
바람에 흩어지고 나부낍니다.

변화 즉 성장이라 / 최윤서

시인 최윤서

머물지 못하는 바람과
떠돌다 흩어지는 구름은
잠시 스쳐 가는 그 정도이다

사람도 다를 바 없다
거짓되고 이기적인 사람은
영악한 머리와 간사한 혀로
타인을 고난에 빠뜨린다

진실하고 정의로운 사람은
남 탓을 하기 전에
자신을 돌아봐서 입을 무겁게 연다

비겁한 마음을 버려라
회피하는 나약한 정신에 도전해서
자신에게 당당한 삶을 만들어 가라

진정한 용기는 잘못을 인정하고
실수나 실패를 교훈 삼아
개선하려는 노력이
성장의 원동력이 되는 것이다

자신에게 엄하고
타인에게 너그러운 사람이
세상을 좀 더 넓고 깊게 볼 수 있는 것이다

변화를 두려워 마라
변화 속에 시련도 있고
변화 속에 성장과 발전이 있는 것이다.

가을 향기 / 최윤서

쪽빛 두른
하늘가에 머문
시린 눈빛

몽글몽글
향기 품은 꽃잎에
그윽한 여운

단풍 든 산하
바람에 실린 그리움이
그대였던가

시인 최은숙

프로필

대한문학세계 시 부문 등단 (2021년 7월)
(사)창작문학예술인협의회 회원
대한문인협회 경기지회 정회원
한국문인협회 성남지부 글짓기대회
         시부문 수상 (2022년 10월)
[조세금융신문] [詩가 있는 아침] 2024년 10월
경기지회 동인문집 제3집 "별빛 드는 창" 공저

시작노트

당신을 향한 그리움에
아침마다 눈물 집을 짓습니다
눈물은 시내가 되고
말갛게 씻긴 마음은 아침 이슬입니다

생명책에 내 이름 기록되니
고난의 언덕 만날 때
좌절하지 않음은
당신을 사랑한 까닭입니다

감사로 하루를 실아내고
또 내일의 설렘
당신이 부르실 그때까지
저 높은 곳을 향하여 걸어갑니다

- 시 〈당신을 향한 그리움〉 본문 중에서 -

목차

시낭송 QR 코드

제 목 : 오늘이 있기에
시낭송 : 전선희

공저 〈별빛 드는 창〉

고목이 된 기둥 / 최은숙

고목이 된 기둥 사이 낯익은 얼굴이 보인다
한 여인의 다듬이질 소리
하늘은 큰소리로 은젓가락 같은 비를 내린다

다듬이질 소리는 높아가고
정숙한 여인처럼 반듯하게 접은 무명천
수백 번 두드려 주름을 편다

천둥도 번개도 쉬어가는 적막한 하늘
은젓가락 같은 비는 자취를 감추고
여인의 다듬이질 소리는 또렷해져 간다

하늘에 태양이 힘있게 내려온다
여인의 두 어깨에 햇살이 머물고
주름진 깊은 근심은 희망이 된다

큰 나무 한 그루
작은 나무 일곱 그루

다듬이질 소리는 노래가 되고
고목이 된 기둥 사이에서
여인은 희망을 다듬이질한다

깨어난다 / 최은숙

언 땅 녹아내린 발자국에 봄이 깨어난다
돌덩이 옆 작은 나무에 새순이 돋아나고
돌 틈 사이 연둣빛 이끼도 얼굴을 내민다

마른 나무 속살에서 새싹이 움트고
갈색 옷 입은 나무가 초록 옷으로 갈아입는다
산행하는 노부부 지팡이에 봄꽃이 피고
엉겅퀴 넝쿨에 봄이 온다

겨울 찬 바람 속에 서 있던
들풀 이마에 봄이 맺히고
손잡은 연인의 얼굴에 봄꽃이 피어나고
수줍은 아이의 웃음 속에 봄이 웃는다

마음을 색칠하다 / 최은숙

까만 눈동자 속에서
꿈이 자라나고
여린 손가락 사이에서
사랑이 피어오른다

꽉 잡은 색연필로
마음을 색칠하고
엄마는 지구가 되고
아빠는 달나라가 된다

선생님은 우주가 되고
아이는 별이 된다

바람은 눈물이 되고 / 최은숙

눈물이 물같이 흐릅니다
온몸의 상처 자국으로 피멍이 들어
굵은 각질이 생겼습니다

한 잎 나뭇잎에 생명을 손질합니다

수많은 계절의 옷을 갈아입으며
아름다운 젊은 날도 있었지만
이제는 낙엽이 되어버렸습니다

또 하나의 가을을 맞이하며
바람은 주름진 얼굴을 스칩니다
퇴색된 낙엽이 우박처럼 내립니다

나는 다시 바람을 불러 봅니다
바람은 퇴색된 나뭇잎을 흔들고
눈물은 시내가 됩니다

별도봉 / 최은숙

별도봉을 향해 걷는다
흙길을 밟을 때
물컹한 꿈이 솟아오른다

호미처럼 휘어진
노인 등 같은
언덕을 걸으며
햇살 귀를 힘껏 잡아당긴다

샛바람이
나뭇잎에 입 맞추고
찔레꽃 향기는 나비 되어
현무암 주변을 맴돈다

새들의 웃음소리 짙어가는 정오
낡고 긴 나무 벤치에 앉아
물컹한 꿈이 밖으로 꿈틀꿈틀

마침내 정상

광활한 바다에 배 띄우고
내 꿈 실은 배 한 척
하얀 파도를 타고
희망 나라로 항해한다

아가야 들꽃을 만나자 / 최은숙

아가야
꽃을 입자
분홍 꽃을 입자
초록 시발을 신자

가을꽃 지기 전에
들꽃을 만나자

윙– 윙–윙–
노래가 묻어 있는
꽃잎에 입 맞추자

아가야
눈꽃이 피기 전에
하얗게 웃는 개망초
노란 얼굴 만나자꾸나

아가의 눈 / 최은숙

접시꽃 같은 작은 아가가
세상에 내려옵니다
처음 마주한 투명한 네모 상자
연한 가지 같은 손가락과 발가락이
꼬물꼬물 움직입니다

가늘고 긴 줄들이
아가의 코와 심장에서
콩콩 숨을 쉽니다

아가는 맑고 동그란
두 눈으로 세상을 마주합니다
천사가 하늘에서 내려와서
세상을 살피는 것 같습니다

아가의 몸은 푸른 잎사귀처럼 자라고
수개월이 지나고 흰 꽃송이가 내리는 날
아가는 엄마 품속에 얼굴을 묻고
자력으로 가쁜 숨을 쉽니다

오늘이 있기에 / 최은숙

오늘이 있기에 나는 행복합니다
내일의 희망을 꿈꾸기에 충분한
오늘은 내 삶의 노래입니다

비록 삶이 꽃처럼 지고 있지만
재촉하지도 밀쳐내지도 아니한
오늘이 가장 소중합니다

태양이 뜨고 지고
내 꿈도 피고 지지만
온몸으로 오늘을 껴안아 봅니다

오키나와 바다 / 최은숙

오키나와 바닷가에서
파란 하늘을 본다
조용하고 평화로운 도시

끝이 보이지 않는 망망대양에
바다는 비취색을 띠고 펼쳐진다
바다는 푸른 꿈을 품고 질주한다

내 마음도 바다를 항해한다
에메랄드빛 물빛을 가슴에 안고
은빛 물결에 몸을 던진다

손을 휘저으며 노래를 불러본다
바다야 물결아 사랑해
하늘아 구름아 사랑해

물 밑에 생물체의
노랫소리가 들려온다
어푸어푸 푸 우
어푸어푸 푸 우

부드럽게 발가락 사이에서
하얀 모래가 속삭인다
여기는 모래 나라야
나는 가만히 발가락을 움직이며 답례한다

높은 하늘 위에는 태양빛이
바다를 비추이고
바다는 파도를 만들고
파도는 돌고래처럼 춤을 춘다

내 몸은 공중에 떠 있고
내 손은 태양을 잡고
내 발은 춤을 춘다

회색 왕국 / 최은숙

벽을 연다
발목에 힘을 주고

첫 번째 문을 열고 들어간다

희뿌연 안개
회색 먼지가 입술에 부딪힌다

콘크리트 조각들의 웅성웅성
덜컹덜컹 마차 소리

빼어난 붉은 얼굴
이글이글 타는 눈
번쩍번쩍 빛나는 왕관

두 번째 문을 열고 들어간다

부서져 흩어진 조각들의 비명
안개처럼 다가온 잔재
나는 눈을 감는다

"이곳에 오지 마세요
여기는 우리 왕국이야"

회색 먼지로 뒤덮인 채
발바닥은 회색 땅을
핥으며 걷는다

나는 힘껏 벽을 연다

"빛이다"

한 발자국
두 발자국
빛을 향하여...

시인 한용운

위대한 승려이자 저항시인, 한용운 // 한용운(1879~1944)

　시인, 승려, 독립운동가로 법명은 용운, 법호는 만해이다. 충청남도 홍성에서 한응준과 온양 방씨 사이에서 차남으로 태어났다. 어릴 때 서당에서 한학을 공부한 후, 향리에서 훈장으로 아이들을 가르쳤다. 부친으로부터 의인들의 기개와 사상을 듣고 큰 감명을 받았다.

　동학농민운동에 가담했으나 실패로 돌아가자 설악산 오세암에 들어간다. 그 뒤 1905년 백담사에 들어가 승려가 되고 창작 활동을 시작한다. 1908년 일본으로 건너가 신문명을 시찰하고, 1913년 귀국하여 불교학원에서 교편을 잡는다. 그 해에 범어사에 들어가 '불교대전'을 저술하였다. 대승불교의 반야사상에 입각해 불교의 현실참여와 개혁을 주장했다.

　주요 저서로는 '조선불교유신론'이 있는데 백담사에서 탈고하여 1913년에 발간한다. 이를 계기로 불교계에 일대 혁신을 가져온다. 1914년에 고려대장경을 독파한 후 '불교대전'을 간행하고, 1918년에는 불교잡지 '유심'을 발간한다. 이를 통해 불교의 대중화와 민족의식을 고취하는 데 앞장선 것이다. 1919년 3·1 운동 계획 운동에도 주도적으로 참여한다. 1926년 서울 회동서관에서 '님의 침묵'이 시집으로 출간된다. 표제시인 '님의 침묵' 외에도 '알 수 없어요', '비밀', '첫 키스', '님의 얼굴' 등 초기 시들이 88편 수록되어 있다.

　지금의 성북동 집터에 심우장이라는 택호의 집을 지을 때 조선총독부 청사가 보기 싫다고 동북방향으로 집을 틀어 버린 한용운 시인은 그토록 그리던 광복과 독립을 눈앞에 두고 1944년 6월 29일에 입적하였다.

[네이버 지식백과에서 인용]

나는 잊고자 / 한용운

시인 한용운

남들은 님을 생각한다지만
나는 님을 잊고자 하여요
잊고자 할수록 생각하기로
행여 잊힐까 하고 생각하여 보았습니다.

잊으려면 생각하고
생각하면 잊히지 아니하니
잊도 말고 생각도 말아 볼까요
잊든지 생각든지 내버려 두어 볼까요
그러나 그리도 아니 되고
끊임없는 생각생각에 님뿐인데 어찌하여요.

구태여 잊으려면
잊을 수가 없는 것은 아니지만
잠과 죽음뿐이기로
님 두고는 못하여요.

아아, 잊히지 않는 생각보다
잊고자 하는 생각이 더욱 괴롭습니다.

시인 한정서

프로필

대한문학세계 시 부문 등단
(사)창작문학예술인협의회 회원
대한문인협회 광주전남지회 지회장
현)한솔플라톤아카데미 봉선독서논술교습소 원장

시작노트

세월이 더해지면 나잇값을 해야 한다고 한다.
나는 잘 살고 있고 나잇값은 잘하고 있나 자문
을 한다.
이 질문에 선뜻 대답은 하지 못하지만 부끄럽
지 않기 위해 어제를 살았고 오늘도 내일도 살
것이다.
세월이 더할수록 깊어지는 내가 되기 위해...
또한 새로운 것을 배우기 위해 올바른 질문을
내게 무수히 할 것이다.
그래서 첫 글을 '나답다고 느낄 때'로 시작해 보
았다.

목차

시낭송 QR 코드

제 목 : 지금 여기에
시낭송 : 최명자

공저 〈시 한 모금의 행복〉

나답다고 느낄 때 / 한정서

어느 날은
너로 인한 나인지
또 다른 나인지 궁금하더라

아팠다가 슬펐다가
기뻤다가 감사했다가
변죽이 죽 끓듯 한 적 있었으니
가끔 반문을 던지곤 해

너울너울 구름처럼
때론 소나기 울분처럼
억척스레 흘려보낸 건 아닐까

궂은 날보다
쨍쨍한 날이 더 많은 걸 알기에
그 어디에도 쏠림 없이
나다웠는지 몰라

가시 돋친 어깃장의 오만도
한낱 부질없기에
나답다고 느낄 때가
제일 행복했었어

아직 괜찮아 / 한정서

오늘도 쥔장이 날 찾았어
이따금 귀찮기는 하지만
그래도 신나는 일이야

내가 잘하는 일이잖아
딱 한 철만 자주 찾으니까
필요하다고 할 때는
잘하는 것이 좋지 않겠어

요즘은 밀리기도 해
에어컨이라는 센 녀석한테 말야
쳇! 내가 더 오래 살았는데
외면당하면 슬프더라고

뭐니 뭐니 해도 할 일이 있다는 것은
즐겁기도 하고 행복한 일이야

부치기도 싫다고
팽 당한 녀석도 있잖아
부채 낭자는 아마 슬플걸

이쁘게 단장하고 있어도
찾는 이가 적으니 말이야

알겠지?
그래도 아직은 괜찮다는 거
껌딱지는 아니어도
밤새 찾는 것은 나니까

강둑을 사랑한 엄마 / 한정서

시인 한정서

선택의 필수인 것처럼
불현듯 찾아왔다

사는 동안
흐르지 못한 허허로움 가득 넘어와
이별의 밑바닥 채운 후에도
처절하게 넘쳤다

평생 내뱉지 못한
자식을 묻은 통한을 흘리고 흘려
강둑을 무성케 한 어머니

그렇게 삭막할진대
품어야 할 자식들이 있었기에
허깨비 같은 가슴을
강바람으로 식혔나 보다

너란 녀석 / 한정서

간절함이 빗나간 통곡일까
싹싹 쓸어가고 싶은 심술인지
깊은 밤을 두드린다

못다 한 말문이 너처럼 흐르면
나는 물안개 자욱한 강나루에 서서
쓰라린 기억을 헤집고
된서리가 여름을 넘볼 때쯤엔
바다로 내달리고 싶어진다

아픔도 슬픔도 무색게 하는
이쁜 친구라 생각할라치면
어느새 어깃장 부리는 너란 녀석이
먼 하늘 바라보게 한다

기다림이 전부인 양
지그시 얄미운 널 지켜보노라니
미안한 듯 쭉 빼는 꽁무니를
미워할 수만은 없구나

소망 / 한정서

시인 한정서

무심코 바라본 창밖 풍경
차량 행렬이 밝혀주는 야경은
바람을 재촉하여 수놓느라
뒤도 돌아보지 않는 걸 보며
내 삶도 저들과 같았을까

여백을 둘 법도 한데 한 치 앞에
드리워진 그림자만 벗 삼으니
빛은 저만치서 다가오지 못하고
애꿎은 발만 동동거리지만

무심히 스치는 바람결에라도
생애 가장 아름다운 언어로
사랑의 향 퍼져가는 그날까지
자신에게 더 오롯하게 다가서는
진심 어린 평화가 깃들거든

내가 시인이어서 가치 있고
의미 있기를 언저리에 소망 놓아
오늘도 차곡차곡 꿈을 싣는다

지금 여기에 / 한정서

차 한 잔의 여유가
무르익은 가을을 선사하고

맑은 하늘의 뭉게구름은
푸른 산세와 황금 들녘에
한 폭의 수채화 같다

그 풍경 속엔
농부들 땀이 밴 먹거리를 나르는
정겨운 미소가 나풀나풀
고즈넉한 한옥까지 들썩인다

언덕배기 연잎밥 한 상은
연꽃의 진리가 빚어낸 수반이어라

서운치 말라며
따끔따끔 건들어대던 밤송이가
토실토실 따라오더니
여기서 가을을 만끽하라며
귀갓길 붙잡았다

맞이할 가을 / 한정서

짓궂던 뙤약볕이
뻔뻔스레 가을로 달려가는데
들녘은 방긋방긋 반겨준다

오곡백과 한들거리지만
이별의 끝자락 붙잡는 여름이
못내 잰걸음 하는 모양새가
가을을 기다리는 사람들
애간장 녹이고 싶어서일까

더 풍요롭기를 바라는 욕심이
과하지 않는 행복이라면
더없이 좋으련만

뜨거운 땡볕을 짊어진 농부가
애달프게 기다리던 가을은
언제쯤 느껴보려나

딱히
스산하지 않아도 될 계절의 소리를
귀 기울여봐야겠다

포도의 사랑 / 한정서

혼자선 살지 않을 거라며
어깃장으로 매달고 온 식구들
속없는 설레발에 퇴짜 맞았건만

바람 한 점 내주지 않는 뙤약볕은
시도 때도 없이 벼림질 해대며
좀 더 세상 경험하란다

송골송골 맺힌 땀 닦던 포도송이
든든한 줄기 물세례 응원에
덩달아 볼그레 미소 지을 때

인제야
도담해진 사랑 주머니 가득 매달고
갈 곳 기다리며 소곤댄다

행복 찾을 거라면서…

멋 / 한정서

파도가 선율을 이어
낭만의 바다를 만들듯
형형색색 물들인 산은
풍광이 걸작이다

세상살이
돌고 돌아 맞이한 가을
울긋불긋 잎새들의 춤사위
우리에게 베푸는 선심일까

자연의 황홀경에 빠진 넋은
돌아올 줄 모르고
한바탕 휘저은 잔치에
고주망태 김삿갓 울고 가니

어쩌랴
얼씨구나 좋아하던 가을은
낙엽을 수북이 쌓더니
이젠 흩뿌려대느라
발바닥 닳겠다

돌고 돌아 / 한정서

몇 겹을 돌고 돌아야
뿌리 깊은 나무가 되어
흔들려도 흔들리지 않은 듯
옹이에도 굽이굽이
피고 지는 꽃이겠는가

시인 홍성기

프로필

대한문학세계 시, 수필 부문 등단
(사)창작문학예술인협의회 회원
대한문인협회 경기지회 정회원
2023년 경기도 어르신 작품공모전
　　　　　　　　[문예부문] 입선
2024년 우리말 시 짓기 공모전 장려상

시작노트

일어나라
걸어가라
넘어서라
세미한 주의 음성
나직한 목소리로 들려 와
깊이 잠든 내 영혼을 깨운다
선물로 받은 오늘 하루!
기쁨과 감사로
향기 나는 삶 가꾸어 보리라.

목차

시낭송 QR 코드

제 목 : 사릉(思陵)의 봄
시낭송 : 장화순

공저 〈별빛 드는 창〉

나의 일상 / 홍성기

어제도 오늘도
아침 먹고 배낭 메고
올림픽공원 출근 도장 찍으러 간다

언제부터인가 생긴 습관
지금은 나의 일상이 되었다

올림픽공원 9경을 돌며
9개의 스탬프를 모두 찍어 가면
9경이 새겨진 자석을 받는다

하루 한 바퀴 돌면 자석 하나
9경 모두 돌고 돌길 아홉 번
멋진 작품 하나 만들고

딸들이 좋아하는 모습에
다시 돌고 돌아 아홉 바퀴
작품하나 또 만들어 준다

딸 셋들 모두 나누어 줄 생각에
어제도 오늘도 돌고 또 돌고

우리 가족 한 세트씩 나누다 보니
올림픽공원 가는 일 나의 일상이 되었다.

어느 여름날 / 홍성기

시인 홍성기

싱그러움 가득 담은 어느 여름날
동네 마실 길엔 호두가 익어 가고
가지와 호박들이 대롱대롱

여기도 꽃
저기도 꽃
꽃 잔치 벌어진 우리 마을 골목길

채송화, 봉선화, 참나리, 원추리
능소화, 접시꽃, 무궁화, 온갖 채소들
서로 먼저 달려와 반갑다고 인사하는 데
한산한 골목길 인적이 없다

삼백 년 된 느티나무 그늘 만들어
쉬어가라 붙잡지만 찾는 이 없어
스산하고 쓸쓸하고 답답한 가슴

아파트 화단 샛노랗게 익은 살구
이리 뒹굴 저리 뒹굴
한 개 주워 드니 '농약 살포' 못 먹게 한다

어느 여름날
내가 사는 동네 마실 길 꽃들은 천국인데
정 많던 사람들 어디로 가고 쓸쓸함만 더한다.

사릉(思陵)의 봄 / 홍성기

단종의 슬픈 역사 숨 쉬는 자리
정순왕후 쓰라린 한 맺힌 자리
이별과 슬픔의 자리엔
피를 토한 듯 연분홍 진달래꽃 붉게 피어나고

진달래꽃잎 위 사뿐히 내려앉은
예쁜 노랑나비 한 마리
날개 접고 꽃 속에 숨는다

단종의 넋이 되어 임 찾아 봄 인사하듯
달콤한 사랑의 몸짓이 눈물겹게 애달프다

여기저기 화사한 봄꽃들 피어나
또다시 슬픈 역사 짓지 말라고
애처로이 절규하며 하소연한다.

* 사릉(思陵) : 사릉은 비운의 왕인 제6대 단종의 비 정순왕후
　　　　　　송 씨(1440~1521)의 능으로 왕릉보다는 문화재청이 관할하는
　　　　　　궁과, 능에 필요한 나무를 기르는 양묘 사업소 묘포장으로 더 유명하다.
　　　　　　〈출처:과학문화유산답사기1〉

모란장 품바 공연 / 홍성기

노랫가락 쩌렁쩌렁
'아리랑 아리랑 아라리요
아리랑 고개를 넘어간다'

싱모는 꽹과리가 '꽤갱 깽 깽' 돌리고
장구는 마주 보며 벙긋벙긋
신들린 듯 맞대꾸한다

장구와 꽹과리 한데 어우러
신명 나게 빙글빙글 돌고 또 돌고

고수들 덩달아 '두둥 둥둥'
들썩들썩 어깨춤 흥을 돋우니
관객들 덩실덩실 황홀한 춤을 춘다

'덩 덕쿵덕 쿵 덕쿵덕
덩 따 따 쿵 따 쿵
따 쿵 쿵 따 쿵 따 쿵'
자진모리 휘몰이로 몰아가니
얼씨구 절씨구 노래와 춤이 절로 난다

우리 가락 우리 장단 신명 나게 놀다 보니
품바들 등어리 하얀 소금꽃 피고
모란장 품바 공연 지상낙원 일구었다.

신앙 사경회 / 홍성기

새아씨 같은 두근거림
선물 같은 새해 벽두 '신앙 사경회'
"회의에서 신뢰로"
풍선처럼 부푼 기대 단단히 마음먹고
동그란 눈 똑바로 뜨며 두 귀 쫑긋 세운다

순전한 믿음 수많은 증인들 증거 삼아
그분께 길들이기 어제도 오늘도 내일도

확고한 소망 품고 그분을 신뢰하고
그분께 이끌려 나를 맡긴다

타인을 이해하며 사랑으로 다가가는
아름답게 숙성된 노년의 삶으로 바꾸어 간다

내 생각, 내 의지, 내 고집
나 중심의 삶 모두 다 내려놓고

그분 생각, 그분의 의지 따라
그분이 일하시도록 날 맡겨드림이 지혜임을
새롭게 깨닫고 다짐한 '신앙 사경회'

잔설(殘雪) / 홍성기

시인 홍성기

그늘진 길섶 솜처럼 하얀 눈
한 무더기 외로이 남아
대지를 꽁꽁 얼렸던 겨울이
쓸쓸히 이별을 고한다

이리저리 둘러보니 봉긋봉긋 노란빛 개나리
풀숲에 숨죽이던 민들레
살며시 고개 들어 웃음꽃 피운다

앞산 초목들 연초록빛 머금어
향긋한 봄 내음 폴폴 풍기고

아직도 산꼭대기 흰 눈으로 덮였는데
남녘의 동백과 매화 방긋방긋 피어난
꽃들이 전해주는 봄소식에 화들짝
겨우내 웅크렸던 가슴 활짝 펴고

길섶의 잔설(殘雪) 사그락사그락 밟으며
외로이 떠나가는 겨울을 배웅한다.

어른 아이 / 홍성기

아무도 없는 어린이 놀이터
어른 아이 하나 찾아 와
신이 나서 놀고 있다

인고의 세월 쉼 없이 흘러
순박했던 아이 노인 되고
나라 사랑 가족 사랑 쉼 없이 살아왔다

야속한 세월 구름 되어 흐르다
비와 눈 되어 황량한 대지 적셔주듯
험난한 이 세상 온몸으로 이겨내고
다시 아이 되어 놀이터에 나타났다

아! 덧없이 흘러간 세월
널 탓하여 무엇 하리

어린이 놀이터에 어른 아이 찾아 와
해맑은 아이 되어 신이 나서 놀고 있다

두고 가기 아까운 남은 세월
아름답고 우아하며 향기로 가꾸어
멋지고 화려한 꽃 피워 보리라.

인생 예찬 / 홍성기

뜬구름 같은 인생인가 했더니
어느새 비가 되어 메마른 대지 적셔주고

정처 없이 떠도는 나그네인가 했는데
하늘나라 마음에 품고 사니 더없이 행복하다

아침 안개인 듯 쉬 사라지는 줄 알았는데
안개로나마 남의 허물 가려주며 살고

선물 같은 하루하루 감사하며 사노라니
기쁨이 따라오고 행복이 넘쳐난다

한 많은 인생살이 후회도 많지만
믿음, 소망, 사랑 가운데 사는 인생
찬란하고 아름답다

용문사 은행나무 / 홍성기

나는 너를 사랑하고
넌 우리 모두를 사랑한다

난 네가 보고파 긴 기다림
참았다 찾아 와 가슴 시린 사랑노랠 부른다

의상대사 지팡이로
마의태자 나라 잃은 설움으로 심었다는
전설로 남아서 용문사 지킴이 되었고

나라 슬플 땐 함께 울어주고
귀한 몸 바쳐 아파해 준 당신
온갖 시련 딛고 넘어 천백 년을 살아 냈다

샛노랗게 몸단장한 그대여
연연 세세 주렁주렁 매달린 은행들 보니
천왕목은 아직도 힘 불끈 청춘이구나

우리의 삶도 언제나 청춘으로 남아
천왕목(天王木) 은행나무처럼 오래오래 살며
활기차고 아름답게 살아가길 소원해 본다.

* 천왕목(天王木) : 오랜 세월(1,100년 이상) 불타지 않고 살아남아 용문사를 지켜준다 하여
　　　　　　　붙여진 이름임.

추석날 / 홍성기

시인 홍성기

부모님 살아생전 고향집 가던 일 추억되고
부모님 돌아가시니 찾아갈 곳 하나 없다

해마다 추석 되면 이른 새벽잠 깨어
올림픽도로 달리며 동생 내외 태워
고향길 거북이처럼 오가며 많은 정 나누고

고향집 찾아들어 부모님 상봉
반갑고 기쁜 맘 하늘보다 더 높고
바다 같은 자식 사랑 우리 부모님
부모님 없는 추석은 그리움만 한가득

샘물 같은 기쁨으로 선물 들고 찾아 준
고맙고 감사한 우리 딸 사위
꽃봉오리 같은 우리 손자 손녀들
푼돈 모은 용돈 쥐어 주며
부모님께 못다 한 효 내리사랑 갚는다

한가위 보름달이 비춰 준
그리움 가득 고향집 보렸더니
야속한 구름이 가려
보일 듯 말 듯 애간장만 녹인다.

시인 함형수

함형수(1914~1946)

함북 경성 출생. 1936년 생활난으로 중앙불교전문을 중퇴하고, 《시인부락》동인으로 《해바라기의 비명(碑銘)》《형화(螢火)》등을 발표하여 호평을 받았다. 그러나 만주로 건너가 소학교 훈도 생활을 하기도 했다. 1940년에는 《동아일보》신춘문예에 시 《마음》으로 당선하였다. 8·15광복 당시 고향에서 심한 정신착란증으로 시달리다가 사망했다. 작품에 《무서운 밤》《조가비》《신기루》등이 있으며, 내 무덤 앞에 빗돌을 세우지 말고 노란 해바라기를 심어 달라는 《해바라기의 비명》은 그의 대표작으로 1930년대 후반기 문학사에 자주 인용되고 있다.

[네이버 지식백과에서 인용]

해바라기의 비명(碑銘) / 함형수

나의 무덤 앞에는 그 차거운 비(碑)ㅅ 돌을 세우지 말라.

나의 무덤 주위에는 그 노오란 해바라기를 심어 달라.

그리고 해바라기의 긴 줄거리 사이로 끝없는 보리밭을 보여 달라.

노오란 해바라기는 늘 태양같이 태양같이 하던 화려한 나의 사랑

이라고 생각하라.

푸른 보리밭 사이로 하늘을 쏘는 노고지리가 있거든 아직도 날어

오르는 나의 꿈이라고 생각하라.

시인 홍진숙

프로필

대한문학세계 시 부문 등단
(사)창작문학예술인협의회 회원
대한문인협회 정무국장
한국문학 예술인 금상 수상

〈저서〉
시집 [천천히 오랫동안] 그 외
　　　　　　　동인지 다수 참여

시작노트

일상의 바쁨 속에 시 쓰기를 게을리할 때
특선시인선 응모를 준비하다 보면 자연스레
글을 쓸 수 있도록 정진을 하게 되는 채찍의 기
회가 됩니다.

감사드립니다.

목차

시낭송 QR 코드

제 목 : 다만 위로
　　　　오르고 있는
시낭송 : 김선목

시집 〈천천히 오랫동안〉

지금은 꽃 필 무렵 / 홍진숙

시인 홍진숙

꽃들이 문을 닫았다
이 가지 저 가지 때죽나무 찔레꽃
분주하게 참견해야 할 보이지 않는 벌들은 어디로 사라진 걸까
잠긴 어둠이 깊어 저 속수무책의 불안한 햇실
어둡고 영문도 모르는 꽃들
아무도 눈치채지 못하는 사이 혼자 멀어지는 것들은 슬프다
소중했던 것들이 괜찮았던 것들이 조금씩 이미 사라졌거나
사라지고 있는 것 중에서
어디에도 안 보이는 잉잉 날갯짓 소리로만 떠돌지 모르는 벌들에게
연초록 나무 이파리들에 꽃숭어리들에 열망한다
아무 영문도 모르는 숲은 어떤 불행도 모르고
평화롭기만 하기를

자작나무 숲에서 / 홍진숙

가까이 또는 멀리 서 있는
함께하는 나무들의 간격
간격과 간격 사이 어깨 기대고 있던
곧은 몸 사이로 작은 잎들
바람에 일제히 몸 흔드는
함께하는 눈물겨운 찰랑임
문득 너와 나 여위어진 마음 거리 간격은
얼마나 될까

날마다 작아지는 날들 / 홍진숙

시인 홍진숙

봄 같은 햇살이

아직은 깊은 한겨울 마당에 가득 모여 있던 오후

배웅을 위해 대문 앞에서 계시던 엄마

올겨울은 왜 이리 가볍게 따스하냐

겨울은 겨울답게 추워야지

독백처럼 중얼거리던 적막함을 뒤에 남겨두고 떠나올 때

혼자 펄럭이던 깃발처럼

쓸쓸히 따라오던 엄마의 음성

괜찮다 나는 괜찮다

바쁘게 살다 보니

다시 만날 날은 또 얼마나 아득한가

시간은 날마다 작아지고 있는데

위대한 한 뼘 / 홍진숙

맺힌 것은 다 아픔이 있지
몸이 상처가 나고 벗겨져도
끝까지 살아 내야 하는

베란다 구석 화분 한 귀퉁이
한 뼘 남짓이라 뿌리를 내릴 수 없는 영역
어디서 날아와 자리를 잡았는지
연약한 파프리카 한줄기

키워낸다는 것도
힘겨울수록 반드시 잘 자라 주어야 하는 숙명 같은
일제히 눈뜨고 일제히 잠들며
찰지게 젖을 빠는 적막이 뭔지도 모르는 눈망울들에게
입안 가득 초록을 먹여주는 푸른 혈관
한밤 사이에도 한껏 살이 오르도록

오직 한 가족 번성을 위한 몰두 한철 보내고
등걸은 굽고 줄기는 허옇게 벗겨진
요란하지도 화려하지도 않은
위대한 한 생이 오후의 그늘에서 온기가 식어가고 있었지

저녁의 모과나무 꽃 / 홍진숙

비가 그친 뒤편
모과나무꽃이 진다
한순간 앞다퉈 피는
붉은 꽃 무리 갇혀 밖으로 나갈 수 없는
분홍 발들을 모으고 서 있던 그늘

놓치고 있었구나
뒤편의 기억이 전부인
짧게 뜨겁고 독하지 못했던 꽃잎들

기진하여 떨어진 이마에 손을 얹는다
어루만져 주고 싶은 조용한 눈망울

어디로 가는 걸까
온기가 빠져나간 그늘을 끌고 가는
돌아오지 않을 풍경들은

붙들 수 없는 것
벌어지는 것에 내해
눈길이 머물면
불현듯 내 몸 어딘가 잘려 나간 듯
아픈 어느 저녁 무렵

다만 위로 오르고 있는 / 홍진숙

어디서 왔는지 초록 애벌레 한 마리
빌딩 유리창 모서리 붙어
열심히 오르고 있다
오체투지 자세
온 마디 위로 하늘을 당겨
끌어안으려 하지만 더 깊어지는 하늘을
망설임 없이 통과하며
부드럽지만, 단단한 발자국은
생의 절반을 끊임없이 옮기는
궁리를 하고 있다

짧은 순간
궤도를 이탈하거나
후퇴의 오류를 남기지 않는
초록을 다행스럽게 바라보다가
나는
쓸모없다고 했던
어느 순간순간들을
반성하고 싶어졌다

너는 내게 그렇게 있다 / 홍진숙

시인 홍진숙

이른 새벽에 일어나

출근 전

요양을 하는 아이가 먹을 음식을 준비한다

브로콜리를 다듬고

토마토를 데치고

후식으로 먹을 딸기를 씻는 동안

그들을 경배한다

이 음식들이 아이를 회복시킬 것이라는

믿음과 절실함으로

이미 충분히 아팠던 저항할 수 없었던 날들을

매일매일 씻고 다듬고 데친다

그러면서 나는 안도한다

늘 나는 아침에 새롭게 태어난다

엄마의 등을 닦으며 / 홍진숙

사라진 시간이 만들어 놓은
쓸쓸한 엄마 등 위에
먼 여정 쉬지 않고 달려오느라 가벼워진 살갗 위에 비누칠을 한다
살아오는 동안
늑골 깊숙이 숨긴 다치다 아문 흔적들
숱하게 흘렸을 눈물 같은 비눗방울들
위로처럼 흘러내린다
때론 넘어질 듯 덜컹거렸을 생
벗겨내고 싶었던 굴곡의 비늘들
길을 잃고 흔들리지 않으려 애썼을 꿋꿋함의 손목
세월이 흘렀어도 푸른 동맥 사이로 선명하다

세월 / 홍진숙

아침에 일어나 겨드랑이를 툭툭 두들긴다
나이만큼 두들기면 건강에 좋다고 해서
더러 단단해져 있거나 잠이 덜 깬 살갗들을 두들기며
속으로 하나둘 숫자를 세다 보면
문득 느끼게 되는 내 나이의 깊이
살짝 내리는 비에도 힘없이 떨어지던
꽃잎 같은 하루하루들이
얼마나 많이 쌓인 걸까
나는 지금 어디쯤 서 있는 걸까

다리미질 / 홍진숙

그 남자는 배려의 행동이었을 텐데
상대가 여자였다는 이유로 다툰 아침
푸른 질투가 깊고 춥다
나의 좁은 소견이 서슬처럼 춥다
그 남자를 출근시키고 어디에 앉지도 못하고
꼿꼿하게 서 있는 구겨진 마음을 다림질한다
서로에게 퍼부었던 물기 젖은 비난들을
예측 없이 흐려오던 감정들을
다리미 온열로 지그시 눌러본다
그 남자 와이셔츠 깃 주름처럼
벗어날 수 없는 애증의 협곡을 지나는 동안
그 남자와 나는 얼마나 더 춥게 젖어야 할까
수시로 휘청이는 우리 서툰 사랑이
더 굵고 단단해지기 위해

시인 황영칠

프로필

경북 청송 출생, 서울 거주
(사)창작문학예술인협의회 회원
대한문인협회 서울지회 감사
대한문학세계 시, 동시, 수필 부문 등단
대한창작문예대학 졸업
문예창작 지도자 자격 취득
〈저서〉 시집 [사랑 공식]
〈공저〉 2023 명인명시 특선시인선
시가 열리는 나무(대한창작문예대학 졸업 작품집)
들꽃처럼(대한문인협회 서울지회 동인지)
문학이 꽃핀다(동인지)
〈수상〉
대한문인협회 신춘문학상,
        짧은 시 짓기 은상 등 다수 수상
2023 서울 詩 지하철 공모전 당선
2023 노인 일자리 수기 공모전 당선(보건복지부)

시작노트

황금색 들길을 나서며 가슴에 시어를 담아보는
일은 참으로 행복한 일이다.
평생을 열정으로 살아온 긴 그림자를 돌아다보
며 새롭게 펼쳐질 인생 길가에 내가 낳은 자식
같은 시를 걸어 놓고 황금빛 물드는 인생을 아
름다운 시로 노래하고 싶다.

목차

시낭송 QR 코드

제 목 : 노부부의 인생
        이야기 (카페에서)
시낭송 : 박영애

시집 〈사랑 공식〉

부부 사랑 공식 / 황영칠

당신과 나는
인생 꽃밭에서 시소를 탄다

나는 당신을 사랑으로 높여주고
당신도 나를 사랑으로 높여준다

나는 낮아져서 행복하고
당신을 높여주면 더 행복하니

우리는 낮아지면 행복하고
높여주면 더 행복한 부부이다

이것이 우리들의
부부 사랑 공식이다.

2023. 서울 詩 지하철 공모전 당선작

요양원 노인의 기도 / 황영칠

파란 하늘에
새 한 쌍이 날아간다

너는 참 좋겠다

우리 아들이
나 여기 있으라고 했어

문밖으로 나가면
안된데

나는
언제 날 수 있을까

하느님 곁으로 갈 때는
날 수 있을까

성탄절 날
아가 하느님께
여쭤봐야지.

만남과 이별 / 황영칠

그리움은 살을 오려내는 고통이기에
만남 뒤에 찾아올 이별이 두렵습니다

출렁이는 맑은 눈동자가
차고 넘치도록 아름답기에

다시 만날 샛별 같은 모습이
가슴의 망막을 가득 채우지만

황홀한 만남보다 이별이 두려워
만남까지 망설입니다

해가 지면 달이 뜨고
달이 지면 해가 뜨듯이

만남이 있으면
이별이 있다지만

당신을 향한 사랑이 하늘 같기에
당신 없는 세상이 두렵습니다

당신과 내가 꽃피운 사랑은
영원히 지지 않는 꽃이기를 소망합니다.

구월의 기도 / 황영칠

시인 황영칠

비췻빛 고운 얼굴로 미소 짓는 하늘 아래
땀으로 세례 한 몸으로 두 손 모으고
흐트러진 가슴 여미며 당신 앞에 섭니다

구월이 오면
여름의 열기에 단잠 잃은 당신에게
달콤한 꿀잠을 베갯머리에 놓아주고
너무 뜨거운 사랑에 파김치가 된 당신에게
빛고운 열매를 한 아름 드립니다

구월의 귀밑머리에 소슬바람 불어오면
당신 마음에 간절했던 그리움이 익어가고
애태우던 사랑도 바람처럼 불어오는
넉넉한 가을을 맞게 하소서

구월이 오면
한가위 보름달의 풍성한 미소처럼
흡족한 미소가 곡간에 그득하고
간절한 기도가 감사로 빛이 나며
넉넉한 치마폭에 사랑이 미소 짓게 하소서.

사랑은 왜 움직이나요 / 황영칠

하늘이 왜 저리 푸르고 높은가요
우리들의 꿈이 푸르고 높기 때문이지요

세월은 왜 잠시도 멈추지 않고 달리나요
세월이 멈추면 꿈 시계가 멈추기 때문이지요

사랑은 왜 또 움직이나요
사랑이 멈추면 녹슬기 때문이지요

사랑에 녹이 슬면
미움이 되고

미움이 깊어지면
가슴이 아프니까요.

시인 황영칠

꽃가게에서 / 황영칠

제일 예쁜 꽃을 골랐다가
내려놓았다
꿈을 잃은 어린이를 위하여

아주 탐스러운 꽃도 집었다가
내려놓았다
마음이 가난한 이웃이 생각나서

가장 향기로운 꽃도 품었다가
다시 내려놓았다
사랑에 목마른 사람들을 위하여

한참을 망설이다가 결국
뒷전에 밀려난
못난이 화분 하나를 사랑하기로 했다.

노부부의 인생 이야기 (카페에서) / 황영칠

성급한 7월의 한낮 찜통더위가
이마에서 등골을 타고 흘러내리는 해 질 녘
제 열기에 지친 석양도
서산 허리를 베고 하루를 접는다

젊은 연인들의 사랑 이야기가
잔잔한 물결처럼 흐르는 카페에서
소프라노 여자 가수의 고운 멜로디가
겨울 바다로 떠나가는데

석양빛 물든 노부부의 찻잔에
젊은 날의 사랑 이야기가 맴돌고
세월 속에 곱게 익혀온 행복 이야기가
은백색 귀밑 머릿결을 타고 흐른다

청춘의 열기로 뜨거워진 카페에는
한나절 애쓴 태양이 긴 그림자 뉘어 놓고
잔잔한 사랑도 익어 가는데

마주 앉은
노부부의 인생 이야기는
노을처럼 곱게 강물을 물들인다.

* 겨울 바다로 : 박영무 시, 김현옥 작곡

레몬 찻잔에 서린 추억 / 황영칠

시인 황영칠

채찍질하지 않아도
세월이 해와 달 언저리를 맴돌며
감돌고 휘돌아 온 길에서

굽이진 사연 감아둔 실타래에
오색 색칠한 젊은 날의 기억들이
달콤한 레몬차 향기 되어 곱게 피어오른다

코끝을 유혹하는 향기에 취해
팔각 레몬 편린 띄운 찻잔을 응시하며
마주 앉은 인생의 실타래에
아픈 흔적을 올올이 풀어내어

숨차게 달려온 길 따라
석양길 가는 인생 여정을 앙가슴으로 보듬고
농익은 우정에 밑거름을 주고 웃음으로 북돋우니

오늘은
초승달처럼 고운 눈가에
레몬 향기 젖은 속 깊은 미소가
강물처럼 잔잔히 흐른다.

인생열차 / 황영칠

기적소리 역사驛舍를 진동하는 순간
급행열차가 선로에 미끄럼을 타고 들어온다
경로석으로 시선이 돌아가고
잽싸게 노란 시트에 몸을 던진다

꿈 많던 어린 시절이 어제인데
경로석에 앉은 나를 발견하고
화들짝 놀라
자리에서 벌떡 일어선다

석촌호수 단풍빛 물그림자 곱고
내 인생도 단풍처럼 익어가는데
왜 자꾸만 뒤돌아봐지는 것은
아쉬운 발자국 때문일까

봄 동산에 진달래처럼 물들었던 청춘
여름에는 사랑의 열매 맺었고
가을에는 튼실한 열매 익히듯
내가 익힌 열매는 어떤 모습일까

인생 열차 경로석에 몸을 싣고
종착역을 향해 달린다
서쪽 하늘 찬란한 석양 앞에선
내 인생은 어떤 색깔일까

오늘도 또 한 번 뒤돌아본다.

봄은 사랑이다 / 황영칠

시인 황영칠

맑은 물에 귀 기울이면 얼음장 밑에서
봄이 오는 우렁찬 행진 소리가 들린다

눈을 씻고 자세히 살피면
돌덩이를 밀어내고 꿈틀대는
꿈을 품은 새싹의 용트림이 보인다

떨리는 손으로 흙을 만져 보면
어머니 젖가슴 같은 흙의 품에서
새 생명을 잉태한 봄의 사랑을 느낀다

봄의 기적을 보아라
상처 난 소망도 품어서 꽃 피우고
생명이 부활하는 모성이 경이롭다

작은 씨앗으로 큰 꿈 키우는
봄의 기적이 더 놀랍다

봄의 손길을 보아라
대지의 가슴에 꿈을 키우고
분만실 창밖으로 아기들의 함성이 울려 퍼진다

나목의 꺼져가는 소망에도 새 생명을 창조하는 손길
그것이 만물의 꿈을 출산하는 봄의 사랑이다.

후원 : (사)창작문학예술인협의회 / 대한문인협회 / 대한시낭가협회

2025 현대시를 대표하는

名人 名詩 특선시인선

(사)창작문학예술인협의회가 추천하는 대표시인

지 은 이 : 김락호 외 57인

　　　　강개준 강사랑 기영석 김국현 김기림 김락호 김선목 김소월 김원철 김정윤
　　　　김혜정 김희선 김희영 남원자 박미옥 박미향 박상현 박영애 박익환 박희홍
　　　　백승운 변상원 서석노 송태봉 심　훈 염경희 유필이 윤동주 이고은 이동백
　　　　이문희 이　상 이상화 이육사 이정원 이효순 임세훈 임판석 임현옥 전남혁
　　　　전선희 정기성 정병윤 정상화 정승용 정연석 정지용 조한직 주응규 최명자
　　　　최윤서 최은숙 한용운 한정서 함형수 홍성기 홍진숙 황영철

펴 낸 곳 : 시사랑음악사랑
엮 은 이 : 김락호
디 자 인 : 이은희
편　　집 : 박영애, 이은희
표지 그림 디자인 : 김락호
2024년 12월 18일 초판 1쇄
2024년 12월 20일 발행

주소 : 대전광역시 중구 목중로 26번길 45, 311호(중촌동, 중도쇼핑)
연락처 : 1899-1341
홈페이지 주소 : www.poemmusic.net
E-Mail : poemarts@hanmail.net

정가 : 22,000원
ISBN : 979-11-6284-580-6　　03800